光文社文庫

森見登美彦リクエスト！

美女と竹林のアンソロジー

阿川せんり／飴村行／有栖川有栖
伊坂幸太郎／恩田陸／北野勇作／京極夏彦
佐藤哲也／森見登美彦／矢部嵩

光文社

森見登美彦リクエスト！

美女と竹林のアンソロジー

目次

まえがき

森見登美彦

「なぜ竹林なのか」と世の人は問うであろう。

京都の某中華料理店において、担当編集者からこのアンソロジー企画を持ちかけられたとき、いささか私は怖じ気づいた。小説家の皆さんに書いてもらう？　しかも好きなお題で？　自分にそんな資格があるのか？　あまりに畏れ多いことである！　もちろん即座に断ろうとした。

しかしその瞬間、風にざわめく竹林の姿が脳裏に浮かんできた。そしてふと気がつくと、この企画を引き受けていたのである。

私は子どもの頃から竹林に心惹かれてきた。大学院で竹の研究をし、竹林を刈るだけという無謀なコンセプトで『美女と竹林』という本を書き、『竹取物語』の現代語訳にまで手をつけた。まるで宇宙植物のようなその佇まい、どんどん増える怪物的な繁殖力、彼岸と此岸の境界を思わせる内部空間……それらが私を魅了して止まないのである。というわけで、「竹林小説のアンソロジーを作る」というアイデアはあまりにも魅力的であり、とうてい抗うことはできなかった。この機会を逃せば、こんな得体の知れない本を世に送り出す機会なんて二度と来ないだろうから……。

かくして空前絶後の竹林小説アンソロジーが誕生した。

それではみなさん、どうぞ竹林の奥深くへ。

来たりて取れ

阿川せんり

阿川せんり

あがわ・せんり

1988年、北海道生まれ。
2015年、『厭世マニュアル』で野性時代フロンティア文学賞を受賞。
作品に『アリハラせんぱいと救えないやっかいさん』、『ウチらは悪くないのです。』

北海道に竹林はない。

竹が生育するには気温が低すぎ、いわゆるモウソウチクだとかハチクだとかは自生できないのです。かろうじて生えているのはチシマザサ等の笹の類、よってタケノコといえば細い身のネマガリタケ。天ぷらにすると美味しいのです。まあ今の時代、北海道であろうとスーパーに行けば丸々と太ったタケノコを目にする場面も、たっくさんあるのですがね。

ともあれ、そんな竹の生態について、なんの機会だったか私こと馬取ミカ子に丁寧に教えてくれたのは、同棲中であるカノジョの月子こと月ちゃん。

だったのですが。

「正確には、一応、函館の方には竹が生えてるんだって」

「いやいやそういうことではなくて、ですね？」

ここは札幌、函館はけっこう遠い。電車で行くだけで相当バテるのです。そして今、私達はあきらかに函館の話はしていない。

「竹を利用した商品のプロジェクトに、月ちゃんが選ばれた……ということは」

「そうだね……来月から、京都に転勤になります」

月ちゃんの勤める会社は、まあ、色々手広くやっている大手なのですが、そこがこの度、なんか京都の竹林研究とかしてる有名企業と連携しての大規模かつ長期的な商品開発プロジェクトに乗り出したそうです。そのメンバーに月ちゃんが大抜擢。私と同じ弱冠二十六歳にして、プロジェクトにおける、なんか要職を任されるそうです。本人は「京都出身だからって気に入られたらしくて」などと謙遜してみせますが、さすがはデキる女。いやいやいやいや。

来月。すなわち、二〇一八年の一月。

来年から、月ちゃんは、京都。

「京都って……札幌市内じゃないね」

「そ、そうだね？」

首を傾げたような角度でうなずく月ちゃん。零れる艶やかな黒髪。その緩慢な仕草からは、「なにを当たり前のことを頭の悪い言い回しで言っているのだ」という呆れよりも。

話を先に進めるのを恐れているような、誤魔化すような態度の方が目に見えるのでした。

「月ちゃんは私に……ついてきてほしい？」

月ちゃんに代わって、話を進めます。「それってどうしても断れないよね？」とか「遠距離恋愛になっちゃうね」とか、他にも踏むべき段階はあったでしょう。けれども私は、一足飛びを選択する女でした。

案の定、月ちゃんは切れ長の目を伏せ、口元にほっそりとした手を当てる。

「ど……どうしようね？」

手では隠しきれず、形のいい唇の端がひくひくしているのが見える。

それは、笑っているのではなく、言いたいことが言えない時の月ちゃんの癖。

言いたいこと――自分は京都に行く。それは仕事であるし、断ることなどできるはずもない。遠距離は、正直言うと自信がない。

けれども、恋人についてきてもらう、なんて。

「……月ちゃんは、私と別れるべきだって思ってる？」

自らの視線は、知らず、俯（うつむ）いておりました。そっぽを向いて吐き捨てるような、そんな言い方に自然となってしまった。

月ちゃんが「あの」とか「その」とか曖昧（あいまい）に漏らす音を聞きながら、しかし私は顔を上げることはなく。

「あーーーーもう、なーにが京都じゃ、バンブーじゃ！　竹林なんて、この地上から消え滅びてしまえああああああああああああ！」

頭を掻（か）き毟（むし）ってから、床に向け、断末魔のごときに叫んで。

私は、月ちゃんの顔を一瞥（いちべつ）もせずに、二人で住むマンションを飛び出すのでした。

そして私は東京の地に降り立っております。京都ではなく、東京です。

……なぜにこうなったのか。もちろん、叫んだ直後に着の身着のまま家出したのではございません。

順序を追っていきますと、マンションを飛び出したものの、お金もキタカ（首都圏でいうスイカもしくはパスモ）も鍵もダウンもなんにも持ってやしない私。いったん帰るほかありませんでした。のこのこと戻ってきた私を、月ちゃんは無理やりに作った笑顔で出迎えました。けれども京都転勤について触れることはありませんでした。そのまま流れること数日。

こんな状態で、どうして仕事ができましょう。私は勤めている会社（もちろん、月ちゃんの会社とは違う、世間的になんの役に立ってんのかようわからん、ちっさな会社です）でいつにも増してミスを連発し、上司にしこたま「この駄目ＯＬが」と人格否定を叩きこまれました。やってらんねえ。仕事はいつでもやってられませんが、今回はとみにやってらんねえ。

そんなわけで、ありったけの有給休暇をぶちこむ私。上司が竹柄のハンカチで額の汗を拭(ぬぐ)いながら「君がいない方が仕事が捗(はかど)るよ」などと微笑(ほほえ)んでみせたことは置いておきまして。

竹柄。竹。

憎き竹林。

なぜに北海道の大手会社が、竹商品になど手を出すというのか。有給を宣言したその日、さらに半休を決めこんだ私は、帰りの道すがらスマホでググってみるのでした。するとなにやら、近年、旺盛な繁殖力を誇る竹の新たな利用の道が模索されていたり、なんかエコとか癒(いや)しであったり、ともかくそんな感じの記事が出てくるのですが、なんかようわかりません。

しかしとにかく。真面目に竹にまつわる商品開発を行うのであれば、そら、内地——竹林の名所たる京都に渡ることになるのか、と。そのうち温暖化で北海道にも竹林の生息域が広がるとかいう予想も出てきましたが、待ちの姿勢の企業がどこにあるというのか。止める術（すべ）は、どうやらない。

月ちゃんが京都に行くことは決定。

では、私は？

マンションにたどり着く。部屋に入るも、もちろん月ちゃんはいない。

——とりあえず、どこかへ行った方がいいんだろうな。月ちゃんと離れて考えた方が。

私はダウンを脱いでから友人達にＬＩＮＥで「誰か遊びましょ」と誘いをかけますが平日ゆえ九割は既読がつかず残り一割は「ついにクビになったの（笑）」との返信。仕方なし、おせんべ齧（かじ）りながらテレビを観ることにします。点（つ）けたチャンネルでは、パステルカラーのスタジオで、芸能人がなにやらはしゃいだ声を上げている。なんじゃい、人がこんな気分の時に浮かれおって——眉をひそめて画面を見ると、そこには「上野（うえの）動物園のシャンシャン」という文字が躍っておりました。

シャンシャン。ええと、なんかこの前生まれて、もう一般公開されてんでしたっけ？　詳しいことはようわかりません。子パンダごときになにを皆、と私はこれまでスカしてきたのです。赤子などこの世界で毎朝毎昼毎晩、幾人も幾匹も誕生しているではありませんか。それを、ちょっとレアだから可愛いからと持て囃（はや）すなど、生命への冒瀆（ぼうとく）なのです。よって、黄色い声の芸能人にも半目で臨む私。しかして、スタジオの映像から動物園が提供する動画に画面が切り替わった、次の瞬間。

　母パンダの後ろをよちよちとくっついて歩き、こけて無防備なお腹をさらすシャンシャン。ふわっふわのお腹をさらしたまま、近くの笹にぬいぐるみのごとき手を伸ばすシャンシャン。笹をかじかじするシャンシャン。シャンシャン、シャンシャン、ああ、しゃんしゃん――

「……時代は竹よりパンダじゃね？」

　ほろりと、口にしていました。

　そう。この小さきパンダが誕生した二〇一七年は、まさしくパンダの夜明けなのではあるまいか。おパンダさま、シャンシャンさま。その姿は正しくアイドルである。今この瞬間から私のアイドルである。パンダの方が竹よりも激しく求められているジャストナウ。ならば。

……いえ、なにが「ならば」なのか、自分でもようわかってはおりませんでしたのよ。ただ、その時の私にはそれが唯一の道しるべというか、自らの向かう先に思えてなりませんでした。時代は竹よりパンダ、京都より東京、もとい上野動物園。パンダを制する者、竹林をも制す。

　ので。テレビを消した私は、数日分の着替えやら必要そうなものをリュックサックに収め、ダウンを着直し、少し考えてから書き置きを残し、施錠して家を出ていきました。札幌駅から新千歳（しんちとせ）空港まで快速に乗り、どうにか空いていた飛行機の席を確保、電車疲れを癒す間もなく雲の上。そんでもって羽田(はねだ)空港到着、キタカが東京でも使えることをここに来て初めて知り、危うく横浜方面への電車に乗りそうになってから、かろうじて品川方面の快特に滑りこみ。東京の空気を味わおうにもすでに夜。大人しくビジネスホテルを探して一泊。そして旅の疲れのまま惰眠を貪(むさぼ)って一夜明け。

これが一連の経緯なのでした。さすがにホテルで目を覚ました朝、「なして……こうなった？」と一度は首を傾げて二度寝したのですが。

ちなみに、月ちゃんへの書き置きにはこう記しておきました。

「色々と覚悟を固めるべく、おパンダさまと相対(あいたい)してきます。数日中には帰る……らないかもしれません」

新千歳空港までの電車に乗っている最中に「そういやおせんべの袋、ちゃんと口を閉めておいたかしら」とよぎるのと同時に、「『帰……らない』にした方がよかったよな、いや『……』がいらなかったかな、いやいや二文目まるっといらなかったな」とほんのり後悔したのですが。

もちろん、そのような書き置きを残しては月ちゃんから鬼電(おにでん)が来ることが予想されたので、スマホの電源はずっと切りっぱでした。おかげでホテルとか探すの超大変でした。

さて覚悟を決めるための有給旅行。まずは上野駅のホームを踏みしめるのだ、と闘志は十分。だったのですが。

なんちゃら線の電車に揺られながら、ドア口に立つ私は「暑い……」と呻(うめ)かずにはおれませんでした。北海道の冬を乗り切るためのもこもこダウンは、東京の電車にはあまりに過剰な装備だったのです。薄々勘付いてはいるのですが、この調子では昼間の外でも持て余すこと必至。

いいな東京都民、冬でもそんなに大変でなくて。でも君達、ちょっと雪降ったくらいですぐ電車止まっちゃうんでしょ？　これだから脆弱(ぜいじゃく)な首都圏交通網は。まあ、北海道も雪による踏切故障とかでわりとしょっちゅう電車遅延したりするんですけどね。

などと一人、鼻で笑っていると。耳の奥で、困ったような、けれども少し呆れたような声が響く。

『だって、しょうがないよミカちゃん、東京だと、大雪なんか数年に一度あるかないかなんだから。そのために線路や設備を冬用にするなんて、コストに見合わないよ』

――いつだったか、雪にあたふたする東京都民のテレビ中継を指差し、思いきり馬鹿にしてみせた私。それを、やんわりと窘(たしな)めた月ちゃん。

コストに見合わない。

竹の商品利用は、コストに見合いそうだから実現した。しかし、北海道で開発まで行うのはコストに見合わない。

結婚しているわけでもない恋人の転勤で、京都にまでついていくのだって。

……首を振って、思考を断ち切ります。

比喩でなく思いきり首を振ったため、私は複数の乗客からギョッとした視線を浴びせられるのでした。ま、まあ、ただいま午前十一時前で通勤ラッシュはとうに過ぎ、車内に大して人もいないのでよしとしましょう。

と。一人納得して、また思わずうんうんと物理的にうなずいてしまった私。誰もがいちいち他人を気にしないようにしているのか、今度は変に注目を浴びずに済んだ、のですが、少し離れたところに座っている女の子一人だけがまたも私をいぶかしげに見ています。こちらが気づくと、パッと目をそらす。

おうおうなんだい、ＪＫでねえか、とガンを飛ばす私。前を開けたダッフルコートからは黒いセーラー服がよく見えました。あれ、しかし、十二月上旬の平日のこんな時間におそらくは女子高生、いわゆるＪＫが電車に乗っているのはおかしくないですか、と。

思い始めたら、今度はこちらが視線を注ぐ番でした。ＪＫはロングシートの中ほどに腰かけており、私から目をそらした後は虚空を見つめている。スッと通った鼻梁に無駄な肉のついていない顎のライン。切れ長の目は睫毛も長く、さらさらの黒髪は窓からの陽光を受けて天使の輪を作る。さすがに注視しすぎたか、ＪＫがまたこちらを向き、一瞬、目がバッチリと合う。

――やべえ。超タイプの子ですわ。

月ちゃんに似ている。ってか、月ちゃんに拝み倒して見せてもらった高校の卒アル写真が、まさにこんな感じだった気がするのですわ。心臓がズドゥンゴと高鳴ります。ついでに、JKの真似してダウンの前を開ける私です。

それからJKとは目が合うことはありませんでしたが、なんと彼女、「次は上野です」とのアナウンスに反応して席を立つではありませんか。目的地が一緒。一つ向こうのドアから出ていくJKを、後ろから追いかけていく私。

彼女は上野動物園方面の改札に向かっています。目的地は本格的に一緒なのでしょうか。次第に歩調が速まり、追いかけるというかすぐ後ろをついていくような形となる私。しかし平日のお昼前でそこまでごった返していない上野駅構内、不審者の勇み足を的確に聞き取ったのか、JKは素早く振り返ります。私の姿を確認し、「あ、さっきの電車の」とでも理解したような間の後――すぐに前を向いて、走り出す。

彼女の顔に一瞬見えたのは、恐怖。私、わりと小動物とか言われる外見なんですけども、完全に怯えられていますわ。そら、知らない人が追いかけてきたら怖いですよね、車内で赤の他人に因縁つけられて殺される事件とかたまにありますもんね。そんなことを考えながらも、逃げられると追いかけてしまう私。時代はパンダよりJK。JKを制する者、竹林をも制す。

……いや。追いかけるのやめて、むしろそろそろ私が逆方向に逃げ出さないと、通報とかされるのではあるまいか。そんなことを考え始めた、駅を出て横断歩道を渡り終えたタイミングで——追いかけっこは終焉を迎えるのでした。ＪＫが歩道で派手にすっ転んだのです。それはもう勢いをつけて一瞬で倒れこんだため、パンツとかは見えませんでした。

他の通行人はいましたが、一番に駆け寄ったのは私でした。「だ、大丈夫ですか！」と叫んだ後で、んなこと言うのも白々しいよなあ、と気がつきます。案の定、ＪＫは助け起こそうとした私の手を振り払い、「なんなんですか！」と悲鳴と怒りの入り混じった声を上げる。彼女の白い手からは血などが出ていないようでなによりでした。見た感じ、転び方のわりには膝なども無事のようです。よかった。いや、だからそれは私の台詞(せりふ)ではありませんでしたね。ＪＫは涙ぐみながら、吊り上げる眉の角度をさらにキツくしていく。

「いきなり追いかけてきて……警察呼びますよ！」

「け、けけけけいさつ⁉　え、いや、あの、その、ごめんなさい、あなたが北国に置いてきた恋人に似ていたものだかららららら」

——混乱しておりましたのよ。ええ、警察なんてパワーワード出されましたら、混乱しない成人はおらんでしょう。いらんことの一つや二つ三つ、言ってしまっても致し方なしですよね。なのに、いえ、当然ですかね、微妙に成り行きをうかがっていた通行人達は一様にぽかんとした表情になる。

そして肝心のＪＫは。

通行人と同じように、しばらくぽかんと口を開け。十分な間が過ぎてから、その美しき唇をきゅっと結んでみせる。その目には、先程からよりも強い敵意が宿る。

『ミカちゃんは、本当、考えなしなんだから。もっと頭使って行動しないと、ろくなことにならないよ――本当、私がいないと駄目なんだから』

そんな月ちゃんの、小さいけれども勝ち誇った声がした、ような気がするのでした。

そして私は、東京の警察のお世話になるのでしたとさ――という展開も覚悟したのですが。

今現在、なぜか、私は飲食店におります。しかも牛タン屋です。席に着くと、冷たい水ではなく温かなお茶が運ばれてくるような種類の、です。そして向かいにはＪＫが座っており、涼しげな表情でメニュー表を捲っている。

なぜに私は「牛タンってランチにするにはお高いよなあ……」と財布の心配をしているのか。簡潔に申し上げますと、ＪＫが「通報しない代わりに昼餉を奢れ」と恫喝かましてきたのです。

「ちょっと話を聞かせてって頼んだだけでしょ」

ＪＫは一番人気の牛タン三種盛りセットを指差してから、私を睨むのでした。入った当初は一組くらいしか客のいなかった店内は、数分ごとに来店人数が更新されていく。なるほど、仮に私が危ない人であっても、ここならば下手なことはできまい……。そんな思惑があったのかは知りませんが。とりあえず店員さんを呼ぶことにします。

「いや、っていうかね。先に私にガンつけたの、あなたの方ですからね」

欲望に負けて一番人気のメニューを私も頼んでから、ＪＫにせめてもの抵抗を試みます。

「ガンつけた？　ああ、ずいぶん暑苦しい格好だなって思って見てただけだけど。それで人のこと追い回すとか、おかしくない？」

「いや、私、シャンシャンに会いに行かないといけないのですが」

秘かに動物園代の心配をしている私です。時代はやはり、パンダよりＪＫではなくパンダ。ところがＪＫは「はあ？」と小馬鹿にしたように首を傾ける。

「シャンシャンって、上野動物園のパンダ？　あれまだ一般公開始まってないけど」

「え！」

あんだけスタジオで騒いでたのに！　まだ公開されてないんかい！　と驚愕に目を見開く私を、さらに愚か者に向ける視線でもって射抜くＪＫ。「しかも公開始まっても抽選あるし」とのありがたいお言葉を頂戴しました。なんだかこれまでの衝動の大半を持っていかれた気がしました。

「……じゃああなた、なして上野さ来たんですか。学校サボってまで上野に来るなんて、動物園、さらに言うならばシャンシャン目当て以外ではありえないでしょう。しまいにゃ、あなたの高校に『上野でお宅の生徒さん見つけましたよ』って通報しますよ」

温かいお茶をぐいぐい呷って舌火傷してから、ＪＫの顔を見つめます。「北国から来たんでしょ。わたしの学校なんてわからないくせに」と冷たい目で微笑まれる。ああ、本当に月ちゃんとよう似ておるわ……声の調子とか喋り方は全然ですが。

「……友達が、あんまり『上野動物園、一緒に行こうよ』ってうるさいものだから、先に一人で行ってやろうと思ったの」

　ＪＫは、一口だけお茶を飲んでから呟きました。小さく、とても冷たい声音でした。

　一応こちらの質問に答えてくれた？　のでしょうか。いやしかし。

「そ、それは……ひどくないですか？　友達、めっちゃ楽しみにしていたでしょうに」

「だって、あんまりうるさいから。ねえ、わたしが訊きたいのはさ、あんた、どうやって恋人捨ててきたの？　捨て方、教えてくれない？」

　持ち上げたままのコップを軽く揺すりながら、溜め息まじりのＪＫです。その姿に、「月ちゃんがスレた子だったらこんな感じなのかしら……」とかとか、思わずトキメキを生じていた私ですが。

「い、いやいやいや！　捨ててない、捨ててない！」

「でも北国に置いてきたって」

「置いてきただけで別れてない！」

必死で首やら手やらを振る私に、心底つまらなそうな顔をしてみせるＪＫ。まもなく牛タンが運ばれてきまして、彼女はさっそく一口摘まむのでした。

「ええと……っていうかあなたも、女の子と付き合ってるんです？」

私も薄切りの牛タンに箸を伸ばそうとしていたのですが、ＪＫが睨んできたためあえなく断念。ＪＫは牛タンを咀嚼しきってから口を開く。

「付き合ってない。言ったでしょ、友達って。でも、告白された」

「はえー……」

「ねえ。捨ててないっていうなら、どうして置いてきたの？」

こちらがわかるように、洗いざらい説明してくれない？　と。そんなことを要求してくるＪＫの瞳には、好奇心だとか、あるいは奇異なものを見るような色は、一つも浮かんでおりませんでした。ただ、その声はひたすらに温度が低い。彼女は黙々と麦飯に箸をつけながら、私が喋り出すのを待っている。

心の中で月ちゃんに断ってから、私は、ＪＫに私達のことを話し始めました。

月ちゃんとの出会いは、桜咲く大学一年のキャンパス——いえ、北海道、桜が咲くのは四月の末であり、しかもこんな言い方しといてなんですが、私は他大学生であり、散歩がてら月ちゃんの大学を冷やかしていただけなのですが、それはともかく。あの頃の月ちゃんは、今と変わらぬ艶やかな黒髪ロングで——いえ、ずっと同じ髪型だったわけでなく、それから数か月後には「気分転換に」とショートボブにしたりもしていて、あの時は「なして御髪(おぐし)さ切っちゃったの!」と詰め寄ってしまい、少し激しめの口論になったりもしたものです。いえそれよりも、そう、京都出身の月ちゃんが、なぜに札幌の大学に進学したかといいますと——

「……あのさあ。なれそめとかいいから」

「え!」

なれそめから濃厚とんこつのごとく話せということではないのですか! と、驚きおののく私に、JKはテールスープを飲みながら冷ややかな視線を向ける。「今のあんたと恋人の生態だけを、簡潔に述べて」などと仰(おつしや)いますが。

「……ええと。私ことミカちゃん二十六歳駄目OL、恋人こと月ちゃん二十六歳デキるOL。二人は大学卒業から2DKで同棲しつつ、主に私が会社の愚痴を愚痴愚痴る日々だったのですが、約一週間前、某有名企業の陰謀により月ちゃんが竹林地帯・京都への転勤を言い渡され——」

そして私は諸々の覚悟を固めるべく旅に出ることにし、東京・上野までやって来たのです。

と締めくくったら、JKはそこそこ大きな声で「はあ?」とのたまうのでした。

「なんであんた東京来たの?」

「いや、パンダを制さないことには竹林に立ち向かえないと思って……」

ＪＫはもはや人間ではないなにかを見る目つきとなり、私がいくら「いや、もののたとえというかですね、とりあえず距離を置いて考えてみようと思ったのですよ！」と言い訳しても、その表情をやめてくれないのでした。

「……まあ、その京都の企業だったら聞いたことあるけど。あれくらいの有名企業だったら、同性パートナーも配偶者とみなして単身赴任手当くらいつけてくれるんじゃないの、今の時代」

私があまりに哀れな人間だと思ってか、その表情のまま妙に詳しいフォローを入れてくれるＪＫです。しかし、「あ、いえ、別に月ちゃん、京都の企業の所属になるわけではないので」と断ると、「あんたの話、わかりづらい！」とブチギレなさる。

「それに、単身赴任っていうか……私達、遠距離は無理っぽいんですよ」

「なんで」

「そもそも月ちゃんが北海道の大学に進学した理由が、あの子が高校時代に付き合ってた人と離れたくなかったから、だったのですが」

北海道の大学で是非に学びたいことがあるのだと瞳を輝かせていた元相方さんだけが受験に落ちるという大悲劇が勃発、しばらくは遠距離でスカイプ通話等を駆使してイチャイチャしていた二人ですが、ほどなく元相方さんは滑り止め大学で出会った子に浮気などなさり、月ちゃんは月ちゃんでその当時すでに私に対し心を揺れ動かしており。

結局、私の方から告白してくるよう仕向けてきた月ちゃんですが、未だに当時のことを「私って、ずるいよね」と謝罪してきたりします。私は月ちゃんがモロタイプだったのでオールオッケーだったというのにもうへへへへ。

「……あのさ。ノロケとかいいから」

「いやあ、ノロケっていうかあー。まあ、そういった経緯で、月ちゃんは遠距離恋愛にトラウマ持ってるので、転勤についてくか、別れるかの二択なんですね」

そもそもあの子は恋人と離れてしまうと精神が不安定になり生活がガタガタになるタイプで、大学の時もそれで私が入りこむ余地が生まれたというか。だから、遠距離恋愛するくらいなら別れるのも一緒なのです。

私だって、遠距離なんて嫌だ。傍にいたい。けれど。

私は駄目ＯＬ。今の職を捨てれば、会社の上司は喜ぶでしょうが、京都でまともな就職ができるかはわからない。将来のことを考えるのであれば、いくら月ちゃんがいいお給金をもらっているにしても、私がパートやアルバイトでは心もとないのです。それに、生まれてこの方札幌暮らしだった私には、札幌にしか友達がいない。親にもどう説明するのか。

私から「ついていく」と決断するのは、正直、重い。それでも、いえ、それゆえに、あの子から「ついてきて」と言うのは、まあ、無理なのでしょう。それに苛立ち、わざと「別れるべきだって思ってる？」なんて、意地悪を言ってしまったのですが。

私が自分から、どうするのか言わねばならない。

しおしおと、そんな現状を語ります。そんな中、ＪＫは淡々と、牛タンと麦飯を交互に口に運んで時々テールスープを飲んでいる。

「……ありえなくない？　あんたも、きちんと就職してるんでしょ。恋人のためにそれを捨てて京都までついてくとか、絶対におかしい。遠距離が無理なら、別れる一択でしょ」

ほむほむと麦飯を頬張るＪＫ。「どうせ別れたってすぐに新しい恋人見つけるんでしょ」

などと付け足される。私はムッとして、箸を彼女に突きつけます。

「自分が好きな子と上手くいってないからって、人の恋路を邪魔しようとするのは、よくないと思いまーす！」

ＪＫは「あ？」と整った片眉を吊り上げる。「は？」ではなく。それに怯(ひる)んで箸を下ろすも、視線をそらして、私は続けます。

「大方アレでしょ、告白してきたのはあっちだけど、どんどん自分の方が惹(ひ)かれていったんでしょ、でも『茨(いばら)の道だし……』とか悲劇のヒロインぶっちゃって、あの子とくっつくのが怖いんでしょ、それであの子への思いを断ち切るべく恋人の捨て方がどうのと参考にしようとしたんでしょ、でも本当はあの子のことが好きなんでしょ、でしょでしょ」

「全っ然、違うんだけど」

ＪＫはテーブルを拳で打ちつけました。派手な音がして、隣の席の客がこちらを見る。それには構わず、彼女は喋り出す。さも、私の発言が屈辱で仕方がないとでも言いたげな早口で。

「あんたも、恋愛恋愛ってうるさい人種なんだね。うざったい恋愛脳。あの子と、おんなじ……」

忌々しげに、JKは語る。高校に入ってからすぐ仲良くなったあの子。他のクラスメイトが「あー彼氏欲しぃー」「ムカイリー（向井理）かっこいいー」だのと口々に言うのに辟易していたら、自分と同じ顔であの子は頷いた。「彼氏彼氏って、ああいうの、疲れちゃうよね」と。恋愛にばかりかまけている同級生とは違ったあの子。そこが友達として心地よかった。のに。

「いきなり、わたしのことが好きなんだって言ってきて。わたしが困った顔したら、『返事はしなくていい』なんて、強がってみせた。なのに」

いざ普通に友達として接していたら、ちょいちょい、物足りなそうな様子を隠そうともしないあの子。他の友達と仲良くしてたら不満げな顔をしてみせるあの子。上野動物園に行こう、パンダ見よう、と何回もうるさいあの子。口にしないけれど、「二人きりで」と目で訴えかけてくるあの子。今日も学校に行ったら、きっとこれの繰り返し。そんなのは、もう、うんざり。

「いやー……でも、仕方ないっちゃ仕方ないですよお。男性に興味ないのに、周りから『彼氏作んないの－？』とかやられるの、本当にしんどいですし。そんな中であなたが、そういうのなしで接してくれたら……ヤキモチ焼きつつ返事は求めないとか、いじらしいではありませんか」

　最近の親戚の集まりで「誰か結婚してくれそうな益荒男（ますらお）はいないのか」と伯父叔母（おじおば）じいさまに口々に詰められた私を、イトコのＪＣ（女子中学生）が「今の時代、ケッコンがすべてじゃないでしょ」と無邪気に笑ってくださって、「惚れてまうやろー！」となったことを思い出し、うんうんうなずきます。しかしＪＫは、その整った顔をあからさまに歪（ゆが）めてみせる。

「だから、わたしは恋愛とか興味ないって、最初から言ってるじゃない。それを知ってるくせに、いざ自分が恋したらベタベタしてくるって、どういうこと？」

「いやー、甘えてるんだと思いますよお？」

　コップに一口つけて、ぬるくなったお茶に顔をしかめつつ、月ちゃんのことを思い出します。会社では有能ＯＬで、家でも私の愚痴をよく聞いてくれるのですが、たまにストレスを溜めて大爆発するあの子。しかも、自分からは「嫌なことがあった」なんて一言も触れず、いきなり「なんで察してくれへんの！」の一点張り。

　あれこれと回想して一人苦笑する私に、ＪＫは盛大に溜め息をついてみせました。

「あの子も、他の奴らと全然違わない。恋愛恋愛って、そればっかり優先して。それが人生のすべての価値みたいに、はしゃいじゃって」

「その台詞、なんかちょっと中二病っぽいですね」

「あ⁉」

　ＪＫはテーブルを再度叩きつけました。隣のテーブルの人は、今度はこちらを向きません。

しかし、視線をやらないようにしつつ会話をうかがっている気配がビンビンでした。

「恋愛恋愛って、本当ウザい！　それよりも大切なことなんて、いくらでもあるでしょう。相手の顔色ばっかりうかがってないで、自分のこと考えたら。ベタベタベタベタするよりも、一人で立って生きてく努力したら。なんなの、あんたも、あの子も――」

　ＪＫは、彼女にとっての「あの子」への苛立ちを私に向けているようです。

　私はというと。ＪＫの剣幕に、もはや怯えるを通り越して微笑ましい心地を覚えているのでした。

　もしも、月ちゃんが「私達、一人で生きていきましょう」なんて言い出したら。

　……うへあ。思わず、呻き声が出てしまいました。想像するだけでダメージを食らいます。

『そんなこと言うわけないでしょ、ミカちゃんは私のこと信じてないの、ミカちゃんこそ私と離れてもいいって思ってるの、ねえ、ついてきてくれへんの！　ねえ！』

　――うん。そうですね。

「――う、ふへへへへへへ」

　ＪＫではなく、自分の隣の方を向いて、私は笑いを漏らすのでした。隣のテーブルの人がこちらを見て怯えた目をしました。

「え……ええ……？」

そして、ＪＫも困惑している様子でした。

まあ、無理もないでしょう。

北海道と東京で離れても、どうも月ちゃんはここにいるみたいなのですから。

それは竹林がある世界でも、竹林なんざ滅ぼしてしまった世界でも、変わることはない。

「うん。そうですね。やっぱり私、京都についていきますわ」

「……はあ？」

ＪＫと話していて、覚悟はバッチリ決まりました。やはり時代は竹よりパンダよりＪＫ。どこにいても、誰といても、こんなにもあの子がいるのなら、もはや敵わない。自分で決めて離れてみても、こんなにもあの子の声が聞こえて、その度に本物に会いたくなる。ならば素直に、京都でもなんでも、ついてった方がいいのでしょう。

ああもう、早く、実物の顔が見たい。聞きたい、話したい。これからのことも、さんざん話したこれまでのことも、全部、全部。

うわー、会いたい会いたい。

私はもはや笑いが止まらず、にへらはと口元は緩みっぱなし。ＪＫはまだまだ困惑の域です。そこで私は、ポケットからスマホを取り出します。切りっぱだった電源を、カチリと入れる。すると。

「ほら、これ、見て見て」

予想通り、でした。

「え……」

その光景を掲げてみせると、ＪＫは一瞬目を見開き、それからみるみる、顔色を恐怖に染め上げていく。

私のスマホ画面、そこには鬼のような留守電履歴と、ＬＩＮＥの鬼通知が、降り積もるどころか現在進行形で送られています。

「今、就業中でしょうが、あの子ったら……ああいや、昼休みかな？　でもこれ、普通に勤務中にも送られてきてますね」

「え、あの、ヤバくない……？」

「ヤバイですよ。これ、あと数日ほっといたら、京都転勤どころか現在の職すらも危うい(あや)かもしれませんよ」

まったく、あの子は。竹林のツラを拝む前に失職したら、つまらないではありませんか。

「あの……怖くない？　ヤバイよ、あんたの彼女」

「いやあ、可愛いじゃないですか」

「いや、怖いよ……」

――ああ、本当に、月ちゃん似のＪＫとお昼を共にしてよかった。

一人でこんな留守電とＬＩＮＥの通知を見てしまったら、血相変えて北海道に戻っていたことでしょう。そんでもって「もう一人にしないから！」とか慌てて彼女を抱きしめるのです。パンダだのなんだのと言いながら、旅に出る前の自分の思惑がそこにあったこと、その甘さに苦笑します。

結果は同じであっても、ＪＫと話して、自分の意志で京都に行くと決められて、本当によかった。

ＪＫを制す者、竹林をも制す。もう道民だからと竹を恐れたりはしない。

「あのさ、なに笑ってんの……？　気持ち悪いんだけど」

「いやもう、本当、私がいないと駄目だなあ、あの子はうへへへ」

「……ねえ、そういうの、共依存って言うんじゃないの」

「覚えたての言葉をすぐ使うのはよくないですよー」

「いやいや……」

ＪＫは私に対して本気で薄気味悪さを覚えたのか、「ごちそうさまでした」と小声で呟いて、ダッフルコートに袖を通します。私は一応、「ちょいとお待ちな」と、苦言というかアドバイスというか、そのようなものを与えようと、引き止めてみるのでした。

「あのね。確かに、恋愛恋愛って他のことを疎かにするのはウザいかもしれないですけど、恋愛恋愛ウザいって全否定だけするのもまた、それなりにウザいのですよ？」

　だから、まあ、とりあえず。あなたのそのモヤモヤを洗いざらいぶちまけて、あなたの「あの子」の言い分も聞くだけ聞いてみたら、と。どのみち、一人で生きていくのなんて無理なのだから。

　せめて最後は素敵なお姉さん然として微笑みかけてみたというのに、ＪＫはフンと鼻を鳴らして席を立ってしまいます。さてどこへ行くのか、動物園か、学校か。あるいは家の近くの公園にでも行って、一人でキコキコ、ブランコでも漕ぐのかもしれませんが、もはや私の与(あずか)り知らぬところです。見知らぬ「あの子」と、離れるにせよくっつくにせよ、上手くいってほしいものですが。

　と。テーブルの上に置いておいたスマホが震え出します。これは、電話の合図。相手はもちろん、あの子。

　少し迷って、通話ボタンは押さないことにしました。直接話す前に電話で会話してしまってはつまらない。しかし放置しておくのはあまりに危険でしたので、ＬＩＮＥで軽く「今すぐ帰るね」とだけメッセージを入れておきます。

　さて、とっとと飛行機に乗りたいところでしたが、目の前の牛タンは手つかずであり。これを残していくのはさすがにお店の人に失礼ですよね、と私は自らの冷めた牛タン定食とＪＫが残していったとろろと漬け物もかっこんで、しょっぱみを想定して口にした漬け物が非常に辛くて盛大に咽たりしつつ、冷めたお茶に気分を落ち着けてから、『なにのんびりしてんねん！』との声を受けて二人分のお代を払って上野駅へと急ぎます。

真昼の陽射しが差しこむ車内で、少し悪戯心を出して「そういえば、東京なら竹は生息できるんですよね」と、スマホで都内の竹林名所をググってみたら、『ええから、はよ、帰ってきて！』と、必死な声がキンキン響く。

来月にはさんざん竹林を見ることになるのですから、この度は、まあ、いいですよね。

午後の電車に揺られながら、まだ見ぬ竹林に思いを馳せて、私は目を細めるのでした。

竹やぶバーニング

伊坂幸太郎

伊坂幸太郎

いさか・こうたろう

1971年、千葉県生まれ。

2000年、『オーデュボンの祈り』で新潮ミステリー倶楽部賞を受賞。

2004年、『アヒルと鴨のコインロッカー』で吉川英治文学賞新人賞を受賞。『死神の精度』で日本推理作家協会賞を受賞。

2008年、『ゴールデンスランバー』で本屋大賞と山本周五郎賞を受賞。

作品に『サブマリン』『AX』『ホワイトラビット』『フーガはユーガ』など。

◇

「何年ぶりだろう。これ見に来るの」

僕の隣に立つ竹沢不比人が、目の前の交差点の先に伸びるアーケード通りを眺め、感慨深く言った。正面向かいの、アーチには「ハピナ名掛丁」という名称が記されている。

「僕もだ」

不比人とは大学時代に知り合い、それからかれこれ十数年近くの付き合いとなる。卒業後、僕は実家の酒屋を継ぎ、彼はホストで生計を立て、とほかの同窓生たちが名の知れた企業に就職するのに比べれば、少数派進路を選択したことで、妙な仲間意識があったのかもしれない、時折、思い出したように、「同窓会」と称し、二人で国分町に飲みに行く間柄だった。

アーケード通りは、仙台駅から徒歩で数分といった場所からはじまり、東から西へ一キロほどの長さで、南北に走る二つの大通りによって三つに区切られる。

屋根部分は半透明というのだろうか、日差しが入ってくるため暗さはなく、左右に商店がずらっと並んでいる。三つのエリアを端から端まで移動すれば、ざっと一キロ近くの長さらしい。

休日は賑わっているが、平日の、しかもお昼前となれば人もそれほど多くない。店に入るにも歩くのにも余裕があるが、今は違う。こちらから見える、アーケード通りはぎっしりと人で埋め尽くされている。中に進入していくのは困難に思えるのだが、それでも次々と人が入っていくのが見えた。さらには僕たちも、その一員となろうとしている。

「何も好き好んで、この時に来なくてもいいのにな」不比人が言い、僕も同意する。

八月の六日から八日は、仙台の七夕まつりだ。それを目的に来る観光客なら構わないが、別の用事で仙台在住者がやってくるべきではない。僕自身、学生のころに一度来たが、吊り下がる大きな七夕飾りは確かに見応えがあったものの、以降は訪れることがなかった。

「懇ろな女性と七夕を見に来たことはないのか」

「それはある」不比人は即答した。「あ、もちろん、お店の客とはないよ。店の外で会うのはご法度だし、ああ、武家諸法度ならぬホストハットだな、それに、知っている子とばったり会うかも分からない」

「織姫と彦星の純愛のお祭りに、多重並行恋愛主義者のおまえでは隔たりが」

「松本、織姫と彦星は純愛の話じゃないぞ。結婚した途端、働かなくなった駄目夫婦が、叱られて無理やり別居させられただけだ」

「それにしたって、ずっと別居なのはやりすぎだし」

「別居先で、ほかにいい人を見つけているだろうな。だから、この祭りに、彼らはうんざりしている可能性もある」

歩行者用信号が青になり、小さなスクランブル交差点を皆が横切りはじめる。七夕期間中のため、少なくない数の警察官が立ち、笛を吹き、誘導をしている。アーケード通りから出てきた者たちがすれ違っていく。

人と人の隙間を縫い、アーケード通りに入る。さっそく色彩豊かな、飾りが目に飛び込んできた。屋根近くに、通路の左から右へ横切るように竹が架けられ、そこに笹飾りが吊り下げられているのだ。飾り自体は、球体のくす玉の下に吹き流しが何メートルも伸びる形で、豪華な衣装で着飾った、足長の宇宙人のようにも見える。

通り過ぎる人たちがそれを見上げ、ところどころで立ち止まっては写真を撮っている。僕と不比人は彼らの邪魔にならないように、通りの横で立ち止まるが、普段は出ていない飲食物や風船などを販売する簡易店舗が出ており、脇に避けたとはいえ、誰かの邪魔にはなる。

僕と不比人の視線は、ほかの人のものよりも上を向いていた。七夕飾りではなく、それが吊り下げられた、つっかえ棒のように横に架け渡された竹を見ていたからだ。

不比人が溜息をつく。「このアーケード通りに、ああいう竹が何本あると思っているんだ」数メートルごとに七夕飾りはある。全部となればかなりの本数だ。

「しかも、あんな高いところにある。見つけられると思うのか？」

「おまえならもしかしたら」僕は言っている。

◇

事の発端は、もちろん別の人の視点からすれば、たとえば僕に連絡をくれた株式会社青竹ファームの社長からすれば、発端はもっと前になるだろうが、とにかく僕にとっての事の発端は、十日ほど前に遡る。

「異物混入？　ですか」

呼び出された僕の前には、仙台市役所職員と青竹ファームの社長と、出荷担当部長の肩書を持つ女性とがいた。

仙台の歴史ある七夕まつりには当然ながら、竹がたくさん使われているとは想像していたが、それを仙台北郊に巨大な森林を持つ、青竹ファームなる会社が提供していることは初めて知った。広大な敷地の一角が、やはり広大な竹林となっており、そこから毎年、百本弱が納品され、市内の商店街に分配されるのだという。

僕は、市内の青葉区で、代々受け継がれている酒屋で働く一方、探偵まがいの仕事も不定期ながら引き受けており、警察や役所などが表沙汰にしたくない調べものを請け負うことが多く、今回もその関係から依頼があった。

出荷した竹の中に異物が混入しているので、対応に協力してくれないか、という話だった。

「竹に異物混入とかするんですね」

「めったにないんですけど」

「何が混入したんですか」

「かぐや姫です」

もちろんそう言われた最初は、それが何らかのメーカー名、もしくは隠語だと思い、そうでなければお米の名前にそんなものがあったのでは、と思い出そうとした。「ええと、かぐや姫って」

「あの、かぐや姫です」「あのって」「竹取物語の、竹取の翁の、あの」

「あれって昔の話じゃなかったんでしたっけ」平安時代あたりの、作者不詳の物語だ。

「ええ」

「完結していますよね」美しい女性となったかぐや姫は、月に帰ったはずだ。「不老不死の薬を残して」

「そうですね。その時は無事に、帰られています」そう言ったのは青竹ファームの出荷担当部長だ。

「その時は？　ええと、それってどういう意味」

「何回かそういうことがあるんです。過去に。竹取物語として記録に残っているのは、もしかすると初回だったのかもしれませんが」

「意味がちょっと」

「盲導犬は訓練を受けますが」

どうしてここで盲導犬の話が？　僕は話を聞き洩らしたのか、と心配になる。

「訓練を受ける前の仔犬のころは、一般家庭で育てられるんですよ。パピーウォーカーと呼ばれるおうちで。そこで、愛情をたくさん受けて人間と親しくなってもらうらしくて」

「これ、何の話？」縋(すが)るような気持ちで、何度か面識のある役所の職員を見る。

「それと同じようなものでして。かぐや姫を我々が育てて、ある年齢になったらお返しすることに」

「えっと、あなたたちがパピーウォーカー？　かぐや姫ウォーカー？」この場合、「ウォーカー」という表現でいいのかどうかも分からない。

「我々の竹にかぐや姫が宿りますので、それを見つけたら、中から出して、育てるわけです」

「それを今までに」

「十回以上。たぶん、百年に一度くらいのスパンなのでしょう。大事な業務として弊社でも代々受け継がれてきたのですが」

「極秘の？」

「いえ、特に隠してはいませんが」

「それは松本さんが今まで調べたことがなかったからですよ」

なるほど、と僕はうなずいた。だんだん話の道筋が、ずいぶん奇妙な、現実離れした道ではあったが、見えてくる。「かぐや姫が宿っている竹を間違えて、出荷してしまったわけですか。異物混入という言い方が正しいかどうかはさておき」

「困っていまして」

「ええと」何から確認したらいいのかすぐには頭が整理できない。とりあえず、目の前のコーヒーに口をつけた。前にいる三人は揃って、クリームソーダを頼んでいるのが気になってはいたのだが、まさか竹の色にあやかっているのではあるまいな。「それで僕は何をしたら」

「見つけ出してほしいんです」

「かぐや姫を？」

「かぐや姫の入っている竹を、です。すでに出荷されてしまい、大半は飾りつけに使われています。セッティングを待つのみかと」

「緊急連絡網か何かで、みんなにアナウンスしたらどうですか？　かぐや姫がいるかどうか調べてください、って」

「世の中にはいろんな人がいますから、それを知った途端、悪用を考えられる恐れもあります」

かぐや姫の身代金はいくらなのか、と僕は想像したくなった。

「ですから、松本さんに見つけ出してほしいのです」

「どうやって」

「それは」彼ら三人は顔を見合わせた。相談というよりも、誰が発言するかを確かめているだけかもしれない。「松本さんにお任せします」

勘弁してください、と立ち上がって帰らなかったのは、この事案に少し興味を抱いたためでもあるが、それ以上に、一つ策が思い浮かんでいたからでもあった。

「ちなみに、かぐや姫に何か不測の事態が起きたらどうなるんですか」つまり、僕が見つけ出せなかったらどうなるのか。

青竹ファームの社長の顔が歪(ゆが)んだ。心底つらそうだった。代表取締役社長という肩書に抱く先入観よりも優しい顔だ。「これはあちらとの、千年以上続く、随意契約のようなものですが、過去にももちろん、うまくいかなかったことはありまして」

どんな出来事があったのか興味はあったが、訊くのも怖い。「物事は、毎回うまくいくものではないですもんね」

「うまくいかないと、竹林は枯れます」

「枯れる?」

「真竹(まだけ)はだいたい一二〇年に一度花を咲かせるのを知っていますか? 竹は一本一本独立し

ているように見えますが、地下茎は一つです。一つの茎から、にょきにょき生えているようなものです。そして竹が花を咲かせると、その茎の竹は全滅するんです」

「マジで?」思わず乱暴な返事をしてしまった。慌てて口に手をやるが社長も、「マジで」とうなずいた。「幸い、私が弊社に勤めてからはまだ、花が咲いたことはありません。先々代あたりで竹林が枯れ、また復活するまでに時間を要した、という話は聞いていますが。それが、どうやら、あちらとの契約不履行と関係しているらしく」

「あちらというのは、かぐや姫の、ええと竹取物語では、月から迎えが来ますから」

「そうですね。そちら側です。契約を守れなかった時、ペナルティとして竹林がリセットされるんじゃないか、と」

月との契約、月極契約なる言葉が頭に浮かんだが口には出さない。「そう、言われているんですか」

「弊社では」社長がうなずく。

「もしそうなると」台詞が振り分けられているかのように、役所の職員が口を開いた。「仙台の七夕まつりは開催できなくなるでしょう」

ううん、それは寂しい。僕は腕を組む。うちの酒屋も七夕まつりのおかげで、利益が出ている部分があった。さほど悩まず、僕は言っている。

「実は、友人にホストをやっている男がいるんですが」

◇

竹沢不比人は不思議な男だった。外見が二枚目、すらっと長身な上に髪は柔らかく、おまけに母性本能をくすぐるあどけなさもあるものだから、女性を惹きつける要素満載、食べ物で言うところのトッピング全部載せにも似た贅沢な仕上がり、とも言え、大学在学中から、よく女性に群がられていた。本人は至って真面目で、「勉強に集中できない」と女性たちに関する対策について、大学職員に相談したが、今度はその大学職員に惚れられる、という逸話も残した。

卒業後のホストでも、入店後すぐに頭角を現し、ホスト界の新人記録を次々と塗り替えるような成績を残したらしい。

「松本が、俺に協力を求めてきたのは嬉しいけれど」竹への異物混入事件、かぐや姫紛失事件の概要を聞いたところで、不比人は言った。「俺が役に立つとは思えない」

「役に立つ。というよりも、この状況では、不比人、おまえしか頼りになるのがいないんだ」

「俺に何ができる」

「おまえは、美女を見つけられる」

美女ビジョン、と僕たちは昔から、羨望と感嘆を込め、呼んでいた。竹沢不比人はとにかく、遠く離れた美女を見つけるのが得意だったのだ。本来なら、美女センサーという呼び名のほうが正しいのかもしれないが、語呂からすると、美女ビジョンのほうがすわりがいい。

大学のキャンパス、繁華街のアーケード通り、旅先の商店街、新幹線の車両など、様々な場所で唐突に、「あ」と声を出し、「あっちだ」と洞窟内で風の通ってくる道を指差すように、いずれかの方角を指す。そこに行くと、ほぼ必ず、美しい女性がいるのだ。

「登山家が、どんなに霧がかかっていようと、偉大なる山の位置を当てるようなものだ」と僕は評した。しかも、「登ろうと思えばいくらでも登れるが、あえて登らないのだ」とでも言い出しそうな、恬淡（てんたん）とした雰囲気もある。実際、彼は、美女を見つけたところで仲良くなろうとは特にしない。

というわけで半ば無理やりに、僕は、竹沢不比人を連れ、このアーケード通りに進入してきた。

「竹はずいぶん細いんだな」首を傾（かたむ）けた不比人が言った。

確かに、つっかえ棒よろしく渡された竹は、思っていたよりも細い。「ずっと高い位置にあるから、遠近法でそう見えるだけだろう」

「本当に、あの中に、姫がいるのか？」

「出荷された竹のどれかには、だ。このアーケード通りだけでもかなりの本数がある」

「かぐや姫の大きさってどれくらいだっけ」

「調べたら、三寸とあった。十センチ弱ってところか」僕は言ってから、右手の親指と中指で、仮想の十センチを作って見せた。

「まあ、それくらいなら入りそうだけど」

じっと見上げる彼を、僕は横から眺める。「どうだ?」

「何が」

「美女ビジョンの反応はあるか?」

「だから別に俺は、そういう能力を持っているわけじゃないんだ」

「何を言う。昔から美女のいる場所を当ててきた」

「逆だったらどうする」これは不比人の冗談だった。「俺は美女がいる位置を指差すわけじゃない。俺が指差した方向に、美女が移動してくるだけだ」

不比人が指先を移動させるたび、美女の列がくねくねと引っ張られていく光景を思い浮かべてしまう。蛇使いにも似た能力だ。

「それでもいいよ。おまえが指差したところに、かぐや姫が来てくれるなら」僕は自棄(やけ)気味に言ったが、本心でもあった。美女ビジョンの仕組みや理屈がどうあれ、自分の仕事が達成できれば、かぐや姫が確保できれば、それでいいのだ。

不比人は呆れたように笑った後で、「だけど、美女、美人ってのはどういう定義なんだろうな」と洩らした。

「定義？　美人は美人、整った顔立ちの女性のことだろう」

「その、整った、というのは誰が決めるんだ」

「たとえば、左右対称であること、とか」僕は思いついたことをそのまま口にする。「生き物として考えると、左右対称、シンメトリーの個体のほうが丈夫なのかもしれない。男は無意識に、そこに惹かれているんじゃないかな」

「左右対称に惹かれる？」

「整っているからだろ。どこかでそう誰かが言ってたぞ」本なのかテレビなのか、どこかにそういう情報があった。「生き物にとって異性に惹かれるのは、基本的に子孫を残すためだ。しかも、できるだけ優秀な、より生き残りやすい子孫を残そうとするのが遺伝子。そうだろう？　だから、外見が左右対称で、整っている顔立ちを美しいと感じるようになっているんだと」

「だけど、やっぱり最終的には個人の趣味とならないか？」

「なるかもね。遺伝子的には多様性こそが大事だろうし。それが？」

「だからもし俺が美女を見つけるのが上手い、としても、それはあくまでも俺にとっての美女、ということになる。主観だ」

「だとしたら」

「かぐや姫の外見が、俺の個人的な嗜好から外れていたら、俺の主観では美人とは思えない外見だったら、見つけられないってことにならないか」

なるほど一理ある、と答えかけてから、僕はかぶりを振った。「昔から不比人が指差したほうにいた女性は、僕たちの目からしても美人だった。もちろん、主観的な好みはあるだろうが、一般的な好みと大きくずれているとは思えないよ。それに、かぐや姫は、誰からしても美しいに決まっているんじゃないかな」

ここで不比人の力が当てにならないと万事休す、お手上げであるため、自身に言い聞かせるようなものだった。

彼は依然として納得がいかない顔で、「やったこともないハンドボールの試合に、だいたい似ているからと無理やり出場させられたバスケットボール選手の気分」と自らの不安と不快感を表現した。

まああそこを何とか、と僕は曖昧(あいまい)な言葉で誤魔化しながら、背中を押す。

さすが年に一度の、七夕まつりだけあり、商店街にはいつもとは異なる出店が見受けられる。持ち帰り用の食べ物や飲み物、ぷかぷかと浮かぶ風船や光る棒状のおもちゃなども売ら

れていた。

観光客と思しき家族連れや高齢者が行き交う。浴衣姿の女性たちもいる。

僕と不比人は高い天井を、正確にはそこに横向きにひっかけられた長い竹を見上げながら歩いているものだから、何かあるのかしら、と釣られて視線を上にやる人もいて、申し訳なくなる。

連鎖的事故が起きたのも、その流れからだった。

すれ違った中年女性が、僕たちの視線の先に何があるのか気になったのだろう、通り過ぎながら振り返り、アーケードの天井近くを確認した。この人込みの中、前を見ないで歩くのは相当、危険だ。「痛！」と少年の声がしたと思うと、後ろで、「前向いて歩いてくれますか？」と不満たっぷりの女性の言葉が聞こえた。

見れば、僕たちのせいでよそ見をした中年女性が、歩いてきた子供とぶつかったようだ。それを、おそらく母親だろう、三十代半ば過ぎと思しき女性が怒っている。

ぶつかってしまった女性はぺこぺこと頭を下げ、謝り、肩をすぼめていた。もちろんぶつかったのは彼女の過失だが、ぶつかられたという小学校低学年と思しき少年も、礼儀正しさとはほど遠く、人込みの中をぐるぐると駆け回り、ほかの通行人に迷惑をかけている。しかもそれが二人いた。兄弟なのか、二人で無軌道に走っている。

「有名なあれだな」再び歩きはじめ、隣の不比人が言った。「罪を犯したことのない者だけがまず石を投げなさい、ってやつ」

「でも、僕たちのせいで、あのおばさんもぶつかったようなものだから、申し訳ない気がするけれど」

「そんなことを言い出したら、どんな罪も、どんな人のせいにもなる。生まれてこなければ良かったどころか、地球に生命が誕生しなければ良かった、なんてことにもなる」

「本気で言ってるのか?」僕は苦笑する。

「俺は、どの女の子にも本気にはならないよ」

「嚙み合わない」

「そんなことよりも、俺たちにはやらなくちゃいけないことがあるんだろ」不比人は言いながら、やはり天井を見つつ歩いていく。「俺が竹をチェックするから、松本は、俺がぶつかったりしないように前を見ていてくれ」

その通りにし、アーケード通りを前進した。

結論から言えば、通りをすべて歩き切っても、不比人は反応を示さなかった。

「何も感じない」と竹から美女の印を発見することはできなかった、とうなだれた。

「おまえの自慢の美女ビジョンも」

不比人は溜息をついた後で、すっと息を吸う。

そもそも、と言いはじめたら嫌だな、と思ったところ、「そもそも」と不満を吐き出した。

「美女ビジョンなんて呼び方をしたことはないし、俺は自慢もしていない。竹を眺めて、かぐや姫が見つけられると請け合ったつもりもない。単に松本に協力しているだけじゃないか」

童顔の友人がむくれたため、僕もさすがに謝るほかない。もう少し付き合ってくれ、と宥めた。

「だけど一通り、見てきてしまった。どうする？」

「戻ろう。アーケード通りを引き返して、もう一度、竹からかぐや姫の気配を感じられないか、おまえの第六感が反応しないか、チェックしてほしい」

「また？」

「いいだろ。おまえだって、一周だけでは確信が持てないかもしれない。それに、帰りはもう少し、美女の定義に幅を持たせてほしい」我ながら難易度の高い依頼だ、とは思った。抽象的で分かりにくい。実際、彼も、「自分で何を言ってるのか分かっているのか？」とまじまじと僕を見てきた。

そうしている間も、次々と観光客が通り過ぎていく。邪魔になるため、横に避けてから、「おまえにとっての美女の枠を広げたほうが、見つけやすい可能性はあるだろ」と説明する。「人類皆美人という具合にか」「かぐや姫が人類かどうかは分からないけれど」「人類の枠も拡張するか」

僕たちは来た道を、逆方向に歩きはじめた。

今度は竹を眺めながら歩くだけではなく、ここぞと思う七夕飾りのところでは立ち止まり、例えば、「かぐや姫」なのだから「家具屋」の前に出された飾りの前で目をこらしたり、もしくは、「かぐや姫は月から迎えに来てもらったのだから」と名称に「月」の文字がつく仙台銘菓店の前で注目したり、とやったのだが、竹沢不比人の反応はぴくりともない。色男のホストで、複数の女性を手玉に取っている印象のある彼だが、予想以上に真面目に、誠実に役割をこなしてくれていた。

「そりゃ、やるからには手を抜いて、適当に、なんてできない」不比人は真顔で言った。「理容師だって、イラストレーターだって、簡単でいいからちゃちゃっとやって、と言われたところで、やるからにはちゃんとやりたくなるだろう」

プロ意識というものなのかどうか。

が、結局、僕たちはもう一度、一キロ近いアーケード通りを歩き、結局、スタート地点まで戻ってくることになった。

「ダメだ」「やっぱり、美女ビジョンなんてなかったんだな」と僕が洩らすと、竹沢不比人は、だから言ったではないか、と目を強張(こわば)らせた。彼を怒らせるだけならまだ耐えられるが、彼の背後に、彼を応援する女性陣がずらっと並んでいるかのように感じ、怖くなった。

「ちょっと電話で連絡してみる」僕はスマートフォンを小さく掲げる。

過去の経験上、調査が行き詰まった時は依頼人に正直に報告するのが有効だった。時間の節約になる上に、案外に、次の行動のヒントをもらえることがあるからだ。

「ああ、松本さん、どうされましたか」青竹ファームの出荷担当部長は電話にすぐ出ると、軽やかに言った。一年のうちで最も混雑していると言っていい市街地で、人の波に揉まれているこちらに比べ、明らかにクーラーの利いた屋内からのんきな声を出す彼女に違和感を覚えるが、こちらは仕事をもらって働いている立場なのだから、そのくらいの格差は仕方がないと自らを納得させる。

状況を僕は説明する。今、七夕まつりの竹を一通り見て回ったのだけれど、センサーが反応した様子はない、と。センサーとは何か、について詳しくは伝えていなかった。「ほかに、該当の竹が使われていそうな場所はありますか？」

アーケード通りだけでなく、市内のほかの商店街にも七夕飾りはある。ここだけにこだわっていいものか。

「あの竹の大きさからすると、出荷先はそこが有力なんですけどね」爪に色でも塗りながら応対しているのではないかと疑いたくなるような、他人事(ひとごと)じみた口調だった。

ううん、と僕は悩む。ほかに突破口はないものか。「特徴はないですかね。かぐや姫が混入している竹について」だいたいそれほど大事なものならば、「貴重品」のシールを貼るなどして分かりやすくしておくべきではなかったのか。

「なにぶん、弊社でも久しぶりのことなので」

「昔からの申し送り事項にないんですか。かぐや姫が宿るとこんなことになりますよ、とか」

もう面倒臭いなあ、と彼女がこぼすのが聞こえたように感じたが、さすがに気のせいだろう。

「あ、そういえば」彼女の声が跳ねたのはその時だ。「竹って光りますよね」

「竹が光る？」

「竹取物語ってそうじゃなかったでしたっけ。おじいさんが竹林で、光っているのを見つけて近づいたら、かぐや姫がいたんですよね」

そうだったかもしれない。「ということは」

「竹が光っているのを探したらどうですか？」

はあ、と僕は返事をしつつ通話を終え、またアーケード通りに戻った。

竹沢不比人の姿はすぐに見つかった。銀行近くの出店の横に立ち、ノースリーブの女性と談笑している。楕円形の風船を、その紐をつかんでいた。

「ああ、松本、おかえり」

「ただいま。ええとこちらは」と目鼻立ちのはっきりした、ウェーブがかかった髪の女性を窺う。

「今、会ったんだ。道に迷っていたみたいで」

　詳細は不明だが、この短時間で、見るからに可愛らしく、活発そうな女性と親密になっているのだから、恐ろしい。頼もしい、と言うべきだろうか。すでに連絡先は交換済みらしく、「じゃあ後でまた」と曖昧な挨拶とともに、女性は去った。

「その風船は？」

「松本とはぐれた時の目印になると思って、買ったんだ」ぷかぷかと浮かぶ風船は、手を離した途端、上昇していくのだろう。脱出を図るペットを紐で縛るかのようだ。

「それは助かるよ」僕は棒読みで答えた。

◇

「俺も一応、考えてはみたんだ」女性をナンパしていた気まずさからか、不比人が自ら言い出す。「かぐや姫の情報が何かないか」

「へえ」どうせ何も思いつかなかったんだろ、と嫌味を言いそうになり、反省する。もともと今回のこれは、僕の仕事に彼を巻き込んでいるのだ。手伝ってもらっているのはこちらで、後で食事を奢るつもりはあったものの、ほとんどは彼の好意に甘えているのだから、態度には気を付けるべきだ。「何かあった？」

「俺のホストクラブの大先輩、オーナーに阿部さんという人がいて。阿部先輩と呼んでいるんだけどさ、俺なんて目じゃないくらいにモテる人で。まあ伝説の人だよね」

「ほお」伝説とは大きく出たものだ。

「その阿部先輩が前に、昔一人だけ口説けなかった女性がいたって言ってたんだ。いろんな男が言い寄ったんだけれど、ああだこうだとあしらわれて。阿部先輩も言われるがままに、高い買い物をしたけれど結局振られたんだって」

「ホストは女性にプレゼントをもらう側だとばかり」高い買い物をしてあげるとは、意外に感じられた。

「どうかしてた、って言ってたよ。まあ、誇張された昔話だと思ってたけれど、これって、かぐや姫じゃないか?」

「え」

「たくさんの男に寄ってこられて、無理難題で撃退する、というのは、似ているだろ。竹取物語に」

似ている部分があるといえばある。が、そのような女性は、かぐや姫以外にもいくらでもいるだろう。

「とりあえず、阿部先輩にメールを送ってみたんだ」

「何て?」かぐや姫混入のことは今のところ、他言無用のシークレット情報だろうから、広まってはまずい、と焦ったが、さすが不比人はそのあたりも心得ていて、「先輩が振られた女性の話を聞かせてほしい」と伝えただけだという。

「突破口になるかどうかは分からないけれど、不比人が積極的にアイディアを出してくれたことはありがたい」

　思わず本音を洩らしたところ、彼は当たり前ながらむっとし、「松本、おまえも何か考えてはいるんだろうな」と口を尖らせた。

「一つヒントをもらってきた。かぐや姫がいる竹は光る」

「何だって？」

「竹取の翁の時もそうだっただろ。竹林の中で、その一本だけが光るんだ。妖しい光を発して」

　なるほど、と不比人は納得気味にうなずくと、すぐにスマートフォンを触りはじめた。先ほどの女性に連絡するのでは、と疑いかけたが、違った。

　ほどなく彼がスマートフォンをこちらに向け、「松本、これだ」と高揚した声を出した。覗き込むと画像が載っている。「コレダ？」いったい何に驚けばいいのか。

「竹、光る、発光、そのあたりでＳＮＳを検索してみた。七夕まつりもキーワードにしたら」

「見つかったのか？」食いつくように見つめてみたが、写真には、可愛らしい若い女性がピースサインめいた仕草とともに映っているだけだ。まさか、成長したかぐや姫？

「コメントに、竹が光っていた、って書いてあるんだ」

「どこの竹？　この人どこの人？」

「前後の投稿をチェックしてみると」不比人はスマートフォンを構えて、指でなぞりはじめる。

◇

「竹、本当に光ってたんですよ。まわりのみんなはそんなに感じてなかったみたいなんですけど、わたしは眩しくて。そういう霊感とかあるほうで。巫女っぽいって言われたりもするんで」

SNSへの投稿主は、アーケード通りから少し外れ、予備校があるエリアに抜けたところの、鞄屋の店員だった。突然、来店した僕たちは、鞄を買うでもなくSNSの内容について確認しにきたのだから、明らかに客ではない。にもかかわらず、にこにこと接してくれたのは、おそらく、不比人が二枚目だったからではないか。偏見に満ちた分析で申し訳ないが、僕にはそう思えてならなかった。

「どこで使っている竹か分かるかな？」不比人の声は女性の前では艶が出てくる。

彼がつかんだ紐から伸び、ぷかぷかと浮かび上がる風船にすら、店員はうっとりと見惚れている。

「錦町公園で流しそうめんやるんで。そこで使う竹みたいですよ」

錦町公園は、定禅寺通りと愛宕上杉通りのぶつかる角にある芝生の広がる公園で、僕も時折、酒屋の配達の途中に立ち寄り、ベンチに座ってぼんやりするお気に入りの場所だった。春にはたくさん並ぶコヒガンザクラが、濃い桃色の花をつけ、超低空にピンクの雲を、觔斗雲のように、浮かび上がらせてくれる。

「そんなに遠くない」不比人が言い、僕もうなずく。

僕の仕事にそこまで積極的に参加してくれるとは、とありがたく思いながら、アーケード通りを脇道から外れ、北へと向かった。広瀬通りを横断し、仙台家具の街と名付けられた区域を横目に、短い坂を上ると公園に辿り着いた。

「流しそうめんか。松本は食べたことがあるか？」

「考えてみれば、ないな」

彼はスマートフォンをちらっと見て、「まずい」とも言った。「錦町公園のことをネット検索してみたら、こう出てきたぞ」

「何て」

「仙台城から見て、北東。鬼門だ、と。不吉な予感がする」

「どこから見ても北東は存在するよ。気にしても仕方がないじゃないか。だいたい不吉って、何がある」

「竹を切った時に、姫が負傷している、とか」

そうなったら一二〇年に一度の竹の花が咲き、竹林が全滅するどころじゃ済まないかもしれない。竹林が業火で焼かれ、まさしく竹やぶ焼けた、の状態になるのを想像してしまう。

公園はかなり賑わっていた。風船を持ったままの不比人と中に入る。縁日めいた出店がいくつかあって、人々が群がっていた。

人込みをかき分けながら、中心部へ向かうと確かに、流しそうめんが行われている。半分に割った竹がいくつも組み合わされ、プールのウォータースライダーよろしく、長い滑り台を構築していた。思った以上に大がかりで驚くが、驚いてばかりもいられない。

流れてくるそうめんを、きゃーきゃー騒ぎながら下流ですくおうとする人たちを尻目に、あちこちに視線をやる。すでに竹は割られている。もし本当にかぐや姫混入の竹がここで使われているのなら、すでにかぐや姫は外に出ている。三寸、十センチの姫がいたならおそらく、流しそうめんそっちのけで騒ぎになっているはずだ。

姿を消したのだろうか。

小さな人影を探そうと、地面近くに目をやった。小型犬が目に入るたび、どきっとした。かぐや姫かと思ったからだが、一方で、ああいった犬に彼女が嚙まれることも想定される、と気づき、焦った。

　僕と不比人は二手に分かれ、公園内で聞き込みを行うことにした。かぐや姫を見ませんでしたか？　とは訊きにくく、不審がられるのは明らかだったため、小さな女の子の人形を見なかったか、と訊ねた。それでもやはり不審がられたが、これも仕事と割り切り、比較的、寛容そうな人物を選んで訊ねた。

　大した情報も得られず、再び不比人と合流すると、彼もお手上げのジェスチャーをした。風船の位置がそれに合わせて、さらに高くなる。

「仙台四郎（せんだいしろう）にも縋（すが）ってみるか」不比人が、先ほどまでいたアーケード通りのほうを振り返る。江戸時代末期から明治時代に実在した人物だ。何らかの障害を持っていたと聞いたことがあった。彼が訪れた店は繁盛したことから、商売繁盛の神様とされている。いわゆる福の神だ。仙台市内でよく、彼の写真やイラストを見かける。

　縋りたい気持ちは一緒だったが、かぐや姫と商売繁盛は無縁に思えた。そう言うと不比人が、「竹取の翁は金持ちになったんじゃなかったっけ」と言った。

　別の昔ばなしと混同しているのではないか。

「ねえ、お兄ちゃんたち」

　声をかけられたと気づくのに、少し時間がかかった。どこから聞こえてくるのか。あ、なるほどかぐや姫が下から！　と視線を落とすと、ごく普通の子供たちがいた。小学校低学年くらいの女の子と男の子で、「ねえ、さっき、小さい人形探してるって言ってたでしょ」と言ってくる。

「言ってた言ってた。何か知ってる?」不比人が体をかがめて、訊ねた。

「小さい女の子みたいのが、ばーって走っていったのを見たの」

僕と不比人は顔を見合わせる。彼の顔がぱっと輝いているようだったのは、僕自身の表情もそうだったからに違いない。

「どこに?」と僕たち二人の声が重なった。

すると幼い彼らはほぼ同時に体をくるっと回転させ、「あっち!」と指差した。「あっちに走っていったの。ばーって猫みたいに速くて」

僕たちが来た方向、つまりアーケード通りのあるあたりを、指している。

かぐや姫も七夕飾りを見たいのかもしれない、と僕は安易に思いながら、アーケード通りの長い屋根を眺め、「あ」と声を発している。

不比人も、「あれは」と言ったから、僕と同じものに気づいたのだろう。

煙が上がっていたのだ。火事だと気づくまで少しかかった。

◇

アーケード通りは、仙台駅のほうから西へ向かって一キロ近く続き、南北の大通り二本によって三分割されると説明したが、火事はその二ブロック目で起きていた。

僕たちが通りの入り口に到着した時にはすでに、人がたくさんいた。野次馬として集まってくる者と、現場から一刻も早く遠ざかろうとする者とが、入り乱れている。

「七夕で火事なんて、大変だよな。こりゃ、一大事だ」

馴染(なじ)みのない声が、ずいぶん馴れ馴れしく、僕の近くで聞こえてくるものだから、はっと顔を向ければ、やはり見知らぬ男が立っていた。赤の、年季の入った革ジャンを着た、長髪の色黒男性だ。

反応したのは不比人だった。「阿部先輩！」と言う。「どうしたんですか、こんなところで」

誰だっけ、と首を傾(かし)げたところで思い出す。不比人が話していた、ホストの大先輩だ。

「何言ってんだ。おまえがメールで、話を聞かせてほしいと言ったんだろ。昔の、口説けなかった女のこと教えてくれって」

「言いましたけど、だからって、どうしてここに」

「七夕まつりに来てる、って書いてあったからな。会えるかと思ったんだ」

「観光客ぎっしりのここで会えるわけが」不比人は言いかけたが、「現に会えたじゃないか」と阿部先輩がにっこり微笑(ほほえ)んだ。若作りの中年男とはいえ、くしゃっとした笑い顔に惹き込まれそうになる。さすが、不比人の先輩だ。

「どこで火事なんですか」

「アーケードに入って、左手らしい。すぐそこだ。何の店なのか、ちょうど改装中だったところから」

僕たちが喋っている間も、人がごちゃごちゃと押し合いへし合い状態で、何しろ七夕飾りに引火したら、簡単に燃え上がるだろう。早く消防車が来ないか、と多くの人が嘆く。消防隊が向かってきているのは間違いない。距離はあるが、緊急車両の音が聞こえてはいた。

子供が中にいる、とざわざわしはじめたのはその時だった。子供、うそだろ、どこに、誰の子、うちの子じゃないけどどこの子、中ってどこの、と声が沸く。

お兄ちゃんが中に、と言っている少年が見つかった。大人たちに囲まれ、必死にアーケードの中を指差していた。どこかで見たぞ、と記憶を辿り、思い出す。この通りを歩きはじめた時に、通行人とぶつかって、母親がなにやら怒っていた、その子供ではなかったか。兄弟なのか、混雑する人通りの中、二人で駆けていて危なかったのを覚えている。

落ち着いて一から説明するんだ、と皆が問い質す中、子供は一ではなく十五あたりから説明をしようとするものだから、状況はなかなか把握できない。母親はどこに行ったのだ、母親は。パチンコでもしているのかもしれない、と勝手に想像する。

そうしている間も、人が次々と溢れ出てくる上に、煙の臭いも強くなってきて、ここにいるのも危険だと分かる。

僕たちも一刻も早く離れなくては、と思ったが、不比人が、「その赤い服！」と声を弾ませたことで、事態が変わる。

彼が、阿部先輩の革ジャンを指差して、「それって、その難攻不落の女性のために手に入れたものじゃないですか」と興奮した面持ちで言ったのだ。

阿部先輩は目を丸くし、「よく分かるな」とうなずいた。昔、最後まで口説き落とすことができなかった女性が求めるものだから、結構なお金をつぎこんでネットオークションで落札したものだという。「だけど、結局、いらないと返されたんだ」いまだにそれを愛用しているのだから、阿部先輩も未練があるのだろうか。「これがどうかしたのか」

「それ、火鼠の皮衣じゃないですか」不比人は言った。

今回の仕事のために竹取物語の話は一応、頭に入れてきていたので、僕もぴんと来た。とはいえ、竹が光る件についてはぴんと来なかったのだから、威張れるほどの予習成果ではなかったとも言えるのだが、とにかく皮衣とは確か、かぐや姫が、言い寄ってくる男に要求した物の一つだったはずだ。

「火鼠？　何だそれは」

「燃えない布ですよ」不比人は言う。まさにこのために今日はここに来たのだ、と急に使命を思い出した密使よろしく、きりっと顔を引き締めると、「阿部先輩、革ジャン貸してください」と手を出した。

勢いに押されたかのように阿部先輩は、「ああ、うん」と脱ぐ。

火をつけても燃えない火鼠の皮衣？　これが？

目をしばたたき、茫然としていると、不比人が、「よし、松本、これだ」と革ジャンを押し付けてくる。

「コレダ？」

「早く着て、子供を助けに行くんだ」

何を言ってるのか理解できなかった。「どうして、僕が」

「おまえしかいないだろう」

おまえもいるじゃないか、と僕は言い返したかったが、押し付け合いをしている状況でないのは間違いなかった。消防自動車のサイレンは確かに聞こえてはいるが、まだ遠い。

子供がいるのならば、策を打たなくてはいけない。

重要なのは、その策を打つのが僕である必要があるのかどうかだが、困惑しているうちに不比人と阿部先輩がぐいぐいと、アーケード通りの中に押し込むようにした。

その店はぱっと見は燃えているようには見えなかった。ただ、煙は上がっている。店内で、その炎の舌を蠢かし、外に飛び出すタイミングを待っているのかもしれない。

店のドアのところに数人の男たちが集まっている。商店街関係者らしき高齢者たちだったが、必死の形相で、「開かない」とドアをがたがた揺らしている。「中で物が落ちて、塞いでいるのかもな」

「中に子供がいるんですか」僕はそっと首を伸ばし、訊いてみる。

「そういう話なんだが、声もないし」

「倒れているのかもしれないぞ」不比人が脅すような言い方をした。「だからおまえが行くしかない」と。

僕はいつのまにか、赤の革ジャンを羽織らされている。

「燃えない服だからな、大丈夫だよ」不比人が言い、隣で阿部先輩がこくりとうなずく。

舌打ちはしたものの、意を決し、つまりそれくらいには正気を失っていたのだが、店の入り口へ向かった。透明のドアだったが、向こう側に倒れている支柱のようなものが、ちょうどつっかえ棒になっているのか押してもどうにもならない。

いくら火鼠の皮衣があっても、入れないことには、と引き返そうとしたがちらっと見えた店内の奥に、子供と思しき人物の拳が見えた。仰向けで倒れているのだろう。

これはまずい。

商店街のみなさんもドアを割ることを検討しはじめたが、方策が見つからないらしい。

「竹だ、竹で、突けば」と誰かが言うが、手ごろな竹も見当たらない。

「松本、上だ。二階に入れる隙間があるぞ」

不比人が後ろから叫んだ。一歩二歩と下がって、店舗を見上げれば、確かに二階のあたりに空間があった。風通し用のものなのだろうか、四角形の穴が見える。

「ちっちゃすぎるだろ」

僕は若干、語気を荒らげてしまったが、そこからはあっという間に事が起こった。僕からすれば疾風怒濤の出来事で、あれよあれよ感しか覚えていなかった。

これから述べることは後で、不比人から教えてもらい、把握したことだ。

まず、不比人が風船を手放した。彼曰く、紐をつかんでいた手に引っかかれるような痛みがあった、というのだが、とにかく拘束から解放された囚人のように、風船は自由に浮上しはじめた。

すると不比人の手から肩、頭へと駆けた影が、そのまま跳躍し、風船の紐にぶら下がった。僕はもちろん、一番近くにいたはずの不比人や阿部先輩も、まさかそれが身長三寸のかぐや姫だとは気づいておらず、風船に何かがぶら下がっているな、と見上げているだけだった。

風船がアーケードの屋根部分まで辿り着くと、そのぶら下がっていた影は、七夕飾りを支える、横に張られた大きな竹に飛び移った。その影、かぐや姫は、竹の上を駆けて右端まで行くと簪(かんざし)を取り出し、固定している綱を素早く切った。

そうなれば当然、竹は傾き、落ちる。逆側は固定されたままだから、斜めに落ちはじめた。かぐや姫はその竹から逃げることもなく、しっかりと立ち、店の二階あたりまで傾(かたむ)いたところで、例のダクトに飛び込んだ。

僕は口をあんぐり開けて、状況も飲み込めず、ぽかんとしているだけだった。

店の中で、がしゃんがしゃんと音がする。炎が回っている中、かぐや姫がどこをどう走り、降りてきたのかは結局はっきりしないが、気づいた時にはドアを閊（つか）えさせていた支柱がどかされていた。

考えるより先に、僕は中に入っていた。ためらわなかった自分は褒めてあげたい。

必死だったがために、記憶に残っていることは少ない。ドアを開け、一目散に、倒れている子供のもとへと駆けた。抱きかかえて店の外に走る。途中で炎が、逃がすものかと、つかみかかるかのように僕の背中に襲い掛かった気配はあったが、どうにかこうにか脱出した。

商店街のみなさんが子供をさっと引き取ってくれると同時に、僕を指差し、「燃えてる、燃えてる」と慌てた。背中が熱い！　と泡食う思いで、革ジャンを脱ぐと足元に落として、踏みつける。

燃えないはずではなかったのか、と不比人を見れば、彼は、「ああ、ただの革ジャンだったな」と頭を掻（か）くだけだった。「偽物つかまされたのかも。ネットオークションはやっぱり怖いな」

◇

「おかげさまで、青竹ファームは災いを逃れることができそうですよ」

目の前に座った市役所職員の彼女は言うと、僕のほうに手を伸ばした。何をされるのかと思えば、「ネクタイ曲がってますよ」とシャツの襟のあたりを触ってくれた。

日頃、着ないものだからスーツにも慣れていない。隣に腰かけた不比人がホストクラブで使っているという、細身のスーツを着こなしているのとは好対照だ。

「ええと、彼女は無事に帰ったんですか？」あの火事の時、かぐや姫が大活躍したのは間違いなかったが、どういうわけか僕たち以外の者は目撃していなかったらしい。もしくは目撃していたにもかかわらず、覚えていないのか。スマートフォンで撮影していた者も多かったはずなのに、あのアーケードの天井近くの竹が、がくんと傾いた場面は衝撃的で、いくつもネット上にアップされていたようだが、それをやった張本人のかぐや姫のことには誰も触れていなかった。大きな鼠や猫が暴れたとでも思っているのだろうか。

「ちょうど昨日です。無事に、月に。誤って出荷してしまったことや、かぐや姫をちゃんと保護できていなかったことにはクレームがついたみたいですが、けれど、理解は得られました」

「竹やぶ焼けないで済みそうなんだね」

「おかげさまで」

そこから僕は、この後の式典の段取りを説明される。仙台の七夕まつりで発生した火事を、最低限の被害に留めた、ようするに子供の命を救った、という理由で僕と不比人は表彰されることになったのだ。

消防署の人はもちろん、市長からも何かもらえるらしい。

「挨拶は考えてきたか？」不比人が訊ねてくる。

「何か喋るのかい」

「そりゃあ、喋らないといけない」

「不比人に任せるよ、そういうのは」

「おまえも何か喋らされる」不比人は言い切ると、僕の耳に口を近づけ、「実は、頼まれているんだ」とささやいた。

「何を。誰に」

「かぐや姫だよ。あの時、子供を助けた後でおまえは倒れた。救急車で運ばれる時、一緒に彼女もついてきていたんだ」

「何だって？」そんなことがあったとは知らなかった。

「隠れていたからな。おまえのことを心配そうに見ていたが、結果的に、大したことがないと分かって、ほっとしていた」

「で、何を頼まれたんだ」まさか、僕と親しくなりたい、だとかそういった話だろうか、と緊張する。どれくらいの期間を待てば、かぐや姫は、成人女性へ成長するのだっけ、と頭の片隅で考えはじめている。

「彼女は、今日みたいに、おまえが表彰される時のことを見越していたんだ。マスコミから取材を受けたり、公の場でスピーチをしたり」

「ああ、うん」

「その時に、『僕は竹を割ったような性格なので』と言ってほしいんだと」

「はあ?」耳を疑う。

「竹にちなんで、そう言えばきっと面白いから、ぜひ、盛り込んでくれ、と」

どうしてかぐや姫が、そんなことを主張するのか理解できなかった。おおよそ、不比人の悪ふざけ、嘘なのだろうと想像したが、とにかく僕は、「やだよ」と正直に答えた。

というわけで、七夕のこの奇妙な出来事はそれなりに新鮮で、貴重な体験だったが、僕の生活は特に変わりはない。酒屋をやりながら、時折、頼まれた探偵仕事をするだけの日々だ。不比人も同様、以前と変わらぬ生活を送っているようだが、ただ一つだけ、どの女性を見ても好みのタイプに感じるようになった、とは本人が言っていた。美人の枠を広げた結果かもしれないな、と彼はどこか嬉しそうだった。

細長い竹林

北野勇作

北野勇作

きたの・ゆうさく

1962年、兵庫県生まれ。

1992年、『昔、火星のあった場所』で日本ファンタジーノベル大賞優秀賞を受賞。

2001年、『かめくん』で日本SF大賞を受賞。

作品に『カメリ』『大怪獣記』『その正体は何だ!? じわじわ気になる(ほぼ)100字の小説』など。

なにげなくいつもの角を曲がったらそこが更地になっていて、何かに化かされたような気分になった。

入り組んだ狭い路地の中に、そこだけ赤っぽい土が剝き出しになっている。昨日通ったときには、こんなではなかったはず。

毎日のように見ていた風景の片側を赤土の地面が占めている。妙にすかすかしていて、なんだかいつもの道ではないみたいだ。奥歯を抜かれた後のその穴を舌先で探っているようなこの頼りない感じは、急に空が広くなった、というだけでは到底納得できない。

そして、そんなふうなことを考えながら見上げる空はもう、そら、というより、から、という感じで、いかにも秋の空っぽくよく晴れていて、ああいつのまにやらすっかり秋かあ、などと鰯雲やらその後ろにあるすこんと抜けた青色につぶやいたその自分の声で、意識はまた地上へと戻ってくる。

それほど大きな更地ではない。大抵の家が更地になると、あれこんなに小さかったのか、などと思うものだが、やっぱりここもそうだ。

視界に余裕で収まる小さな四角。にもかかわらず、これだけのことでずいぶん景色が変わる、ということにまず感心した、というか驚いた、というか頼りなくなった。そして、頼りなく感じていることは確かなのだが、いったい何がそんなに頼りないのかがよくわからない。自分の感覚なのか、自分の記憶なのか、はたまた自分のまわりの世界そのものなのか、それらどれでもないのかどうでもいいのかそれもまたよくわからない、というそのことがまた頼りなくて、そんな頼りない頼りなさが自分の中でこの赤土の地面のように剝き出しになってしまっているのが頼りなく、確かなのは、頼りなく感じている、というそのことだけ、などというそんな頼りない確かさがあるものか、とか。

それはともかく、ほとんど隙間なく建っていたからこれまでは見えなかった左右の家の側面が今は丸見えで、もちろんその更地の向うにも、これまでは見えなかった家の背中が見えている。それを背中だと感じるのは、換気扇やら下水道へと続いているらしい配管やらエアコンの室外機やら他にもなんだかわからないごたごたしたものが並んでいるからだろう、そんな背中と背中の間には、どうやら細い路地がある。

おや、あんなところに道が、と思う。これはもしかしたら近道かも。

伸びている方向からすると、駅の裏あたりまでショートカットできそうである。しかし私道かもな。だとしたら、あんまりうろうろしていると怪しまれるかも、というか、すでにけっこう怪しいのでは、とあれこれ考えるが、なによりもいつまでもそんなところに突っ立っているわけにもいかず、かと言って、更地を突っ切ってよく知らない路地にいきなり入って行くのもなんとなく気が引けて、とりあえず駅前の喫茶店を目指していつもの経路で歩行を再開する。そうして歩きながらしつこく考えているのは、更地になる前のあそこにはいったい何があったのか、なのだが、しかし何をどうやっても思い出せない。そのことに今、気がついた。毎日歩いている道なのだから、憶えていないはずはないと思うのだが、実際にそうなのだから仕方がない。変だとは思うが同時に、まあそんなものか、とも思う。人間は自分で思うほどには物を見ていない。いや、他人のことはわからないから、人間、などと大きなことは言えないか。とにかく自分に関してはそうだ。だって現に思い出せない。これほど確かなことはない。

なんだか自分の頭の中のその部分までもが更地になってしまったような気分で、しかし実際そんなものだろう、こういうことでもないと意識できないだけで。

そんな具合にいつもの道筋の途中でにわかに出くわした更地、その中ほどには畳二枚分ほどの浅い水たまりがあって、ぺたんと空が映っている。昨夜、雨なんか降ったかな。それとも、あれは雨とは関係のない水たまりなのか。水たまりに映った鰯雲(いわしぐも)がゆっくり動いていて、見ているうと自分が立っている地面のほうが動いているような気になってくる。

あれ？　さっき歩行を再開したはずなのに、なぜかまだここで立ち止まっていた。自分に言い訳するようにそうつぶやいて、今度こそ歩行を再開する。

＊

午前中のだいたい同じ時刻に、駅前の喫茶店まで十五分ほどかけて歩いていく。仕事をするため、とここはきっぱり言い切りたいところだが、はたしてそれは仕事なのか、と問われれば、今これを書きながらも首を傾げざるを得ない。それはともかくとして、この喫茶店、昔は喫茶店ではなくハンバーガー屋だった。内装は今もその頃のままで、表にあの赤と黄色の看板さえつければ、すぐにでもまたもとに戻せるのではないか、と思えるほどそのままである。実際、そうだった頃も毎朝ここで同じようなことをしていた、つまり、ハンバーガーは注文せずコーヒーだけで同じ隅のテーブルでこんなふうにノートに文章を書きつけていたのだ。時間帯のせいなのか店のせいなのか、いつもすいているから粘っても気を使うことはないし、コーヒーも安い。それに窓も広くて明るいのだ。

ところがいつからか、それがそのまま喫茶店になっていた。いつそうなったのか、よくわからない。なにしろ店員も同じだし、入口のカウンターで買ってトレイに載せて自分で席まで運ぶという方式まで同じだ。どうやらハンバーガーもあるようだが、ハンバーガー屋だったときからコーヒーしか頼んだことはないのだから、やっぱり頼むことはない。なぜかコーヒーの値段まで同じで、ハンバーガー屋ではなくなったというそのことにしばらく気がつかなかったほど何もかも同じなのだ。そして、相変わらずそこに通い続けていて、大抵はいちばん奥の隅の席で仕事をしている。

そこでしているそれがはたして仕事なのかどうか、という点もやっぱり同じなのだが、いちいち言い訳めいたことを書くのも面倒なので、ここはもう仕事ということにする。

べつに決意とか固い意志とか、そういうことではなく、単に面倒だからそういうことにしておく。そうさせて欲しい。そうする。そして続ける。このいつもの席が仕事にちょうどいいのは、窓際の隅の席で、窓を背にして直角の壁の角にちょうどはまりこむように座るとなんだか落ち着くから。

と言っても、そんなものはあくまでもこちらの都合だし、誰かがもうすでにその席に座っているときは、当然ながらそこに座ることはできなくて、そういうときはとりあえず隣に座って、もしその席が空いたら、すぐにスライドしてその席へと移動するし、空かなければ、そこでそのまま仕事をする。つまり、べつにどうしてもその席でなければできない、というわけでもないのだが、毎日同じようにしているので、できればそうしたい。それでそうしている。そんなふうにして、だいたいいつもそこに一時間半か二時間いて、それからまた歩いて家へと帰る、その繰り返しで、ほぼ毎日そうしてきた。

そんないつもの道の途中に更地が出現したのだ。出現などというと大袈裟に聞こえるだろうが、本人にとってはけっこう大事なことで、理由をわかってもらうためには、そのいつもの道順というものがいかにして決定されたのか、を説明する必要があるだろう。いや、あるのかな？　まあいい。あることにする。我が家は路地の奥にある借家なのだが、その広さのわりに家賃が安い。借りた当初から、これはいわゆる事故物件なのではないか、何か出るのではないか、とかなり疑っていたがこれまでべつにそういうものが出たことはない。もしかしたら、出たのかもしれないが少なくとも気づきはしなかった。

さて、この我が借家から駅前の喫茶店へと至るいちばん単純なというかわかりやすいルートは、家のすぐそばの工業高校の塀沿いに歩いて、その道と直交するアーケード商店街を右に折れ、そのまま商店街の中を通って出たところが国道沿いの舗道、そのまま道なりにまっすぐ進めば鉄道の高架に突き当たるその高架下、というものである。

実際、ここに越して来た当初はそうやって通っていた。だが、よく考えれば、いやそんなに考えなくてもすぐわかることなのだが、この商店街と国道は、くの字の形を作っていて、だからそのルートは明らかに最短距離ではない。

この「く」の一番上から一番下までをまっすぐ結ぶことができれば、かなりとまではいかないまでも、そこそこの距離と時間の節約になるはずで、大したことはない、とは言ってもなにしろ毎日のこと、相当な得になるのでは、と考えたわけであるが、しかしそうやって得られるであろう時間を何に使うのかと言えば、この仕事だかなんだかわからないような、でもいちおう仕事ということにしているこの仕事をするならまだしも、たぶんただぼけっとするだけで終わってしまったりするのだから、いったい何をしたいのか我ながらよくわからない。そして、目的が自分でもよくわからないところに加えて、ナチュラルボーン方向音痴とでも言うべき体質だから、すぐに自分が向かうべき方角を見失い、ごちゃごちゃした路地を闇雲に歩き回っているうちにだんだん不安になってきて、ようやく見覚えのあるところに出てほっとしたはいいが、近道どころか大幅に逆戻りしていたことがわかったりして、なんのこっちゃ、とつぶやきながらしかし、さっきまでの不安から解放されてほっとしたことによって自分が何らかの試練を乗り越えたかのような錯覚に陥っていて、そうなるとさっきまではあんなに不安だったはずのその迷子感覚のようなものを反芻して楽しんでいたりするから、もう近道を探すという当初の目的などまったく関係なくなってしまっていたりするあたりも、仕事のような仕事でないようなこの行為とよく似ている気がして、それでもやっぱり紙の上に水性ボールペンでぐねぐねぐねぐねとのたくる文字列によって残されたその軌跡を見返して、あまりののたくり具合に書いた自分が解読作業をやらねばならず、さすがにもうすこし他人にもわかるように、と文字だけでなく内容も自分が考える世間並みの基準に翻訳してみたものを送りつけて預けておくと、これが忘れた頃に掲載してもらえたりするのだから、不思議なものだなと思うし、そういうやりかたでなんとなく今までやってきて、そのままけっこうな年齢になってしまったことは、大いに不思議だが本当だ、としか言いようがなく、そんな何かに化かされたような状況がこの先いつまで続くのかはわからないし、はっと我にかえると肥溜めの中、とかいうこともいかにもありそうだ。

　とにかくまあそんなわけで、というか、どういうわけかわからないそんな道中に、にわかに出現した竹林なのである。

　まてまて、竹林などというものがにわかに出現したりするはずがないではないか。そうは思う。そうは思っているのだが、しかし現にある。ここにある。目の前にある。あるものは仕方がない。

口の中で小さくそう唱えながら、更地ごしに見える家の背中と背中の隙間をさらにもっとよく見ようと覗き込んでいた。

それでますますはっきりしたのだが、両側の家の隙間のその向うに見えているのはやっぱり竹林であるし、足もとの更地と同じ赤い色をした土の道がその竹林へと続いている。

駅前へのいつもの経路は、この路地のすこし先を駅の方向へ折れそのまま道なり、なのだが、もちろんその途中には竹林などはないし、それらしきものを見たこともない。にもかかわらず、ここにはこうして竹林があって、その中へと道が続いているのだ。どういうことなのか。もしかしたらこの竹林、竹林のように見えているだけで実際には竹林というほどの面積はない。そう考えるべきだろうか、というか、そうとしか考えられない。

うん、これはたぶん、あれだな、騙し絵のようなものなのだ。それを立体にしたもの。ほら、オバケ屋敷とか胎内巡りなんかでも、じっさいには大した広さでもない中をぐねぐねと曲がって広く見せたりするではないか。だからこれは竹林に見えてはいるが、実際に竹があるのはここから見えているこの細い道の左右だけで、見た目ほど広い面積を用いなくても、遠近法とか錯視とか、なんかそういうふうな方法を使えば、道の両側に竹があるだけのもの——いわば細長い竹林——を広大な竹林の中に道が続いているように見せることができるのだろう。

なんかそういうふうな方法、というのが、どういうふうなのか自分でもわかっていないのだが、でも現にそうなのだから、となんとなく自分を納得させてしまうのは昔から。数学で積分が出てきた頃からそうだった。なんか化かされてるみたいな気がするが、この通りやれば点数がもらえるんならまあそういうことにしとこう、とか。

たぶん狐や狸に化かされた人もそういう感じで、なんかおかしいなあ、いまいち納得いかないなあ、などと思いながらもずるずると流されていったのではないか、そういう気持ちはよくわかる、とここで狐や狸が出てきたりするのも、たぶんこの竹林からの連想で、そうなってしまうくらいこれが竹林に見えている、ということは確かなわけで、しかしそんなものがこんなところにいったい何のために、いったい誰によって作られたのかなあ、とそんなものが何なのかわからないまま考えているが、もちろんこうしてその入口から覗き込んでいてもわかるはずがないから思い切って入ってみるか、と決めたそのときにはもうすでに竹林の中を歩いていた。

どうも思考が行動に追いついていない気がする。身体がやってしまったことに、意識がその理由を後づけで捻(ひね)り出しているような——。

たとえば操り人形に意識が発生したらこんな具合ではなかろうか。自分以外のものによって動かされているのに、その動きのすべてに自分で理由づけをして、動く前の記憶に滑り込ませる。そうやって、自分の行動のすべてを自らの意思で決定したものだと思い込む。思い込もうとする。何かに化かされる、というのもそういうものではないかな。そうでもなければ、いくらなんでも田んぼや畑や竹林の中ににわかに出現した座敷に上がり込んだり、そこにいたのがいくら美女だといっても、そんな怪しげな美女のもてなしを受けたりはしないだろう。いや、どうなのかな。美女なら受けるかな。受けるような気もする。それは、そうなってみないことにはなんとも、とそんなこちらの心を読んだかのように、竹林の中の一本道からすこし外れたあたり、竹と竹の隙間に見えるちょっとした広場のようなところに美女が立っていて、これがまた絵に描いたような美女で、その「絵に描いたような」というそのありきたりの表現に輪をかけて、「吸い込まれるように」ふらふらと近づいていこうとしたところに、どざあああ、と頭の上から波のような音。それが雨だと知れたのは、竹の表面を伝って雨水が地上に滑り落ちていくのが見えたから。もっとも、それを雨だと認識してからも、ざうあざうあああ、と雨は竹の葉を派手に鳴らすだけで、頭の上に水は落ちてこない。

竹の葉が傘の役割りを果たしてくれているのかな、ともういちど見上げてみると、竹と竹の隙間に覗く空はくっきりとした青で、その青色の前で重なりあっている葉の間を、きらきら光る銀色の粒やら線がいろんな方向に飛び回っているのは、雨が日光を反射してそんなふうに見えているらしく、つまりこれは天気雨――いわゆる狐の嫁入り、というやつだろう。そんなところに出現した美女の正体はと言えば、これはもう決まっているではないか。そう思って当然、そう思わないほうがおかしい。そんなことを考えているこの時点で、すでに化かされているに決まっていて、これはもう何が起きてもおかしくはないぞ、と覚悟したことだけはしっかり憶えているのだ。

ところがその先がわからない。美女を観測した、というそのことは憶えているのに、そのあと何があったのか、さっぱりわからない。気がついたら、駅の高架下のこの店のいつもの席にいて、ノートに水性ボールペンの文字をのたくらせていた。気がついたら、というのも相当に雑な言いかたで、まるで安物の小説みたいだと我ながら呆れてしまうが、憶えているのはやっぱり竹林で絵に描いたような美女を観測した、ということだけで、具体的にその絵は浮かばない。それはまるで、竹林で絵に描いたような美女を観測した、という文章だけのような記憶であり、じつはそうなのではないか、とも思っている。

自分は本当にあの竹林に入ったのか。いや、そもそもそんな竹林、本当に存在しているのか。

もちろん、ここでそんなことをあれこれ思い悩んでいたところで何らかの答が見出せるはずもない、それくらいはわかっているから、とりあえずあの竹林へ行ってみるか、それにしてもにわかに出来た竹林にとりあえずで行く、というのもいかがなものか、などとつぶやきながら店を出て歩き出したのではあるが、なにしろ竹林から出てきた記憶がないだけに、この駅前から竹林までどう行けばいいのかがわからない。まあ、あの更地のところに行ってみればいいか、すこし遠回りになるかもしれないが。いや、遠回りもなにも、そもそも竹林に行く、などということが遠回りなのだから、と考えたところにばらばらばらと大粒の雨だ。ところが、空を見上げるときれいな青空で、またしても狐の嫁入りか。もうだいぶ日が傾いているせいか、雨は西日の金色で、すこし赤みがかった青空によく映える、などと見とれている場合ではなかった。傘など持っているはずもなく、いつもの道である路地へは入らずにすこし先に見えている商店街のアーケードへとあわてて駆け込んだ。

＊

ぱちぱちぱちぱちと頭の上で蒲鉾型のプラスチックの屋根が鳴っている。もともとは透明だったのだろうが、今は積もった埃やら何やらですっかりくすんでしまい、ところどころ壊れてもいる。壊れた部分はベニヤ板などで補修しているから、本来の天窓としての役目はほとんど果たしていない。そのせいもあって、この商店街はいつも薄暗くて、さらに今はもうかなりの数の店が廃業して昼間もずっとシャッターが降りたまま、それが左右に続いているだけの部分のほうが多い状態だ。

ここに越してきたばかりの頃でもかなり寂しい感じだったが、ここ数年でそれは加速し、もう開いている店のほうが少ないから、こうして歩いているだけで、なんだかどんよりしてくる。

まあしかしここを通れば家の近くまでは雨に濡れずに行けるのだ。

頭の上からは雨音が聞こえ続けている。もうすっかり本降りになったらしい。しゅるるんしゅるるん、しゅるるんしゅるるん、と何かが擦（こす）れるような音がどこからか聞こえているが、何の音だかわからない。どこからなのかもわからない。

それにしても暗い。さっきはこんなに暗くなかったのにな。

てんぽんてんぽん、と柱についた樋（とい）のあたりから聞こえていた水音が、今は切れ目のない、とととととと、に変わっている。ずいぶん激しく降っているようだ。商店街から家までの短い距離だけでもずぶ濡れになるだろうな、と思う。すこし小ぶりになるまで、商店街の中にいたほうがいいか。

しかし、いくら雨が激しくなったと言っても、ここまで暗くなるものだろうか。まだ昼間なのに、いくらなんでもこれはおかしいのではないか。

しゅるるんしゅるるん、という音は、今は背後から聞こえる。さっきよりはっきり聞こえるのは、近づいてきているからか。試しに振り向いてみると、点灯した自転車が見えた。

商店街の中を自転車で走っているのだ。まあこのあたりではべつに珍しくもない。それどころか、雨が降るとそれはさらに増える。それはそうだろう。雨の中を自転車で走るより、屋根のある商店街の中を走るほうがいいに決まっている。なんの不思議もない。つまり、このしゅるるんしゅるるんは、自転車のライトを灯すための発電機がたてる音なのだ。昔ながらの、タイヤの回転で発電するやつ。アーケードの中にいるせいか、その音がやけに大きく響いている。最近では自転車のライトもすっかり電池式のＬＥＤになっていて、だから商店街の中を自転車で走るのと同様、それもまた今どきではない気がするが、このあたりにはまだ今どきではない自転車がたくさん走っているし、考えたら自分の持っている自転車もそうだ。だからこれもまあ、なんの不思議もない。

と、そんなことを考えているあいだもずっと、そのしゅるるんしゅるるんは続いていて、そしてそのあいだもずっと振り向いたままでいた。なぜそんな不自然な姿勢のままでいたのかと言えば、後ろから接近してきているはずの自転車のライトがいつまでたってもいっこうに近づいてこないからで、今もやっぱり近づいてこない。振り向いたまま目を離すことができないその光は、しゅるるんしゅるるんの音に同調してふわあんふわあんと強くなったり弱くなったり、光の玉が膨らんだり萎んだりしているみたいに見える。

ＬＥＤではなく豆電球。そのフィラメントが、細くて小さな螺旋を描いている。それが硝子球の中で、夕焼けの色から昼間の日光の色まで、周期的に変化していく。それが妙にくっきりと見える。

じっと見つめていると、それがどんどん大きくなって、ついには視界のすべてを占めてしまったから、目を逸らそうにも、もう逸らせない。しゅるるんしゅるるん、しゅるるんしゅるるん。そう言えば、最初の電球のフィラメントは竹だったと聞いたことがある。あれは、エジソンの伝記で読んだのだったか。発明王エジソン。発明王というのは、なかなかすごい言葉だなと思う。発明王が使った竹のフィラメント、つまり、これもまた竹林からの連想なのだろうか、と思ったところで、なんだか今もあの細長い竹林の中にいるような気がしてくるが、ようやく自転車が追い越していってくれたから、今は商店街にいるのだと確信できる。そのまま走り去っていくかと思いきや、きいいい、とブレーキを軋ませて止まったのは、シャッターの並びがそこだけ凹むようにしてすこし奥まっているところ。大きくて分厚そうな扉があってそれは、ついこのあいだ商店街の中に突然出現した教会なのだった。

教会などというものが突然出現したりするものなのか。そうも思うが、とにかく現に出現したし、それが教会であることも間違いなく、なにしろその扉の横の木の看板には大きく「教会」と書いてある。

つまり、にわかに出来た教会なのだ。

教会てなもんが、にわかに出来たりするかえ？　と、そんな台詞がつい口をついて出てしまうのも何度目かで、それは上方落語の「七度狐」に出てくる、川てなもんがにわかに出来たりするかえ？　という台詞が好きだから。昔から好き、いまだに好き、これひとつの不思議、と続けるとそれはまた別の噺。

さてこの落語の中では、伊勢参りの途中の二人連れがにわかに出来たその川を渡ろうとして、深いか深いか、浅いぞ浅いぞ、と声をかけあいながら川の中へとずんずん進んでいくわけだが、そこはじつは麦畑。そしてそれを始まりに、二人はまだまだ化かされ続ける、というこのお話が子供の頃から大好きだった。とぼけたやりとりやその道中の風景、化かされて見る様々なもの。それらが楽しくておかしくて、そしてすこし怖かったり。

そんな大好きな噺の中のやりとりやくすぐりを引用してしまうのは、日常生活においてだけでなく、こんなふうに文章を書いていてもそうで、なにしろ子供の頃からすっかり身体に染みついていて、それこそ「にわかに出来た」ものではない証しだろうと、すこし誇らしく思ったり。それはともかく、今日はどういうわけか、いつも閉じられている観音開きの木の扉――いや、教会で観音開きはおかしいか――がすこしだけ開いている。

なにせずっと前から気になっていた「にわかに出来た」教会だ。気にならないはずがない。はたして中はどうなっているのか。

わざわざ扉を開けるのは、さすがに抵抗があったが、すでに開いているこの扉の隙間からちょっと覗くくらいはかまわないだろう。

そう思って顔を近づける。

それにしても大きな扉だ。大人ふたり分くらいの高さはある。それが内側へとすこしだけ開いている。ちょうど頭を入れられるくらいの幅だ。いや、そんな「ちょうど」はないか。

そんなことを思いつつ、そこに頭を入れたところで、あれ？　となった。それはそうと、さっきの自転車に乗っていた人はいったいどこへ行ったのか。

普通に考えれば教会に入ったはず。ここ——教会の前にあるこのすこし窪んだ空間——に、自転車を停めたのだから。しかし、入っていくところは見ていない。見なかった気がする。ずっとここで見ていたのだから見落とすはずはないと思うのだが、まあいいか。

扉の向うは薄暗い。まあ教会というのはだいたいそういうものか、とも思う。細長い通路のその先に開けた空間がある。高い位置に窓があって、曇り空の色に光っている。それで内部がぼんやりと見えている。

正面の奥に、直交する赤い十字のようなものが見える。赤い十字架というのは珍しい。いや、とくに珍しくはないのかな。よくわからない。

商店街のアーケードの中は暗かったが、窓の光からすると外はまだ明るいらしい。それとも、この教会の上にだけ陽が射しているのだろうか。何かの映画で、そんなシーンを見たことがあるような気がするが、何だっけ。などと考えているうちに、十字架の前にいた。これまたえらく頼りない話だが、そうなのだから仕方がない。

そしてその前に立ってわかったのは、それが十字架ではなくて鳥居だということなのだ。なんだ、それなら赤いのに何の不思議もない。というか、ここは教会ではなかったのか。なにしろ鳥居だ。いや、鳥居ではないのか。たまたま鳥居に似た形の十字架なのだろうか。しかしどう見ても鳥居で、その先には、小さな社(やしろ)まであるのだからやっぱり鳥居だろう。そして、社の後ろは竹林なのだ。あの社の裏に回れば、竹林の中へと続いている細い一本道があるはずだと思う。思う、というか、知っている。なぜそんなことを知っているのかわからないが、とにかく知っている。

そして、そこにある竹林、方角からするとあの路地の更地の向うにあった竹林と同じものなのではないか。頭に地図を思い浮かべる。あの更地が更地になる前にあそこにあったのは、竹林の中へと続いている道を隠すために置かれていた何かなのではなかろうか。それが何らかの事情で取り壊され、隠されていた竹林への入口が剝き出しになってしまったのでは。そんなことを思う。

鳥居をくぐるともう目の前にある社は、このあたりによくあるような古い家屋のミニチュアのようでもあって、その正面の玄関にあたるところは、観音開きの扉ではなく、からからからと音をたてて開くような昔ながらの引き戸で、そこにはこれまた昔ながらの磨(す)りガラスがはまっているから、内側の明かりは見えるがその中がどうなっているのかは見えない。

引き戸全体がぼわんと光っている。

白熱電球の色の光。

いや、まてよ、さっきまでこんな光はなかった。だってそれなら、まずそれが目に入っていたはずだ。しかし、途中で灯ったのだとしても、灯ったことに気がつかないはずはないから、もっと変だ。

そんなこちらの事情とは関係なく、その玄関は、誰かの帰りを待っているかのように明るい。そして、からからから、と頭の中にあるそのままの音をたてて、その引き戸が開くことを自分は知っている。

前に同じことがあったから。

そして、その音といっしょにその続きが頭の中に再生されようとしているのを、いけないいけない、とあわてて押しとどめ蓋をする、というそれもまた何度もやったことで、繰り返しやってきたことだからすぐにできるのだが、それによって、やはり何度もやってきたことだ、と確信してしまいそうになるから、あわてて引き戸に背を向けると、さっき自分が入ってきたあの大きな扉の隙間から商店街が見えた。隙間によって細長く切り取られた薄暗い商店街だ。

向かいの店のシャッターが見える。錆だらけの見慣れたシャッター。ずっと降りたままの灰色のシャッター。何の店だったのか、もう思い出せない。思い出せはしないがその見慣れた景色のせいで、あれれ、と思う。

あれれ、こんなところでいったい何をやっているのだろう。いくら前から気にしていて、そして扉が開いていたとはいえ、勝手に入ってしまうなんて。

そう思った。それで、扉の外に見える商店街に向かって歩き出すことができた。

そうやっていちど背を向けて歩き出してしまうと、振り向くのが怖い。振り向くのは怖いが、振り向かないのも怖い。今にもあの音とともに引き戸が開いて、そこから何かが出てきそうな気がする。

ではどうすべきか、と迷いはしたものの実際には怖くて振り向くことができないのだから、迷う必要などない。細長い竹林の中の一本道を歩いているように、選択肢など最初からないのだ。一歩一歩、踏みしめるようにして身体を前に押し出した。

すぐそこに見えている向かいの店のシャッターが、本当はそこにはないように感じられる。まるで写真がそこに飾られているだけのように。こんな夢を見たことがあるような気がする。いや、夢ではなかったのかもしれない、とも思う。それでも、一歩一歩進めばすこしずつ近づいてきて、そしてようやく入口の扉へとたどり着き、そのまま外へ出ることができた。よかった。とりあえず家へ帰ろう。そう思って、努めて何事もなかったかのように商店街を歩き、そして、いつもの角で左に折れるとさっきの雨が嘘のようなよく晴れた夕空で、暮れかかった水色の空には星がふたつ光っている。そんな夕空の下を、工業高校の長い塀の前を塀に沿って歩く。

長い塀と道路との間には細い溝(どぶ)があって、金属の板で蓋がしてあるのだが、その板が何枚か無くなっていて、覗き込むと意外なほど深い、というか、覗き込んでみても、暗くて底が見えないのだが、見えているだけでも、一メートル以上はあるのではないか。

まあこの幅なら子供が落ちたりすることはないと思うが、しかしこうして覗き込むたびになんだかぞわぞわと落ち着かず、そのせいかいつも覗き込んでしまう。今もそうしている。子供は大丈夫だとしても、猫くらいなら落ちて出られなくなるのでは——、とそこまで考えて、なぜそんなことを考えたのだろう、とすこし不思議に思う。

この塀の上を猫が歩いているところをたまに見かけるからか。こんなところを歩いてどこへ行くのか。猫には猫の道があるらしい。そんな猫の地図を見てみたいものだと思う。あの細長い竹林も記されているのだろうか。

と、そこへ示し合わせたようにどこからか猫の声だ。みうみうみう、みうみうみう、と速いテンポで鳴いているのはたぶん子猫だろうか、とそこまでわかるくらいだから気のせいではないな。あたりを見回しても猫は見当たらず、どうもこの溝のずっと底の方から聞こえてきているような気がするし、そうなると助けを求めているようにも聞こえてくる。

その声が聞こえなくなった。しばらく待ってみたが再開しない。どこかに行ってしまったのか、いや、最初から気のせいだったのか。気のせいでない、といちどは確信したつもりだったが、こうなってしまうともうわからない。

塀沿いの道路は、すこし行ったところで民家の玄関に突き当たっていて、そこで九十度折れているが、塀のほうはそのまままっすぐ続いていて、塀の横の溝もまた家の壁と塀との狭い隙間へと続いているが、もちろんそんなところに入っていくことはできない、そんなつもりもない。

こんなとこで何をやってるんだか、とつぶやいてため息をついたときには、空もだいぶ暗くなっている。

それにしてもこの塀、どこまで続いているのだろう。たしか工業高校の敷地はだいたいこのあたりまでのはずだが、塀はまだまだ先まで続いていて、妻の話では、この塀は工業高校よりもずっと古いものらしい。妻は子供の頃この近所に住んでいて、その頃はまだここに工業高校はなかったが、この塀はあったという。

今は家に突き当たってここで折れ曲がっている壁沿いのこの道路も昔はもっと先、鉄の扉の前まで続いていたという。

鉄の扉？

そうそう、両開きの大きい鉄の扉。それが塀についてたよ。その前でよく遊んでたなあ。

妻はなつかしげにそう教えてくれた。

しかもその鉄の扉、ただあっただけではなく、ときどき開いていたりして、その向うには何だかわからない建物があったという。見たことのないような変な形の建物で、いつかその中に忍び込んでみようと思っていたのにある日、その扉は塗りこめられたようになって、無くなってしまった。それからしばらくしてその塀の前に家が建って、今のようになったのだという。

おかしな話である。まあ子供の頃の記憶だからよくわからないのも当然かもしれないが、それにしても。

からからから、と何かが鳴っている。

何かが空回りしているような音だ。

空回り、などとなぜ思うのかわからないが、なぜかそう思う。

しかし空回りだとして、いったい何が空回りしているのだろう。おまけに、その空回りのリズムに合わせて、みうみうみう、とまたさっきの子猫の声らしきものが聞こえてくる。

どちらも、溝の中から聞こえてくる。そんな気がする。

だからまたしても足もとの細長い暗闇を覗き込んでしまう。もしここにも金属の蓋があればそんなことをしないだろうが、しかしここにだけは無い。なぜか、無い。

溝に溜まったような細長い闇を見つめていると、その闇のいちばん上のところにすこしだけ何かが見えた気がした。いや、目を凝らすと確かに、ちらちらちらと何かが動いている。ぎざぎざの歯車のようなものだ。暗くてはっきりとは見えないが、じっと見ているとますますぎざぎざの歯車のように見えてきて、もうぎざぎざの歯車にしか見えない。足もとの細長い闇の中で回っていて、その銀色のぎざぎざがときおり、闇の上まで出てきてはすぐに引っ込むのだ。生き物のように。

溝の水嵩(みずかさ)が増えるように溝の中で闇がせり上がってきている気がするが、気のせいではない。すでに溝の縁いっぱいのところまでが闇で、その細長い闇は道路とほぼ同じ高さだ。今にも溢(あふ)れ出しそうで、そうなったらあのぎざぎざの歯車のようなものも出てくるかも。そんなことを思っているうちにもうすっかり黄昏(たそがれ)どきで、すぐにこの溝も見えなくなってしまいそうだ。まもなく細長い闇は夜と繋がり、どこからどこまでがそれなのかすらわからなくなってしまうだろう。そうならないうちに帰ろう。そう思って歩き出した。自然と早足になっていた。

いつもの路地をいつものように右に折れて、そしてまたすぐに左に折れて、また右に折れる。折れるたびに道幅は狭くなる。

路地から見える細長い空にはたくさんの電線の影がある。路地の右側だけに家が並んでいる。左側は高い塀だ。

暗くてよく見えないが、前からこんなだったかな、と今更のように思う。もちろん、にわかにそんなことになったりするはずはないから、前からそうだったのだろう。細い路地が塀に沿って奥へ奥へとまっすぐ続いている。

突然、どざあああ、と波のような、それともラジオのノイズ、あるいは竹林が雨で鳴っているみたいな、そんな音が聞こえてきた。

塀の向うからなのか、並んでいる家からなのか。どちらでもないような、どちらでもあるような。もしかしたらもう両側には家も塀もなくて、ただ細長い竹林の中の一本道を歩いているのかも。心細くなってきたところで、行く手に見憶えのある引き戸がふんわりと浮かび上がって見えてほっとする。

磨りガラスごしの光。なんだか、竹林の竹の中から光が射しているようにも見える。前にもこんなことがあったような気がするのだが、それがいつのことだったのか、いや、はたして本当にそんなことがあったのかどうか、それもわからないが、とにかく一本道だから迷うことはない。迷いたくても迷うことなどできない。このまま進んでいく。それしかない。だからそうしたのだ、と思う。いつのことだかわからないが、いつでもそうするしかないのだから、いつでも同じことか。

道はあいかわらず細長く、ああそう言えばあの美女に出会ったときもこんな感じだった、などと、思い出してもいないことを思ったりもするから、たぶんまだ思い出せていないだけでそのうち思い出すことになるのだろう、と思う。

うん、そうそうそう、この前もやっぱりそんなふうに思ったような気が——。

美女れ竹林

恩田陸

恩田 陸

おんだ・りく

1964年、宮城県出身。

1992年、『六番目の小夜子』でデビュー。

2005年、『夜のピクニック』で吉川英治文学新人賞と本屋大賞を受賞。

2006年、『ユージニア』で日本推理作家協会賞を受賞。

2007年、『中庭の出来事』で山本周五郎賞を受賞。

2017年、『蜜蜂と遠雷』で直木賞と本屋大賞を受賞。

作品に『夜の庭は柔らかな幻』『ブラック・ベルベット』『消滅』『タマゴマジック』など。

先回りしておくが、このタイトルは誤植ではない。

こんなに目立つタイトルの誤植に気付かないなんて、よっぽど編集者も校正者も疲れてたのね。今年の夏は暑かったし――などと思われるのは心外である（でも、実際のところ、あるのだ。タイトルや著者名にものすごい間違いがあるのに、本になるまで誰も気付かなかった、なんて、嘘みたいな恐ろしいことが）。

美女らない、美女ります、美女る、美女れ、美女ろう、と活用される、らりるれろの「れ」の「美女れ竹林」である。

あるいは、ろれつが回っていない会話を想像していただくのがよかろう。人間、酔っ払うと一部の人は見事にろれつが回らなくなるのである。

「あのわらりょうり、ろれはりいれらいらんれ、ろくりゅうろ」

（訳＝あの馬鹿上司、俺は聞いてないなんて、よく言うよ）

などとくだを巻くところの口調で発音していただければ、より臨場感が増すと思われる。

〇

私が「美女と竹林」というお題で原稿を書くように、とのミッションを受けたのは昨年の夏のこと。場所は六本木の居酒屋であった。好物の手羽先の唐揚げを今まさに口に入れようとしていたところであり、完全に不意を衝かれたため「はい？」と聞き返したのは言うまでもない。

ええと、それって、「かぐや姫」がテーマということでしょうか？

「美女と竹林」といえば、国民的寓話、『竹取物語』を連想するのが日本人の筋というものであろう。過去の古典や名作をお題に短編を書く、という企画はそんなに珍しいものではない。最近では、夏目漱石没後百年を記念して、『吾輩は猫である』をオマージュする短編を書いたことがある。

だが、よくよく話を聞いてみると、お題の趣旨は微妙に異なるのであった。

京都大学在学中に彗星の如くデビューした、トミー・モリミーなる超人気作家がいる。面識がないでもない。私は彼と同じ賞の出身であり（といっても、トミーは大賞を受賞しての華々しいデビューであるが、私は最終候補に残っただけで、賞は貰っていない）、その賞と同じ版元が主催する別の賞を同じ時に受賞している、という因縁があるのだった。

その彼が出した、研究書というかノンフィクションというか『美女と竹林』という本は読んでいた。竹林と本上まなみ（↑私も好き）への愛を、手を替え品を替え語り続けるという本で、とにかくこの人は竹林が好きなんだなあということは理解できた。

が、トミー・モリミーは自分のみならず日本の作家を『美女と竹林』というテーマにより広くコミットさせるという野望を抱いており、その野望の一端を担うべく私がオルグされたということらしいのである。
なぜ竹林？　なぜ美女？　なぜ私が？　これ、何かの罰ゲーム？　私がいったい何をしたっていうの？（↑実は、光文社に罰ゲームをさせられるような理由に、若干心当たりがないでもない）

　確かにたけのこは好きだ。たけのこご飯が好きだ。ごろんとしたたけのこじゃなくて、小さめの拍子木に切って、おだしと酒と醤油でパアッと薄味に炊いたのをたけのこご飯にするのが好きだ。具はたけのこだけ。他のものが入っているのは許さない。

　竹というのはクローンで、ひと山ひとつの竹やぶがみんな同じ個体、という話を聞いた時は気味悪く思ったものである。昔の伝奇小説なんかでは、竹の花が咲くのはとても不吉なことで、竹の花が咲くとネズミが大発生する、なんて迷信（？）もあったような気がする。竹、竹、竹が生え、と呟く萩原朔太郎の詩も怖かった。しかし、美女は思い浮かばない。竹の中のかぐや姫が、おじいさんが斧で切った時に斬殺されなくて本当によかったですね、ということくらいしか思いつかない。

◯

　東京の東側、谷中に全生庵というお寺がある。落語家の三遊亭圓朝のお墓があることで有名である。

圓朝といえば、「牡丹燈籠（ぼたんどうろう）」などの怪談を自ら書き起こし高座に掛けて一世を風靡（ふうび）した落語家。それにちなんでか、毎年夏になると、かつて圓朝が集めていて、今はお寺で保管している幽霊画の展示をする。

その展示を見に行ったことがあるが、ほとんどが掛け軸になった日本画で、古典的な「幽霊」が描かれている。が、意外に実体が描かれているものは怖くない。蚊帳（かや）越しのぼんやりした影とか、実体の描かれていないもののほうが怖い。

その中で、いちばん怖いと思ったのは、実は竹林が描かれていたものであった。幽霊も何もない。描かれているのは竹林だけ。それも、天気が悪い日の竹林を離れたところから見たもので、雨らしき線と、不気味に揺れ動く竹林の塊を、墨一色で描いたものだった。

私は、その絵の前から動けなくなった。

これを「幽霊画」として集めたセンスに感心したというのもある。

実際、風にうねる竹林を見て、「怖い」と感じたことのある人は多いだろう。まるで、髪を振り乱し、衣装もはだけた人々がもがき苦しんでいるように見え、竹林に「人格」を感じさせる。その「怖さ」を描いたのだということが分かる。

「幽霊」の怖さは、かつては「因果」の怖さだった。幽霊が出てくる理由を恐れ、幽霊そのものを恐れた。

しかし、竹林の絵は、いわば心理的な「怖さ」だ。竹林の中に幽霊を見る、見てしまうという人間の怖さ。それは、現代的な「怖さ」で、そこのところが面白く感じる所以なのだろう。

そんなことを考えながらその絵を見ているうちに、ふと、記憶の底から蘇った出来事があったのだ。

○

私の家は父の仕事の関係で転勤が多かった。小学校一年の頃に住んでいた山間の町。近所に同い年の女の子がいて、家は材木商だった。

仮にKちゃんとしておこう。

Kちゃんの家はいつも木の香りがしていた。材木置き場の奥には作業場もあって、製材中の材木が並べて置いてあり、木屑がいっぱい絨毯のように地面に敷き詰められるように落ちていたのを覚えている。そこで木屑を撒き散らして遊んだり、広い製材所の中を駆け回ったりした。

Kちゃんの家の裏山は、丸ごと竹林だった。巨大な竹林だが、よく手入れはされていたように思う。青々とした立派な竹が、どこまでも鬱蒼と斜面を埋めていて、繁った笹の葉がすっぽりと山を覆っていた。地面には黄褐色の笹の葉が降り積もっていて、晴れた日にはかすかな木漏れ日がその上に水玉模様を作っていた。

しばしば、竹林の中を二人で散歩したり、木漏れ日を追いかけて遊んだりしたが、Kちゃんはあまり奥に行きたがらなかった。私が更に進もうとするとピタリと足を止め、帰ろうよ、と言うのである。

しばらくのあいだは「うん」と素直に帰っていたが、ある日、「もっと奥に行ってみようよ」と私が先のほうを指差すと、Kちゃんは「いやいや」をするように大きく首を振り、「ダメだよ」と言った。

「どうして?」と尋ねると、Kちゃんはちょっと間を置いてから答えた。

「怖いおばさんがいるから」

怖いおばさん?

私は首をかしげた。

「それは誰?」と尋ねると、Kちゃんは「知らない。でも、いるの」と答える。

私は「ふうん」と答えて、確かに「怖いおばさん」に遭遇するのは嫌だったので、帰ることにした。

Kちゃんの家の人は、Kちゃん以上に、私たちが竹林に入るのを嫌がった。

裏山に入っちゃダメだよ。

私たちが外で遊んでいると、大人は声を掛けてきた。大抵はニコニコと話し掛けてくるのだが、最後に決まってちょっと怖い顔をして「裏山に行っちゃダメだよ。竹林に入ってはいけないよ」と念を押すのだった。

むろん、「いけない」と言われるとやってみたくなるのが人の常であり、大人の目を盗んでしばしば竹林に入っていたわけだが、それでもKちゃんはおのれの体験から「そこから奥には行かない」と決めていたわけである。

ある時、私の両親が、ボソボソと噂話をしているのを聞いた。

あそこ、「出る」らしいのよ。

「出る」って何が？

女の幽霊だって。

竹林に？

そう。なんでも、あの竹林、変な話だけど、自殺の名所みたいになってるんだって。

自殺の名所？　竹林が？

そう。団地のてっぺんとか、断崖絶壁が自殺の名所になってるって話は聞くけど、竹林って珍しいわよね。

富士山の樹海も自殺の名所らしいけど、あれは磁石が利かなくて迷うから遭難死だって聞いたけどな。

女の人が、あそこに来て何人か自殺してるらしいの。男の人はいなくて、全員女性なんだって。

ふうん。いったいどうやって、あそこが自殺の名所だなんて聞きつけてくるのかな？

さあね。


当時の私は襖越しに聞き流していたが、今考えると、確かに不思議である。

まだインターネットどころか、一般宅には電話もなかった時代である。どんなふうにして、そこが自殺の名所であるということが伝わるのか？

新聞記事？　地域コミュニティ？

ともかく、自殺したい女性があの竹林に引き寄せられてくるということは分かった。Kちゃんの言う「怖いおばさん」は、自殺しようとしてやってきた女性か、もしくはその幽霊なのかもしれない、とぼんやり考えたことを覚えている。

どっちに遭遇するのも嫌なので、しばらくは竹林に近寄らなかった。

しかし、数ヶ月経ち、夏になると、そんなことも忘れ、またちょくちょく竹林に足を踏み入れるようになった。

なにしろ、炎天下で暑いので、外で遊ぶのはきつい。日よけになり、涼しげな竹林（実際、竹林は風が通っていつも涼しかった）に引き寄せられたのも無理はない。

　Ｋちゃんと、地面に降り積もった笹の葉を蹴散らしながら歩いているうちに、いつもより奥に来ていることに気付いた。

　Ｋちゃんが、ふと足を止め「あっ」と言った。

　その目は、竹林の奥をじっと見つめている。

　私は、Ｋちゃんの視線の先にあるものを見た。

　ずっと奥にある竹の一本から、ひらひらと何かが覗いていた。

　淡い桃色の、薄い布のようである。

　ハンカチくらいの大きさだろうか。それが、ひらひらと揺れていた。緑色の風景の中で、そこだけが異なる色彩だった。

　なんだろう、あれ。

　竹に布切れが引っかかっているのだろうか？

　行ってみようよ。

　私はそう言いながら、もう駆け出していた。

　が、その竹のところに辿り着き、布をつかもうとした瞬間、サッと布切れは竹の向こうに引っ込んで、見えなくなってしまった。

あれっ。

そう呟いて、竹の向こう側を覗きこんでみるが、あの薄桃色の布は影も形もない。地面に落ちている様子もなく、頭上を見上げても何もない。

だが、近くまで来て見たところ、あれは布切れというよりも、着物の袖のようだった。昔の女の人が着ていたような、ふわっとした、上品な着物の袖。

なくなっちゃった。

私はそう言って振り向いた。

すると、Kちゃんはさっきの場所から動かずに、真っ青な顔でこちらを凝視していた。

その表情にぎょっとする。

明らかな、恐怖の表情。

Kちゃん？

帰ろう。

私の声と、Kちゃんの声が重なった。そして、Kちゃんはくるりと背を向け、ダッと駆け出したのだ。

え？

その時、なぜか私も不意にゾッとした。背中に何かの気配を感じたのだ。誰かがいる。何かがいる。

振り向いちゃダメ。

そう直感して、私も慌ててその場から駆け出し、一目散にKちゃんの背中を追った。

何かが追いかけてくるのではないか、今にもつかまるのではないか、と鳥肌が立ったまま走り続けた。

竹林を飛び出し、強い陽射しの中に戻ったのを確認し、ようやく足を止め、後ろを振り返る余裕ができた。

むろん、そこには誰もいない。さやさやと涼しげな竹林があるだけだ。

Kちゃんも、少し離れたところで、はあはあと荒い呼吸をしていた。

何見たの？

私はKちゃんに尋ねた。

Kちゃんは、力なく首を振る。

何か、いたの？

私は更に尋ねた。

Kちゃんは、泣きそうな顔で言った。

怖いおばさん。

その場を離れ、時間が経ってしまうと、人はその恐怖を忘れてしまうものだ。その瞬間は強い恐怖心を抱いても、そんなこともやがて思い出せなくなる。

しかし、あの竹の向こうでひらひらと揺れていた布切れのことはずっと頭から離れなかった。

あれはいったい何だったのだろう？

綺麗（きれい）な、薄桃色の布。たぶん、着物の袖。

あの布のイメージには、恐怖心はなかった。ただ綺麗で、優雅な、不思議な布、という印象だった。

あのひらひらした綺麗な布。

頭の中では、涼しげな竹林の緑の中で、揺れる布だけが見えた。

触りたい。

ふと、そんな考えが浮かんだ。

あの布に触って、つかんで、感触を確かめたい。

そんな欲望が、繰り返しふつふつと込み上げてくるのだ。

一週間も経った頃だろうか。

とうとう我慢しきれなくなって、Ｋちゃんのところに行き、一緒にもう一度竹林に行ってみようと誘おうと思った。

しかし、Kちゃんの家に行ってみると、留守だった。お盆で、親戚のところに出かけていたのである。

がっかりして、引き返そうとした時、あの竹林が目に入った。

その日もよく晴れていた。

さやさやと涼しげに揺れている竹林。

私はじっと竹林を見た。

まるで、手招きをしているように竹林は親しげだった。

一人でもいいじゃない。こっちに来てごらん。

そう言っているかのように、おいでおいでをしている。

私はしばらくのあいだ、その場で逡巡（しゅんじゅん）していた。一人であそこに行くのは嫌だ、という気持ちと、一人で行ってみてもいいかな、という気持ちが戦っていたのだ。

そして、ちょっと行ってみるだけ、という気持ちが勝った。

私はそろりと歩き出していた。炎天下なのに、なぜか全身に冷たい汗を掻（か）いていて、背中がすうすうしたのを覚えている。

足を踏み入れた竹林の中は、やはり涼しく快適で、緑色が目にも爽（さわ）やかだった。

さやさやさやと鳴る笹の葉。

私は速足で竹林の奥に向かった。

確かあの布を見たのは、この辺りだったはず。

そう目星をつけて立ち止まり、きょろきょろと辺りを見回す。

風が竹林を吹き抜ける音だけがかすかに響いている。

じっと耳を澄まし、何度も辺りを見回したが、何も起こらないし、あの布切れもない。

やがて、だんだん退屈してきて、同時に馬鹿らしくなってきた。

やっぱ、何かの気のせいだったのかな。

私は引き返すことにした。

くるりと身体の向きを変え、歩き出そうとした瞬間である。

突然、背中に気配を感じた。

このあいだ感じたのと同じ。

身体がその感覚を覚えていた。

私はひくっと全身がひきつるのを感じた。

いる。何かがいる。誰かが。

私は、そろりと動き出した。

駆け出しちゃいけない。この時は、そう感じたのである。

足音を立てないように、私はそっと歩いていた。全身が強張っていて、ぎくしゃくとした動きだった。まるで、歩き方を忘れてしまったみたいに。

　呼吸もできなかった。息を詰めてしばらく歩いていると、今度は振り向きたい、後ろにあるものを見たい、という衝動が込み上げてきた。

　振り向いちゃいけない、という悲鳴のような声も自分の中にあったのに、それ以上に振り向きたいという衝動は強烈だった。

　とうとう、立ち止まってしまった。

　喉はカラカラだった。

　ダメ。振り向いちゃダメ。

　そう口の中で呟きながらも、私の頭はそろそろと後ろに向けて回り始めていた。

　ダメ。見ちゃダメ。

　その声とは裏腹に、頭は動いていく。

　そして、後ろを見た。


　顔があった。

　最初、自分が何を見ているのか分からなかった。これは何？　というクエスチョン・マークだけが頭に浮かんだ。

顔。顔がある。女の人の顔。

それだけは認識したものの、何がどうなっているのか理解できなかった。

巨大な顔がある。

ふたつの目が、私を見ている。

そう分かったのだが、それでも理解できていなかった。

それがどういう状態だったのか、なんとなく理解できたのはずっと後になってからである。

つまり、それはこういうことだ。

無数の竹の上に、顔があった。

ちょうど、並んだ竹をスクリーンのようにして、竹の上に大きな顔が映し出されているような状態になっていたのである。むろん、竹のあいだの空間には映らないので、そこは隙間があって切れているのだが、離れてみると、竹が密集しているので、一枚のスクリーンのように見える。そこに、巨大な顔があったのだった。

一重まぶたの切れ長の目。眉はなく、墨が塗られている。唇はかすかに開き、何かを言いたげにしている。

その顔を見たのは、ほんの一瞬のことだった。一秒も見ていたかどうか。

声にならない声を上げ、今度こそ私は一目散にその場を逃げ出したからだ。

なるほど、Kちゃんの言う「怖いおばさん」とは、あの顔のことだったのだな、と思い当たったのは、小学校二年に上がる直前にまた引越してしまい、新しい環境に慣れ始めた頃である。しかし、あれほどの衝撃的な体験だったのに、自然にか、あえてなのか、すぐに忘れてしまった。

○

もしかすると、「あえて」なのかもしれない。

竹林の「幽霊画」を見るまで忘れていたし、こうして「美女と竹林」のお題をいただくまで、そのことを思い出したことも忘れていたからだ。

いったい何だったのだろう、あの「顔」は？

まるで、今ふうにいうならプロジェクション・マッピングのように竹林に浮かび上がっていた女の顔。

あの顔は、昔の人のもののように感じた。あのメイク、あの顔つき、かなり昔の人のような気がする。高貴な位の女の人で、当時の基準でいえば相当な美人だったのではなかろうか。

Kちゃんは「怖いおばさん」と言ったけれど、私は怖い顔には見えなかった。どちらかといえば、悲しそう、あるいは虚無感に満ちた表情に感じたのだ。

かつて、あの場所で自害した人だったのかもしれない。恋に破れたのか、はたまた世をはかなんだのか。だとすれば、自殺願望のある女性をあの場所に引き寄せたのも分かるような気がする。

いや、もしかすると、あの竹林それ自体が「彼女」だったのでは？

そんなことを考えた。

竹はクローン。ひとつの山、ひとつの竹やぶがひとつの個体であり、意識である。そこに人格が宿れば、あの竹林自身がひとりの人格になる。

もし竹林そのものが「彼女」だったのであれば、自殺するためにやってきた女たちを、「彼女」は「非自己」として認識しなかったのではないか。自分と同じ心象を抱いた女たちを「自己」の一部として認識していたのではないか。そしてまた自害した女たちも竹林に同化し、竹林の一部となってゆくのだ。

竹には、女性性がある。器となる節を持つ竹に、「孕む」性である女性を重ねるのはごく自然のことだ。無性生殖できる竹に、男たちが畏怖を感じたのも当然だろう。かぐや姫が竹から生まれたのも、かぐや姫が、男たちの求愛をしりぞけて天に還ってしまうのも、竹に対する男たちの畏怖がメタファーだと考えれば、至極当然なのである。

ここで、ひとつの結論が出ました。

美女は竹林である。竹林は美女である。

その二つは名詞でもあり、動詞でもある。
だから、活用できるのだ。一緒にご唱和ください。
美女れ、竹林！
おあとがよろしいようで。

東京猫大学

飴村行

飴村 行

あめむら・こう

１９６９年、福島県生まれ。
２００８年、『粘膜人間』で日本ホラー小説大賞長編賞を受賞。
２０１０年、『粘膜蜥蜴』で日本推理作家協会賞を受賞。
作品に『路地裏のヒミコ』『ジムグリ』『粘膜黙示録』『粘膜探偵』など。

※

諸君。君たちは今日から晴れて伝統ある東京猫大学の一員である。本校の教職員を代表して心よりお祝い申し上げる。入学おめでとう。

本日この菅波講堂において、少数精鋭・百二十名の若獅子たちをこうして壇上から観閲できることを第七代学長として誇りに思う。諸君が充実した学生生活を送り、自らをいっそう鍛え、大きく成長せんことを切願する。同時に、全国より集えし同期の桜と切磋琢磨しつつ、信じ合い、与え合い、労り合う真の人間関係を築き上げて欲しい。ネコ大で育まれた絆は、諸君たち自身の人生は元より、社会全体にとって、延いては我が国を盟主とする大東亜全体にとっても貴重な財産になるのは自明である。

言うまでもなく、本校は日本初の猫学校であり、東洋一の規模と、世界一のクヴァリテイトを有する猫学の総本山だ。遡ること四十五年前の一八九八年、外科医・菅波光之助が私財を投じ、東京・神田に『菅波猫研究所』を創立した。これを嚆矢とし、日本の猫学は産声を上げたのだ。勿論オギャーではなくオニャーもしくはウニャーである。

この『菅波猫研究所』、通称『ネコ研』の噂はすぐに愛猫家たちの耳に入り、彼らの間に張り巡らされた猫通信網、いわゆるカッツェ・コムニカツィオン・ネッツワーク、通称ＫＫ

Nによって日本中に広まった。その反響たるや凄まじく、在野に潜みし猫学者や猫探求者、猫原理主義者たちが全国で一斉に名乗りを上げた。ある者は仲間を引き連れて東京行きの汽車に乗り、ある者は同志を集めて猫募金活動を始め、またある者は有志と徒党を組んで街を練り歩きながら「ネコ万歳！」を連呼した。これが世に言う『猫騒動』である。

晩年、菅波先生がライフワークの一環として上梓された自伝『猫族の末裔』にも当時の様子が記されているが、愛猫家たちの異様な熱狂ぶりに対し「まるで木天蓼（マタタビ）に酔つた猫のやうであり、いささか戸惑つた」と吐露されていることから、先生ご自身にとっても予想外の出来事であったことが分かる。

もとい。とにもかくにも社会現象まで引き起こした『ネコ研』は全国から集まった多彩な人材と潤沢な資金によって急速にその勢力を拡大。一九〇二年には経営難に陥っていた『上野獣医学校』を吸収合併して猫医学部を新設。一九〇七年には『東京猫専門学校』に昇格し、現在の牛込区に移転、猫心理学部と猫兵法学部を新設した。そして一九一八年、高等教育のさらなる拡張を目指して大学令が公布されると、翌一九年には本校も大学として認可され、遂に『東京猫大学』と相成った次第である。以来ネコ大は『尊猫尊人』、つまり猫を敬い、人も尊ぶという精神に基づき、独創的な猫学の世界を切り開き続けている。

諸君。ここで君たちに訊きたい。

猫学とは何ぞや？

どうだ、誰か挙手する者はおらぬか？　お、一人おったな。よし、そこの最前列の右端に座る貴様、起立して氏名、年齢、出身地を述べよ。うん……田島喜一（たじまきいち）、十九歳、埼玉県出身か。ハキハキしていてよろしい。新入生とはこうでなくてはならん。他の者も彼の元気さを見習うように。では田島よ、改めて訊く。猫学とは何ぞや？　うん……なるほど。〈猫について学ぶこと〉か。よし。座っていいぞ。日の丸のごときシンプルな回答であるな。まあ、当たりか外れかでいえば当たりであるが。うーん。

他に誰かおらぬか？　お、また一人おった。よし、ではそこの最前列の左端に座る貴様、起立して自己紹介せよ。うん……梅原信夫（うめはらのぶお）、二十歳、愛知県出身か。落ち着いていてよろしい。ネコ大生はこうでなくてはならん。他の者も彼の冷静さを見習うように。では梅原よ、改めて訊く。猫学とは何ぞや？　うん……なるほど。〈猫の・猫による・猫のための学問〉か。よし、座っていいぞ。リンカーンのごときスマートな回答であるな。当たらずといえども遠からずといったところか。うーん。まあ、いい。初めは誰でもこんなものだ。えー……いいか諸君。猫学とは、猫の構造・機能・心理を研究し、その特性を解明すると同時に、猫が有する特殊な力、いわゆるカッツェ・フィーヒカイトを学習・体得する学問である。有体（ありてい）に言えば〈猫を知り、猫になる〉方法を学ぶことであり、東京猫大学とは〈猫を知り、猫になる〉ための学舎（まなびや）である。

どうだ諸君、猫学の定義を把握できたか？

ん？　どうした……なぜざわついておる？　何か問題でもあるのか？　お、なんだ田島、急に挙手などして。ワシに質問があるのか？　なら言ってみよ。うん、うん。初耳？　猫になるなんて聞いてなかった？　何を言っておるんだ貴様は。ではなぜそこに座っておる、というかなぜネコ大を受験した？　え？　なんとなく？　ほう、なるほど。なんとなくか、そりゃあいい。ハハハハハ。田島よ。貴様は子猫のごとき純真無垢な男であるな。気に入った、気に入ったぞ田島。貴様を無条件でネコ空手部に入れてやる。本来なら経験豊富な猛者しかとらぬが、顧問のワシの力でねじ込んでやるから安心せい。ネコ空手を一から学べば、素早い立ち技の会得と同時に目上の者に対する礼儀作法も身につくから一挙両得だ。さっそく今日の昼にでも武道場に……お、また挙手だ。今度は梅原か。貴様もワシに質問があるのか。何だ、言ってみよ。うん、うん。……猫になるとは聞いていたが……まさか本気だとは思わなかった？　貴様もか梅原。貴様も純粋無垢という名のポンコツ二等兵か。ならば貴様にも訊く。一体なんのためにネコ大を受験した？　うん、うん。え？　……猫を放し飼いにする斬新な茶屋を考案？　その参考にと軽い気持ちで受けた？　ゆくゆくは全国に出店……ちょっと待て、待て梅原……黙れ、黙らんか、ハルト・デン・ムンツ！

ったく。阿呆のようにベラベラしゃべりおって。

おい梅原、ここをどこだと心得る、神聖な入学式の会場ぞ。歴史ある菅波講堂の只中ぞ。貴様の腑抜けた野望を発表する場ではない！

ふー……。久々に怒鳴ったら全身から汗が噴き出した。まったく、歳はとりたくないものだ。まあ、いい。じきに落ち着く。

とにかくだ。今の質疑応答から、潜在化していた由々しき問題が一気に明るみに出た。正直、ワシ自身も薄々感づいてはいたし、数年前から教職員の間に危機感のようなものが漂い出していたのも確かだ。しかし、まさかここまで酷いとは夢想だにしなかった。これは一体何だ？　水面下で一体何が起きておるのだ？　気づかないのはワシだけなのか？　太陽ハ今モ輝イテイルノニ世界ハモウ終ワッテシマッタノカ？

否。断じて否だ。

我が人生の骨子であり我が精神の支柱である東京猫大学に限ってそんなことが起きる訳がない。ない。断じてない。全ては疑心であり杞憂である。うん。そうだ。杞憂に決まっておる。だからそれを実証するため、これから諸君に質問する。遠慮は無用。問われたことに正直に答えよ。よいな？　声が小さい。ちゃんと大声でハイと返事せよ。うん。そうだ。それでいい。ではいくぞ。

えー……ネコ大に入学した理由は〈なんとなく〉であるという者、挙手せよ。……よし、もういい。下ろせ。

我が眼球の網膜が正常であるなら……今、新入生の九割が挙手をしたと視認した。しかも誰一人躊躇する者はおらなんだ。即答ならぬ即挙であった。ワシは夢を見ておるのか？

これは現実の光景なのか？　杞憂だと信じていたのに空が目の前で落ちた……うっ……めまいが……動揺して血圧が上がったか……うぐ……うぐぐ……ぐぐ……ふー。……なんとか踏ん張った。ネコ大の学長をナメるな……ん？　なんだ貴様ら。全員そろって何をジロジロ見ておる。新入生のくせに無礼だぞ。なんでもない。ただの立ち眩みだ。もう治ったからジロジロ見るな馬鹿者。

クソ。それにしても腹が立つ。事態がここまで悪化しているのに、なぜ教職員は指をくわえて見ておる？　なぜ早急に改善しようとしない？　おい湯川。湯川はおらんか？　どこだ？　声しか聞こえん。挙手をせい。あ、そこか。貴様なぜそんな隅っこに突っ立っておる？　ちょっとこちらへ来い。……ここだ。そう、ここ。壇上に上がれといっておるのだ。なにを恥ずかしがっておる、副学長のくせに。早く来んか。駆け足。そうだ。よし……ここに立て。ワシの隣だ。おい湯川。貴様に質問がある。簡潔に答えよ。

なぜ、これほどまでに学生の質が劣化したのだ？

どうした湯川、なぜ黙っておる？　さっさと答えよ。え？　正直に答えるから怒らないで欲しいだと？　人聞きの悪いことを言うな馬鹿者！　それではまるでワシが癇癪持ちみたいではないか！　人から意見されてワシがいつ怒った？　いつどこでどんな風に激高した？　ワシは常に冷静な男ぞ！　常に沈着な紳士であるぞ！　その紳士を侮辱するとは何事だ貴様！　謝罪せい！　今すぐ土下座をさらして謝罪せい！　あっ……湯川、どこへ行く！　湯川！　おい湯川！　クソ、走って逃げおった。子供かアイツは。

まあ、いい。敵前逃亡は即死罪が鉄則。明日にでも辞表を出させてやる。湯川の代わりなど幾らでもおるわ。おい、朝永。朝永はどこだ？　挙手をせい。お、いたか。こっちへ来い。駆け足。よし。すぐ来るところがいいな。湯川とは大違いだ。よし。ここに立て。ワシの隣だ。さすがは猫兵法学部の教授。山猫のような俊敏な動きであるな。実に頼もしい。さて朝永。湯川のアホにしたのと同じ質問だ。率直に答えよ。

なぜ、これほどまでに学生の質が劣化したのだ？

うむ。うむ。……おい朝永。僭越ながらとか憚りながらとか、へりくだらんでよい。答えだけをズバッと言ってくれ。うむ。うむ。うむ。

定員割れ？　いつからだ？　五年前からその兆候が……三年前から本格的に……。なぜワシに知らせなかった？　知らせた？　いつだ？　三年前の一月？　誰が言いに来た？　江崎？　江崎って猫医学部教授の江崎か？　ん？　確か、アイツは辞めたよな。理由は、あっ、そうか。新年会でワシを侮辱して激高させた廉でお咎めを受け、翌日辞表を提出したのであったな。すっかり忘れておったわ。馬鹿な奴め。自業自得だ。

え？　ワシがなぜ激高したか？　えーと、あの時江崎に言われたのは……うーん。かなり酔っ払っておったので憶えておらん。おい朝永、江崎は新年会でワシに何と言ったのだ？

うん。うん。うん。

そうか。

奴はあの時、ワシに「定員割れ目前です」と忠告したのか。それでワシが「縁起でもないこと言うな」と激怒して奴の顔面を拳で……。そう言われてみれば確かにそのような気がする。で、辞職した江崎は今どうしておる？　他の大学に拾われて、また教授を……。うーむ。

まあ、いい。全ては済んだことだ。今さらどうにもならん。

ゴホン。話が脇道に逸れた。朝永、続きを頼む。うむ。うむ。うむ。定員割れが起きると……必然的に二次募集をして欠員を……。なるほど。そういう訳か。

朝永もう、いい。みなまで言うな。ネコ大の収入の六十パーセント以上を授業料などの学生納付金が占めているのは周知の事実。学生の質よりも数を優先するのは私立大学の宿命だ。

なるほど。そういう訳か。ネコ大の学生は昔から玉石混淆であったが六：四で『玉』が勝っていた。それがいつの間にか一：九で『石コロ』の天下になるとは……隔世の感を禁じえん。

ん？　どうした朝永。劣化の原因はそれだけではない？　他にどんな理由がある？　うん。うん。他大学の躍進……どこの大学だ？　イヌ大？　イヌ大とはまさか、と、東京犬大学のことか？　あの三流の二番煎じがネコ大のライバルだと？　いつだ、いつからだ？　三年前？　また三年前か？　なぜワシに知らせなかった？　知らせた？　いつだ？　三年前の十二月？　誰が言いに来た？　福井？　福井って猫心理学部教授の福井か？　ん？　確かあいつは休職しとるな。理由は……あっ、そうか。忘年会でワシの胸倉を摑んだ廉でお咎めを受け停職処分となり、さらに自宅待機中にノイローゼを発症して入院したのであったな。すっかり忘れておったわ。間抜けな奴め。まさに天罰覿面。

え？　なぜワシの胸倉を摑んだか？

えーと、あの時は確か、会の最中に突然福井がやって来てワシの足元に跪き、一本の竹棒を恭しく差し出しての。棒の先端の切れ目には〈上〉と記された直訴状が挟んであって「学長様、お願いがございます」と真顔で叫びおった。福井渾身の寸劇にワシも感心してな、すぐその気になって「下郎、宴の最中に無礼な！」と叫んで足蹴にし、床に転がったところをビール瓶でメッタ打ちにした後、直訴状をビリビリに破り捨てて「一件落着」と叫んだら、福井の奴、いきなり怒り出してワシの胸倉を摑みよった。殿様気分を楽しんでいたワシは一気に酔いが醒めてな。寸劇のオチが下克上というのは、どう考えても目上の者に対して無礼であろう？　だから懲らしめるために停職にしてやったのだ。

え？　本気の直訴？

アレが？

忘年会における余興ではなかったのか。うむ。うむ、己の真剣さを伝えるため試行錯誤の末に出した結論……福井が自分でそう言ったのか……うーむ。策士策に溺れるの極みであるな。で、直訴状には何が書いてあった？　何、東京犬大学脅威論とな！

そうか。そうであったか。

あの時福井が普通に直訴状を差し出していたら、ワシも普通に受け取っていたに違いなく、そうなれば当然対策を練ったはずで、学生の劣化も未然に防げたかもしれん。くそー。歴史にもしもは禁句であるが、にしても痛すぎる判断ミスであるな。悔やんでも悔やみきれん。で、福井は今どうしておる？　え？　脳病院を退院した後、ネコ大を退職……そうか。現在は他の大学に拾われて教授職を。江崎と同じであるな。うーむ。まあ、いい。今さら後悔しても始まらん。過去は過去だ。すっぱり切り捨てて前に進もう。

えー、諸君。

式が中断してしまい申し訳ない。君たちも今の、壇上における我々のやりとりを聞いていたと思う。まあ、つまり……そういうことだ。なにぶんワシにとって寝耳に水の連続で、少々頭が混乱しておる。正直に言うが、ショックだ。棍棒で脳天をぶっ叩かれたような衝撃を受けた。同時に恥じ入っておる。第七代学長として、ネコ大OBとして、ネコ空手道師範として、猫医学博士として、心より恥じ入っておる。全ての責任はワシにある。教授連中がへーコラするのをいいことに慢心し、誰の話も聞かずに唯我独尊となったが故の報いだとやっと気づいた。

そこで諸君に質問がある。先ほどと一緒だ。遠慮は無用。問われたことに正直に答えよ。

えー……東京猫大学の存在意義などない、という者がいたら挙手せよ。

そうか。ゼロか。一人もいないとは意外であった。いい意味で肩透かしを喰らった気分だ。世の中、まだ捨てたものではないな。

では、ネコ大の存在意義は何であるかを聞かせてくれ。これからの学校経営の参考にさせてもらう。誰かいないか？　我こそはという者は挙手せよ。お、いた。またお前か田島。すっかり顔と名前を憶えてしまったぞ。よし起立。では貴様の意見を聞かせてくれ。

うん。うん。ネコ大があると、暇つぶしになるからか。

なるほど。みんなのものという訳だな。ハハハハハ。日比谷公園のようなものだ。ハハハハハ。えっ、そこまで広くもない？　確かに。ハハハハハ。よし、田島、座っていいぞ。

他に誰かいないか。お、いた。予想通り梅原だ。貴様も顔と名前を憶えたぞ。よし、では貴様の意見も聞かせてくれ。え？　その前にワシに個人的な質問がある？　何だ、言うてみい。うん。うん。何を言っとるんだ貴様。ワシは泣いてなどおらんぞ。そう見えるだけだ。目が赤くなったのは、きっと花粉のせいであろう。この時期は毎年難儀しておるからな。別に強がってなどおらんわ。強がる理由もないし。おい梅原。下衆の勘ぐりはやめて早く貴様の意見を言え。

うん。うん。ネコ大生というだけで、不良が逃げていくからか。

なるほど。身を守れるという訳だな。ハハハハハ。御守りのようなものだ。ハハハハハ。

えっ、発揮されるのは『威厳』ではなく『狂気』？　有効なのは『強さ』ではなく『ヤバさ』？　これはご挨拶だな。ハハハハハ。よし梅原、座っていいぞ……うっ……うう……ぐぐっ……諸君、ドイツ語を呟いて冷静さを取り戻す。少し待ってくれ。

ハーディーエム……アルシュロッホ……ドゥムコップフ……エーゼル……シュバイン……シャイセ……ドーフ……カッケ……ヴァス・マハト・ディア・デップ・イエッツ？

ふう……すっきりした。もう大丈夫だ。涙も止まったし、気持ちも一新できた。え、何と言ったかって？　なんてことはない。ドイツ語で雨ニモ負ケズ風ニモ負ケズと呟いただけだ。日本語に比べてドイツ語が長すぎる？　気のせいだ。

それにしても醜態を晒した。弁解の余地もない。まさかネコ大が……ワシの愛する母校であり、人生の終の住処でもある東京猫大学が、二人にとっては『公共の場』や『狂気の象徴』でしかないと知り、思わず取り乱してしまった。改めて言うが、歳はとりたくないものだ。でも、これでいい。これでいいんだ。別に強がっている訳ではないぞ。なぜなら現実を直視して初めて、抜本的改革が可能となるからだ。敢えて進む茨の道こそが、問題解決への一番の近道であるとワシは信じておる。

諸君。君たちの……正確には自薦した二人だが、忌憚のない意見を聞かせてもらった。今度はこの第七代学長の忌憚のない意見、というか主張を聞いて欲しい。

ワシが猫学の道に進むと決めたのは十二歳の時で、そのきっかけとなったのは猫学の創始者・菅波光之助先生の随筆『ネコロノミコン』であった。この、猫版ファーブル昆虫記と評される名作を一読し、ワシは稲妻に打たれたようなショックを覚えた。特に第一章『バステトの残像』は感動を通り越して呆然となった。全文を暗記しているので、冒頭の部分を朗読してみよう。……ゴホン。

「猫族の復権、特に家猫の地位向上こそが私のリーベンスベルクに他ならない。理由は単純明快。ここに十四カ条の個人的見解を記す。①なぜ十二支に戌年はあるのに猫年はないのか②なぜ忠犬はいるのに忠猫はいないのか③逆になぜ化け猫だけいて化け犬はいないのか④泥棒猫がいるなら泥棒犬、もしくはカッパライ犬もいるはずである⑤猫なで声と言うならば犬さすり声とも言いたまえ⑥猫を殺せば七代祟るのだから手出しをやめるべきだ⑦権力の犬はいるが権力の猫はいないのだよ君⑧救助犬がいるぞと威張っていると、お助け猫が出現するぞ。ほら君の後ろに⑨徳川綱吉？　知らないね⑩犬橇はゲゼルシャフトで、猫鍋はゲマインシャフトという現実⑪猫に小判なら犬にも小判だし人間以外の生物全てがそうだろうと叫ぶ夢を見た⑫忠犬ハチ公？　聞いたことはある⑬英語で猫はキャット。軽やかな響き。ピッコロの音色のよう⑭英語で犬はドッグ。重苦しい響き。壊れたオーボエのよう」

如何かな諸君。この十四カ条の個人的見解を初めて読んだ時、ワシは不覚にも滂沱の涙を流した。しかし感動の涙ではなく、勿論悲しみの涙でもない。ワシがあの時流したのは気づきの涙であった。山の麓に立つと頂上が見えないように、あまりにも身近にいすぎて見逃していた猫たちの叫びと、苦笑と、祈りをはっきりと聴くことができたことに対する感涙であった。

その瞬間ワシは叫んだ。「ゾンゾンする」と。

アルキメデスが湯の溢れ出る浴槽の中で「エウレカ」と叫んだように、ワシは「ゾンゾンする」「ゾンゾンする」と繰り返し叫んだ。そして頬をしとどに濡らす涙を拭って椅子から立ち上がると……。

ん？　なんだ田島、突然手を挙げて。質問でもあるのか？　うん、うん……便所か。しょーがない奴だな。生理現象だから仕方がない。行ってこい。他に便所に行きたい奴はおるか？　おったら挙手せよ。なんだ、ほぼ全員じゃないか。貴様らそんなに連れションが好きか？　連れだっての放尿に安堵を感ずる世代か？　やれやれだまったく。構わん、行ってこい。学生用の厠は講堂の正面にある教養棟にあるから、さっさと済ませてこい。

お？　新入生の席に残ったのは梅原だけか。全員いなくなったらワシも休憩しようと思っていたが、貴様がいるのなら話を続ける。ワシは猫医学部の講師時代から〝観客〟が一人でもいれば絶対休講せずに授業を行ってきたからな。今日もその流儀を貫くぞ。

さて、どこまで話したか。えーと……初めて『ネコロノミコン』を読んだ時か。ではその先に進もう。

第一高等学校を卒業したワシは、大学に認可されたばかりの東京猫大学に進学しようとした。言うまでもなく、心酔する菅波先生に直接御指導していただくためだ。しかしそこで思わぬ事態が起きた。都内の小さな出版社に勤務していた父親が病に倒れ、入院したのだ。幸い命に別状はなかったが、入院費用がかさんで家計が苦しくなり、ワシが進学できるだけの余裕が失われてしまった。

さてどうしたものかと途方に暮れていると、何の前触れもなく耳寄りな情報がもたらされた。それは母親の妹、つまり叔母(おば)から来た手紙に書かれていたのだが、ある作家が書生を募集しているから行ってみないかという話だった。条件は住み込みで家事全般を任されるが、独身の中年作家以外、家にいるのは二匹の猫だけという〝身軽さ〟が気に入ってな。まさに渡りに舟とばかりにその場で即決すると、すぐ叔母に電報を打ってその旨(むね)を伝えた。

その作家・蛭田紘一(ひるたこういち)は市谷本村町(いちがやほんむらちょう)に住んでいた。出身は大阪で、六年前雑誌の懸賞小説に応募して佳作となり、三十五歳でデビューした遅咲きのシュリフトステラアでな。二作目に出した密室ものがヒットして、まとまった金が入ったのを機に上京。一軒家を借り、懇意の編集者の紹介で週刊誌に連載を始めたが、三作目以降これといったヒット作に恵まれず、次第に仕事は目減りしていった。しかし持ち前の度胸、というか無神経さのせいか特に動じることもなく、読み切りの短編で食いつなぐ生活を『大いなる助走』だと嘯(うそぶ)いて周囲を煙(けむ)に巻く、妙な男だった。

ワシが書生になったのは四月上旬で、飯田橋(いいだばし)から市ケ谷にかけての堀端の桜が満開だったのを憶えておる。

蛭田の住まいは古い住宅街の一角にあった。八畳の居間と六畳の寝室、四畳半の仏間だけのこぢんまりとした木造平屋建てだったが、変わっている部分が二つあった。

一つは板塀に囲まれた土地の形が、京都の町家のように間口は狭いが奥行きのある長方形をなしていた。もう一つは、その長方形の土地の一番奥の部分、つまり裏庭に竹林があった。十五坪ほどの空間が二十メートルを超える青々とした孟宗竹で埋め尽くされていた。聞くところによると、元々その辺りには広大な竹林が広がっていたが、多角経営に乗り出した地主がその一部を開墾し、現在の借家を建てたそうだ。

ワシは蛭田から四畳半の仏間を与えられ、そこで寝起きした。職業作家と交わるのは初めてで、最初はかなり緊張したが、蛭田は世俗にこだわらない超然とした性格でな、自宅における最低限のルールを決めた後は全てワシに任せてくれた。

案ずるより産むが易いとはよく言ったもので、不慣れであった家事もいざやってみると意外にできてびっくりした。一週間ほどで炊事・洗濯・掃除を一通りこなせるようになり、近所の商店街にも顔馴染みができて買い物が楽しくなった。

で、主の蛭田だが、その生活は規則正しく軍隊のように整然としていた。さらに作家業を営む者はみなそうらしいが、基本的に一年三百六十五日休むことなく原稿を書き続けるため、蛭田には休日・祝日という概念がなかった。その様はまさに月月火水木金金であり、作家イコール無頼と決めつけていたワシは感心することしきりだった。

おっ、どうした梅原。質問か？　うん。うん。

よくぞ気づいた。確かにワシはさっき、家に二匹の猫がいると言った。おい梅原、なんだかんだ言っても結局貴様はネコ大の学生だ。ちらりと現れた猫が気になって仕方ないのだからな。愛い奴め。ハハハハハ。

さて、その蛭田家の二匹の猫だが、ワシが対面したのは書生になってからちょうど二週間目の夜だった。なぜ？　愚問だぞ梅原。猫とはそういうものだ。

奴らは二週間、屋内のどこかに潜みながら、ジーッとワシを観察しておったのだ。新しく来た書生の一挙手一投足を観察し続け、自分たちにとって無害であり共存するに値すると断定してから、ようやく重い腰を上げたのさ。

二匹の名前？　白猫がユキで、三毛猫がミーコ。両方三歳位の若いメスでな、一度警戒を解くと一日中ワシの周りをうろつき、気が向けばそれなりに甘えてくるようになった。

白状するが、ワシはそれまで猫と暮らしたことが一度もなかった。猫学者を目指す者としてあるまじき行為であるが、母親が大の猫嫌いで見るのも嫌という性格だったので実家で飼うことができなかったのだ。

猫と暮らした感想？

一言でいうと、猫のいる生活はワシにとってヒジョーに居心地が良かった。一番気に入ったのは彼らの気まぐれなところで、腹が減ったり、寂しくなった時は、喉をゴロゴロさせて体を擦りつけてくるが、そういった欲求が解消された途端、掌を返したようにそっぽを向くのが可笑しくての、何回も腹を抱えて笑った。それに毎日接していると、鳴き声やちょっとした仕草で何をしたいのか、何が言いたいのかが段々分かるようになるのも楽しかった。ワシは米を研いだり、洗濯ものを干したりしながら、書生になって正解だったと実感するようになった。

あれは、蛭田の家に来て二カ月が経った頃だ。

ちょうど梅雨時で、シトシトと小雨が降る日が続いていた。

ある日の夜、ワシは自室の仏間でごろ寝しながら読書をしていた。読んでいたのは蛭田本人から借りた蛭田の著作で『月蝕の方程式』という推理小説だった。思った以上に面白く、夢中でページを繰っていると微かな物音がしていることに気づいた。耳を澄ますとそれは泣き声のようなか細い声で、居間の方から聞こえてくる。時計の針は午前二時ちょうどを指していて、まさに真夜中だった。

ワシは文机の上に本を伏せて立ち上がり、仏間を出た。一瞬蛭田が酔っぱらっているのかと思ったが、向かいの寝室から大きなイビキが聞こえてきたので少し怖くなった。板張りの廊下をそろそろと進み、玄関のすぐ右にある居間の襖を数センチだけ開けた。同時に泣き声のようなか細い声がはっきりと聞こえた。それは猫の唸り声だった。脳裏をユキとミーコが過(よぎ)ったが、胸中に湧いた不安は消えなかった。ワシは襖に顔を寄せ、隙間から目を凝(こ)らした。

室内は薄暗かった。正面の壁際で行燈(あんどん)が橙(だいだい)色に光っていた。その行燈の前に二匹の猫がいた。勿論ユキとミーコだったが、いつもとなにかが違っていた。ワシは顔を上げ、首をひねった。思考を巡らせようとしたが、頭がぼんやりしていてうまくいかない。ワシはまた襖に顔を寄せ、隙間から目を凝らした。そのまま十秒ほど凝視して、ようやく異変に気づいた。左側にいるユキが二本の後ろ脚を伸ばして直立していた。そう、人間のようにスックと立っていたのだよ。しかも右側でうずくまるように丸くなっているミーコをこれ見よがしに睨(にら)みつけているではないか。まるで皇帝が奴隷を睥睨(へいげい)するように！　……。

ワシは声が出なかった。訳がわからず、何度も目をパチクリさせた。しかし本当のウーバーラッシュトゥはこの後にやって来た。呆然と目の前の光景を見つめていたワシは、直立するユキの背後に何かがいるのに気づいた。理由はハッキリせんが、強い気配のようなものを感じたのだ。

襖をさらに数センチ開け、左側の奥を覗きこんだワシはうめき声を上げた。なんと、左側の壁際に絣(かすり)の着物をきた白髪の老婆がいるではないか！　しかも風船のようにふわふわと浮いている！

肝(きも)を潰(つぶ)したワシは仏間に逃げ帰り、布団の中にもぐりこんだ。目をつぶって合掌し、南無阿弥陀仏南無阿弥陀仏とひたすら唱えた。

どのくらい経ったであろうか？

コケコッコーという近所の雄鶏の声で目が覚め、布団から這い出すといつの間にか夜が明けていた。居間にいくと行燈の灯りは消えており、老婆も猫たちもいなかった。

え？　ワシの見た夢だって？

ハハハハハ。この話をすると、誰もがこの場面でそう言うのだ。貴様もか梅原、愛い奴め。ハハハハハ。今だから正直に言うが、実はワシもその時そう思ったのだ。全ては己の脳内に投影された、鮮やかで奇天烈な幻影だったのではないかと。

しかしその予想、というか願いは瞬く間に打ち砕かれた。

お察しの通り、その晩も昨夜と同じ事が起きた。漏れ聞こえてくる声に気づき、時計を見ると午前二時で、足音を忍ばせて居間に行くと、行燈の灯りの前でユキが直立しながら、うずくまるミーコを睨みつけており、左側の奥を覗きこむと白髪の老婆が浮かんでいた。その次の晩も、さらに次の晩も、『謎の直立』は起こり続けた。そのまま一週間が過ぎ、二週間目のロングランに突入したある日、ワシは思い切って蛭田に相談してみた。

え？　どうしてもっと早くそうしなかったたって？

理由は蛭田の本を読んでいたからだ。『月蝕の方程式』もそうだが、彼の小説に登場する人物は探偵も犯罪者も被害者も、全員が揃いも揃って筋金入りの現実主義者であり、幽霊はおろか、予知夢やおみくじ、茶柱さえも「嘘だ」「くだらん」「子供だまし」と一喝するシーンが頻出する。同時にそれは作者である蛭田の認識、というか信念を代弁しているような気がして、どうしても報告をするのがためらわれた。

しかし背に腹は代えられぬ。ワシは昼食後、縁側でタバコをふかす蛭田の元におもむき、一週間以上続いている『謎の直立』について簡潔に報告した。

全てを聞き終えた蛭田の反応は意外にも「やっぱり出たんか」であった。

「この家を借りる時な、大家のオッサンに言われたんよ。〝実はセンセイ、以前ここを借りてたのは独り暮らしのオバアチャンなんです。半年前に脳溢血でポックリ逝きまして、身よりがないため僕が自腹で茶毘にふしたのですが、問題は猫なんです。オバアチャンが飼ってた二匹の猫が未だにこの家に棲みついてまして、どれだけ追い払っても戻ってくるんです。僕も不本意ではあるんですが、猫は七代祟るから迂闊に手も出せません。センセイ、そこで相談なんですが、なんとか猫付きのまま借りてもらえませんでしょうか？　勿論お家賃は勉強いたしますから、なんとかお願いします〟とな。結局月々の家賃を三割引きするいう条件で承諾したんや。俺は基本的にバリバリのリアリストやけど、この家におるとなんか尻の穴がムズムズするゆーか、誰かに見られとるよーな気がするのは事実なんよ。だからやっぱおるんやろなー、バーサンいまでも住んどるんやろなー的なことを毎日考えとったけど。そうか、やっぱりおるんか」

蛭田は真顔でそう言い、ごくりと唾を呑み込んだ。ワシが「センセイ、これからどうしましょうか？」と訊くと、蛭田はタバコをくわえたまましばらく黙っておったが、やがて「アレ、役に立たんかなぁ」と呟き、縁側から立ち上がった。

蛭田が向かったのは家の北側にある納戸(なんど)で、中から一冊の帳面を持ってきた。

「この家に引っ越した日、六畳の押入れの中から発見したんや。例のバーサンが生前に書き留めたものらしいんやけど、どこまでがホンマでどこまでがウソなんかよう分からん。大家のオッサンの話では、死ぬ半年くらい前からボケが急速に進行して意味不明の言葉を連発しとったそーやから、全部ウソなんかなーとも思うんやけど、一応読んでみてくれへんか」

蛭田はそう言って帳面を差し出した。受け取ったワシは思わず目を凝らした。茶色く変色したボロボロの表紙には、墨で『真Q猫伝』と書かれていた。何て読むかは未だに分からん。マキューービョウデンかもしれんしシンキューーネコデンかもしれん。とにかくワシは自室に戻るとその帳面を文机の上に広げ、言われた通り読んでみた。

『真Q猫伝』は全二章からなる奇談・怪異談集だった。

第一章『ネコ舌アミキクス』は猫と会話をするための教本だった。なんでも人間が猫語を理解し且つ話すには『征獣丸』なる丸剤を服用する必要があり、その製法が箇条書きされていた。

①鶯(うぐいす)のフン、子羊の眼球、蝮(まむし)の生き血、人骨の粉末を擂鉢(すりばち)ですり潰す②そこに木天蓼の

実、それもマタタビミタマバエが卵を産み付け、内部で蛹にまで成長した、いわゆる虫癭果を加え、さらにすり潰す③ペエスト状になったものをビー玉大に丸め、神社の床下で一カ月間乾燥させる。

これで『征獣丸』は完成する。後は三日間神棚に供えたお神酒と共に服用すればよい、とあった。

第二章『ネコ天アルカラム』は猫天獄に入るための条件が記されていた。

猫天獄とは猫の・猫による・猫のための国で、人間界と冥界の間にあり、世界の至る所に入り口、つまり猫門が隠されている。基本的に人間には見えず、触れることもできないが、唯一の例外として『征獣丸』を服用した者だけが猫門をくぐり、猫天獄に入ることができる、とあった。

え？　全文を読んだ感想？　うーむ。

語弊を恐れずに言えば、非常に面白かったな。よく天才とナントカは紙一重と言うが、まさにこれがそうだと思った。急速にボケが進行する老婆の脳内で攪拌され濾過されたメルヘンチックな妄想世界に圧倒される思いだった。同時に『征獣丸』を自作し、服用してみたいという衝動に駆られた。

なぜ？　なぜと言われても、面白そうだからとしか答えようがない。とにかく〈嘘・本当〉〈できる・できない〉は別にして、老婆が体系化した極私的ヴァンダーランドを純粋に楽しみたかったのさ。

　ワシは部屋を出て蛭田の元へ行き、『真Q猫伝』の読了を伝えた。さっそく感想を訊かれたので、思い切って「とても興味深い」「自分で『征獣丸』を試してみたい」と直訴すると、驚いたことにあっさり許可された。

　理由は蛭田の経済事情にあった。デビューして六年、上京して三年近く経つがこれといったヒット作に恵まれず、悶々としていた蛭田は新たな道を模索していた。その一つが怪奇小説で、H・P・ラブクラフト的異世界の構築に汲々としていた矢先だった。つまり『征獣丸』の人体実験をすることで、執筆のヒントになるような劇的な事が起きるかもしれんと密かに期待していたのだ。溺れる者は藁でも書生でも摑みまくるということさ。

　げに恐ろしきは貧乏人のバカ力なり。いざやると決めたら後はとんとん拍子だった。蛭田は取材を通して知り合った骨董店主や好事家、蒐集家たちに連絡を取り、『征獣丸』の材料を瞬く間に集めた。一番難易度の高い人骨の粉末も、密輸された埃及の木乃伊から削り取って持ってきた。

　さっそくワシは蛭田と二人で〝レシピ〟通りに丸剤をこしらえ、近所の稲荷神社の床下に放置した。そして一カ月後に無事回収すると、三日間神棚に供えたお神酒と共にできたてホヤホヤの『征獣丸』を呑んだ。丸剤が喉元を過ぎた途端、ワシはめまいを覚えた。足元がふらつき、思わず畳の上に座り込んだ。頭上から「大丈夫か？」という蛭田の声が聞こえた。

憶えているのはそこまでだ。目が覚めた時、すでに丸二日が経過していた。もうダメだと諦めていた蛭田は大喜びして飛び跳ねた。ワシは便所に駆け込むと、紫色の反吐を何回も吐いた。

結論から言うと、実験は成功であった。そう、バーサンの書いた『真Q猫伝』は正真正銘の魔道書だったのさ。ワシはさっそく縁側で日向ぼっこしているユキとミーコのところへいき、「こんにちは」と挨拶してから『謎の直立』について質問した。昼寝を邪魔された二匹はうんざりした顔でボソボソと答えたが、ワシはその全てを正確に理解することができた。そして驚きのあまり口をポカンと開けて立ち尽くす蛭田に向かい、事の顛末を語って聞かせた。

ユキとミーコは姉妹だった。捨て猫だったところをバーサンに拾われ、この家に来た。バーサンは優しかったが、天涯孤独だったため仲間への執着が強かった。愛する代わりに愛することを強要し、与える代わりに差し出すことを要請した。危険だからと二匹を家に閉じ込め、座敷猫として扱った。それでもユキとミーコが逃げ出さなかったのは、バーサンが猫の言葉を話せたからであった。なんでもバーサンが育った孤児院は密教系の寺院が経営しており、潜在的な〈力〉を持つ者は僧侶と一緒に修行することを許されていた。バーサンはそこで才能を見出され『征獣丸』の製法を会得したという。

「話が通じると情が移ってさ、逃げたら可哀想って思っちゃって」とユキが言った。「それに病気の時はすぐどこが悪いか伝えられるでしょ？　それが便利でね」とミーコが言った。

しかしバーサンが脳溢血で急死した後、事態は急変する。

「自分だけ死んであの世にいくということがどうしても嫌だったらしいの」とユキが言った。

「それで特にお気に入りだったユキに取り憑いてあの世に連れていこうとしたの」とミーコが言った。「ふざけた話でしょ？　当然拒否したら怒り心頭に発した挙句、怨霊になっちゃってね。毎晩午前二時になるとユキに憑依して居間に向かわせるの。で、あたしが後をつけて襖をそっと開けると、ユキがね、後ろ脚二本で立ちながら行燈に火を点けているの。まるで人間みたい……って思ってると、ユキが突然こちらを振り向いて『見たなーっ』て叫ぶの。そのまま背後に浮いてるバーサンの魔力で中に引きずりこまれて、夜が明けるまでユキ&バーサンにずっと睨まれるの」

二匹はそこで顔を見合わせ、うんざりしたようにため息を吐いた。

つまり『謎の直立』とは、化け猫ならぬ化け人が猫に取り憑いた珍騒動だったのさ。ワシは面妖なことがあるものだと驚きつつ、何か解決法はないのかと訊くと、ユキが神社のお札を家の四隅に貼ればバーサンを追い出せると言った。ワシはさっそく床下に『征獣丸』を放置していた神社へいき、魔よけの札を四枚購入した。

いやいや、効果覿面とはまさにあのこと。東西南北の柱にお札を貼った途端、バーサンの怨霊は消え、二匹の猫に平安な日々が戻った。長い間苦しんでいたユキとミーコは酷く喜んでの、ワシを猫天獄に招待すると言った。ワシは呆然と立ち尽くしたままの蛭田を尻目に家を出ると、二匹の後をついていった。縁側から敷地の北側へ向かい、竹林のある裏庭に出た。

「実はここに猫門があるの」とユキが声をひそめた。

「人間を通すのは初めてなの」とミーコも声をひそめた。

ワシは二匹に先導されて竹林の中に足を踏み入れた。辺りは薄暗く、空気はひんやりしていた。歩くたび、地面に積もった落葉がカサコソと音を立てた。道、というか猫専用の〈隙間〉のような空間は幾度も曲がりくねり、さらに幾度ものぼりくだりした。裏庭の広さは十五坪だと記憶していたが、進んでも進んでも〈隙間〉は続いていて、突き当たりにあるはずの板塀がいつまで経っても見えてこない。ワシは段々迷路をさまよっているような心細い気持ちになった。

どのくらい経った頃だろうか。

気がつくとワシは一匹の猫になっていた。黒い毛並みの雄で赤い首輪を付けていた。

「気に入った?」とユキが振り返って言った。

「カッコいいわよ」とミーコも振り返って言った。

そこでワシはユキもミーコもよだれが出る位の美女だったことに初めて気づいた。

「そうか、猫になると君たちはこう見えるのか」ワシは照れ臭くなり目を逸らした。

三匹になったワシたちは竹林の中を駆け抜けていき、やがて猫門に着いた。それは瓦屋根の付いた木造の門で、古い格子戸が付いていた。

「猫天獄に入ったら一つだけ願いを叶えてあげる」ユキが思い出したように言った。

「バーサンを追い出してくれたお礼よ」ミーコも思い出したように言った。

「じゃあ」ワシは少し考えてから大声で言った。「東京猫大学の学長になりたい」

「いいわよ」ユキとミーコが同時に言った。

不意に格子戸がカラカラと音を立てて開いた。ワシは彼女たちに続いて猫門をくぐった。その途端、強いめまいを覚えた。足元がふらつき、思わずその場にしゃがみ込んだ。頭上から「大丈夫よ」というユキの声がした。「気づいた時には願いが叶っているから」というミーコの声もした。

憶えているのはそこまでだ。目を覚ますと……。

ん？　おい、どこにいった？　いつの間にか梅原までいなくなった。あいつも便所か？あれ。あれれ。梅原だけではない。父兄席も無人になっておる。壁際に並んでいた教員たちもおらん。これは一体どうしたことだ。我が校にそれほど沢山の便器はないぞ。講堂にいるのはワシ一人だ。どうする……どうしたらいい……ん？　何か聞こえるぞ。猫だ。どこかで猫が鳴いている。ユキの声にもミーコの声にも似ている。どっちだろう。どっちかな。両方美人だけど、ワシの好みで言うと……うーん……やっぱミーコかなぁ。

永日小品

森見登美彦

森見登美彦

もりみ・とみひこ

1979年、奈良県生まれ。
2003年、『太陽の塔』で日本ファンタジーノベル大賞を受賞。
2007年、『夜は短し歩けよ乙女』で山本周五郎賞を受賞。
2010年、『ペンギン・ハイウェイ』で日本SF大賞を受賞。
作品に『聖なる怠け者の冒険』『夜行』『太陽と乙女』『熱帯』など。

これは僕が中学二年生の頃の話である。

その頃、元日は家族だけで過ごし、翌日になったら母方の祖父母の家へ新年の挨拶に出かけるのが決まりであった。祖父母の家は近鉄生駒（いこま）線の平群（へぐり）駅から少し歩いたところにある。

僕らは生駒山の麓（ふもと）にあるマンションに暮らしていたので、一月二日の昼頃になると、近鉄生駒駅から電車に揺られて祖父母の家へ向かった。ほろ酔い気分の父と、母と僕と弟は、初夢について語り合ったりしながら明るい電車に揺られていく。ワンマン電車の車内は洗い清めたようにすがすがしく、車窓で姿を変えていく生駒山も新鮮に見えたものである。今でも僕は近鉄生駒線の車窓風景を眺めると「謹賀新年」という厳かな気持ちになってしまう。

その年も、僕らは例年どおり祖父母の家へ向かった。

「もーう、いーくつ、ねーてーもー、おーしょーうーがーつー♪」

小学生の弟はそんな歌を口ずさんでいた。

みんなが笑ったので、弟は一日中しつこく歌っていた。

○

ぽつぽつと民家のつらなる坂道をのぼっていくと、かつて祖母が野菜を育てていた小さな畑が左手に見えてくる。祖母は僕が小学生の頃に亡くなったから、今では祖父と同居している伯父さんがときどき草を刈るだけで、正確には「畑跡」というべき不毛の地である。そこを通りすぎると庭つきの二階家があり、祖父と伯父さん家族が暮らしている。

その日も畑跡にさしかかったあたりで母が笑った。

「やってる、やってる」

その時点で祖父母の家の賑わいが洩れ聞こえてくるのだ。

立派な門松の飾られた門を通って玄関に入ると、温かい空気と人の声が僕らを包みこんだ。

毎年ちょっとした村祭りのような騒ぎなのである。

いずれの部屋も親戚たちで一杯、縁側にまで人が溢れているのはいつものことだ。おおまかな傾向として、洋間は大人の男たち、食堂は大人の女たち、居間の座敷は子どもたち、というような縄張りが自然発生するが、それできれいにおさまるわけもなく、庭に面した縁側や玄関ホール、祖父の書斎である離れの座敷まで親戚たちが居座っている。料理や飲み物を持ち寄るから、テーブルにはたくさんの皿がならぶ。その料理がまたなんの計画性もなく集められたもので、「とにかくゴージャスっぽい」という以外には共通項がなく、和洋中が入り乱れている。部屋から部屋へ渡り歩いて好きな料理を食べればいいのである。酔っ払った大人たちの笑い声、走りまわる子どもたちの叫び声、赤ん坊の泣き声……まったくたいへんな騒ぎだった。

これだけ大勢の親戚が毎年集まるのは珍しいと思う。念のために述べておくと、我が一族は奈良土着のマフィアとかそんなものではないし、祖父も「ゴッドファーザー」みたいな人物ではない。偉大なる祖父への忠誠心を疑われたらこの世界で生きていけない、なんていうことはないのである。祖父は苔むしたお地蔵様みたいに優しい人で、ここ半世紀は怒ったところを誰も見たことがないぐらいであった。

やっとのことで見つけた祖父は縁側でニコニコしていた。

「おじいちゃん、明けましておめでとうございます」

弟がぺったり正座して頭をさげると、祖父は満足そうに頷（うなず）く。

なんだか祖父のまわりだけ台風の目のように静かだった。

その日、僕は歳下の子どもたちと遊ぶ気にもなれず、かといって伯母（おば）さんを中心とした女性陣にまじることもできなかった。流浪の民のようにバヤリース片手にあちこちを渡り歩き、洋間の片隅に座りこんだ。大人の男たちは酔っ払い、大声で楽しそうに話していた。

「最近、おとなりさんは静かにしてますか」

「あそこも大病して、めっきり弱ったから」

「それはそれで淋しいな」

それは僕が赤ん坊の頃に起こった隣家との土地争いの話で、新年会が盛り上がってくると決まって話題になるのだった。祖父母の家には裏山があるのだが、その山の向こう側は隣家の土地と接している。当時、隣家の主人は祖父母の土地を侵食することに執念を燃やしていた。裏山の竹林に勝手に入りこんでタケノコを掘るだけならまだしも、柵を勝手に動かしたり建築資材を積んだりする姑息な手段でちまちまと自分の土地を押し広げ、心やさしい祖父がやんわりと抗議したぐらいでは引き下がらなかった。かくして業を煮やした祖母が親戚を臨時招集し、隣家によって占拠された土地を力技で奪い返したのである。

当時は父や伯父さんたちも二十代、三十代の若者だった。真夜中の張りこみ、土地の奪還、隣家主人との対決……子どもの頃には神話のように感じられてワクワクもしたが、何度も聞かされたので飽き飽きしていた。

「今となっては懐かしい。あれは楽しかった」と誰かが言った。

毎年一月二日になると、ほとんど他人と言ってもさしつかえない遠縁の人たちまでが熱心にこの家を訪ねてくる。かといって、この新年会の席上で一族の命運を決する重大な案件が議論されたりしているわけでもない。ただ御馳走と酒を持ち寄ってワイワイと半日ほど騒ぎ、来年の再会を約して日本全国に散っていくばかりである。

親戚たちの熱意は僕にとってじつに謎であった。

○

ここで僕が中学二年生だったことを思いだしてほしい。

僕はつねづね「呪われた思春期の門」と言っているが、その門をくぐったばかりの頃というのは本当にロクデモナイ時期であった。いつも僕はイライラしており、何かというと恥ずかしがっていた。それまでの僕は、良くいえば天真爛漫、悪くいえば唯我独尊（ゆいがどくそん）のワガママで、新年会でもみんなの注目を浴びるのが大好きだった。酔っ払った親戚たちの前で「瀕死のゴキブリ」のモノマネをして得意になっていたものである。しかし呪われた思春期の門を通過したとたん、そういった過去の振る舞いのすべてが恥ずかしいものになった。僕はできるだけ目立たずにいるように努めた。にもかかわらず、新年会に集う親戚たちには僕の人間的進歩がヘンテコに感じられるらしく、「なんで今日はそんなに気取ってるの」と笑われたりする。それがまた煩（わずら）わしくて苦痛だった。

ふとそんなことを思いついた。

「この新年会から抜けだしてやろう」

僕はこっそり洋間を抜けだして玄関に立った。

下駄箱の上の置き時計は午後二時前を示していた。親戚たちもあらかた揃って宴たけなわ、賑やかな笑い声が祖父母の家を地震のように揺さぶっている。これだけ大騒ぎをしていたら、僕ひとりが抜けだしたところで気にする人間はいないだろう。裏山をぶらぶらして心おきなく孤独を満喫し、新年会が終わるタイミングで戻ってくればいい。

そういうわけで僕はひとり裏山へ向かったのである。

祖父母の家の裏手に広がる土地は誰もが「裏山」と呼んでいたが、せいぜい丘といったところである。とはいえ、祖父母の家に集まる子どもたちにとっては良い遊び場だった。その石段をのぼった先には曾祖父たちが暮らしていた古い木造家屋が遺されている。生駒のマンションに引っ越す前、僕ら家族はその曾祖父の家で半年ほど暮らしたことがある。当時僕はまだ小学生だった。

裏山を抜けていく石段は古く、ところどころ崩れかかっていた。両側から覆(おお)いかぶさってくる冬枯れした木々の枝を透かして、澄んだ青空が見えている。一月とは思えないほど温かな陽射しが降り注いで、なんだか春のように穏やかな陽気だった。

石段をのぼるにつれて祖父母の家の賑わいが遠ざかっていく。聞こえるものといえば落ち葉が砕ける音と鳥の鳴き声ぐらいである。賑やかなのは祖父母の家だけで、この町全体はお正月の厳かな静寂の中にあるのだ。僕はなんともいえない解放感に包まれた。その静けさを独り占めする優越感にはちょっとした罪悪感も混じっていた。

しかしすぐに僕はドキリとして立ち止まった。

石段の途中に祖父が腰かけていたからである。

祖父は火の消えた飴色のパイプをくわえ、温かい陽射しを浴びていた。「おじいちゃんがいる」と僕が言うと、祖父は「うん」と小さく頷いた。それきり何も言わずに恥ずかしそうにしている。僕は祖父のところまで石段をのぼっていき、そのかたわらに腰かけた。冬の石段は尻に冷たい。

「おじいちゃん、何してるの」

「ボーッとしている。ボーッと……」

「寒くない？」

「ここは暖かいよ」

祖父は目を細めて空を見上げた。

しばらく僕らは黙って座っていた。祖父が何を考えているのか、物心ついた頃から僕にはいつも謎だった。しかし祖父は独特の「沈黙術」を心得ていて、相手を気まずくさせるようなことはなかった。こんなふうに祖父と二人きりでボンヤリするなんて久しぶりのことである。以前こうしていたのがいつのことだったのか、まったく思いだせなかった。

僕は言い訳するように言った。

「久しぶりに裏山を探検しようと思って」

「そうか」と祖父は頷いた。

「おじいちゃんも行かない？」

「おじいちゃんはここにいる」

「それなら僕は行くよ。身体（からだ）が冷えないうちに戻ってね」

祖父は黙って微笑（ほほえ）み、ウンウンと頷いた。

僕は立ち上がってふたたび石段をのぼり始めた。

○

石段をつきあたりまでのぼると、そこで道は二手に分かれる。

左手にはすぐ小さな鉄製の門があって、その先にはかつて僕ら家族が半年ほど暮らしていた曾祖父の古い家がある。門から奥を覗く(のぞ)と暗い硝子(ガラス)の引き戸が見えた。冬の冷たい土間や古びた畳の匂いが鼻先をかすめるような感じがした。今はもう住めるような状態ではないが、かといって取り壊しにも手間がかかるので、そのまま放置されているのだ。

右手は森を抜ける小径(こみち)になって、その先には小さな池がある。

「こんなに小さかったっけ？」と僕は拍子(ひょうし)抜けした。

それは窪地に雨が降ってできた水溜まりのようにしか思えなかったのだ。かつてこの池から水を汲み上げて畑へ送っていたポンプが遺跡のように落ち葉に埋もれていた。

そんなふうにして歩きまわっていると、子どもの頃のことが思いだされてくる。

僕はその裏山を父や祖父と一緒に探検して秘密の地図を描いた。今では紛失してしまったが、その地図にはこの裏山のあらゆる抜け道、隣家との境界、小さな池や竹林、道具小屋や屋外風呂の跡、さらに栗や柿や馬酔木(あしび)や茱萸(ぐみ)の所在まで描きこまれていた。あの頃、僕は

「この裏山について誰よりも詳しい」と豪語していたものである。

「あの地図があればいいのにな」

　僕はそんなことを考えた。

「どうしてなくしてしまったんだろう」

　僕は池を左手からまわって竹林に足を踏み入れた。

　その竹林は裏山のおよそ三分の一を占め、そのまま山向こうの隣家の土地まで続いている。父たちが洋間で語っていた伝説的土地争いが繰り広げられたのもこの竹林である。

　生い茂った竹林の中は薄暗くてひっそりとしていた。竹の幹に手を添えて揺らしてみると、静寂の中にギイギイと竹の軋(きし)む音が不気味に響いた。僕がこの裏山で暮らしていた頃は美しい竹林だったが今や見るかげもない。伯父さんだけでは手がまわらないのだろう。黄土色(おうどいろ)に変色して倒れた竹に行く手を阻(はば)まれながらも、僕は竹林の奥へ進んでいった。

「どこかに空き地があったはずだけど……」

　この竹林のどこかに不思議な円形の空き地があった。あの地図にも描きこんだ記憶があるから、よほど印象に残ったのだろう。祖父とタケノコ掘りをしたあと、その空き地の真ん中で休んだことを覚えている。空き地は竹林に囲まれていて青い空が丸く切り取られていた。あのとき自分が抱えていた泥だらけのタケノコの手触りがよみがえってくる。

　しかし、いくら竹林を歩きまわっても空き地は見つからなかった。

やがて僕の行く手には、横倒しにした竹を何本も重ねて縛った長い塀が現れた。万里の長城よろしく延々と左右に続いて竹林を分断している。塀の向こう側を覗いてみると、細い林道が横に延び、反対側には美しい竹林が広がっていた。そちらは隣家の土地になるのだろう。かつて激しい攻防が繰り広げられたという隣家との境界も今はひっそりとして平和だった。

そのとき背後でポキポキと枯れ枝を踏む音が聞こえた。

僕が振り向いたとき、竹林の奥で人影が身を翻したように見えた。ドッと吹く風が竹林を揺らして、滝の音のような響きがあたりを包んだ。僕は背筋がぞくりとした。一瞬だけ見えた人影は小さくて、まるで子どものようだったのである。

親戚の子どもが祖父母の家を抜けだしてきたのだろうか。しかし親たちが子どもを裏山へひとりで行かせるとは思えない。たとえあの家を抜けだせたとしても石段には祖父がいるのだから、そこで引き留められてしまうだろう。

あるいは近所の子どもが入りこんできたのだろうか。だとすれば厄介な話になる。荒れた竹林で怪我をするかもしれないし、あの池に落ちて溺れてしまうかもしれない。

「待て！」

僕はそう叫んで竹林を走りだした。

○

竹林を抜けて池の端へ出たとき、僕は相手に追いついた。

それは謎めいた女の子だった。よく分からないが、たぶん七歳ぐらいだろう。明るい山吹色のワンピースを着ているだけで、いくらなんでも寒そうだったが、本人は平然としている。

「こんなところで何をしてるの」

僕が訊いても一言も口をきかない。手に負えないので、下の家まで連れていくことにした。祖父たちなら、どこの家の子どもか分かるだろうと思ったのである。

石段をくだりながら僕は「近所の子？」と訊ねてみた。

しかし女の子は黙っている。

「ひとりで来たの？」

女の子は黙って頷いた。

こんなに小さな子がひとりで山に入りこんでくるとは。

「危ないだろう。怪我したり溺れたりしても、誰も助けてくれないんだぞ」

そんな説教めいたことを口にするのは照れ臭かった。女の子はこちらの胸中を見透かしたように「ふん」と鼻を鳴らした。そんなところは大人っぽいが、崩れかけた石段をおりていく足取りは危なっかしい。僕が手を伸ばしてやると、女の子は素直にその手を握った。小さな手だった。木々の隙間から降り注ぐ陽光を浴びると、女の子の栗色の髪は黄金の糸のように輝いた。

この裏山で暮らしていた頃、僕もこれぐらいの背格好だったろう。毎朝、山の上の家から祖父母の家へ通うとき、僕もまた頼りない足取りで石段をよちよちおりていったものである。ある冬の日など、雪で滑って尻餅をつき、ズボンを泥だらけにしてしまった。僕は家に引き返して、母に新しいズボンをはかせてもらい、もう一度祖父母の家へ向かったが、そこでふたたび尻餅をつき、またしても家へ引き返す羽目になった。結局その日は母が手を引いて、一緒に山をおりてくれたような気がする。なんといっても僕はまだ幼かったのである。

もちろんそんな思い出に隣の女の子は何のかかわりもない。

「よその山に勝手に入ってはいけないんだよ」

僕は言った。「ここはうちの山なんだから」

やがて僕らは先ほど祖父が腰かけていたところを通りすぎた。そのあたりで僕は「なんだか様子がおかしいぞ」と思い始めた。祖父母の家はすぐ目の下に見えているのだが、新年会の騒ぎがまったく聞こえてこない。まるでみんな死に絶えたかのように静かなのである。僕は古い梅の木に手を添えて立ち止まった。うららかな陽射しがあたりの静寂をいっそう不吉なものにしている。僕が裏山を気楽にうろついている間に何かたいへんなことがあったのではないか。

胸騒ぎをおさえながら、僕はガレージの裏を抜けて玄関にまわった。

ドアを開けても何の物音も聞こえてこない。

「ちょっとここにいなさい」

女の子を玄関で待たせておいて、僕は祖父母の家の中を見てまわった。

つい先ほどまで宴会をしていた痕跡はあるのに誰もいない。何か怖ろしいことがあって、みんな一斉に逃げだしてしまったかのようである。テーブルには親族が持ち寄った御馳走がならんでいるし、飲みかけの酒瓶やジュースもそのままだった。部屋から部屋を覗いてまわるうちに、僕は次第に怖ろしくなってきた。

「いったい何が起こったんだ？」

一階には誰もいなかったので、僕は二階にのぼってみた。

そこは四畳半と六畳の二間続きで、従兄（いとこ）の春男（はるお）君やその妹の部屋である。新年会のときには親族は上がらないことになっている。本棚や勉強机が置かれた部屋には、レースのカーテン越しに穏やかな光が射しこんでいる。そこにも誰もいなかった。

たとえば誰かが急病で倒れて病院へ運ばれたとする。だとしても、この家を開けっ放しにして親族みんなで付き添っていくとは考えにくい。あるいは裏山へ抜けだした僕をからかうために、みんなどこかに隠れているのだろうか。しかし親族が一致団結してそんなイタズラをするのは不可解だし、酔っ払いや泣きわめく子どもたちが協力するとも思えない。それならば過去の「土地争い」を恨んだ隣家による誘拐もしくは殺人か。いくらなんでも無茶である。

まったく説明がつかず、僕は途方に暮れてしまった。

「みんなどこに行ったんだろう」

それはじつに不気味な感覚だった。たいへんな事態が起こっているのに、自分ひとりだけ置いてけぼりなのである。よりにもよって僕が初めて新年会を抜けだした日に、こんな事件が持ち上がらなくてもいいではないか。これは大切な「新年会」をないがしろにした僕に対する天罰なのか。

二階の階段からおりてきたとき、僕はハッとして聞き耳を立てた。

食堂の方からカチャカチャと食器の音が聞こえてくる。

しかし食堂で僕が見たのは、勝手に家に上がりこんでテーブルにつき、伯母さんお手製のローストビーフに粒マスタードを塗りたくっている女の子だった。僕は呆れかえって物も言えなかった。立ち尽くす僕を尻目に、彼女は貴族の令嬢みたいに背筋を伸ばし、ローストビーフを口いっぱいに詰めこんでもぐもぐしていた。よくそんなにたくさん頬張れるものである。その驚異的食い意地に目を見張っていると、彼女はそのローストビーフがお気に召したのか、たくさん残っている大皿をグイと自分の手元に引き寄せた。そして僕に向かって照れ臭そうに笑った。

「いいよいいよ、勝手に食べろ」

僕は手を振って玄関に引き返した。

よその家の子の図々しさをあげつらっている暇はない。なにしろ自分以外親族全員消失という異常事態なのである。この家に誰もいないのだから、近所の人に助けを求めるしかない。僕は急いで靴を履いて玄関から外へ出ようとした。

そのとき下駄箱の上にある真鍮の置き時計が目に入った。

その針は午後二時を示している。「はて？」と僕は怪訝に思った。先ほど僕が新年会を抜けだしたときも同じ時刻だったはずである。あれからもう一時間近く経っているのに。

文字盤に目を近づけると、針の動きは止まっていた。

○

家の外へ出た僕はいよいよ困惑することになった。

祖父母の家の前はゆるやかな坂道になっていて、ぽつぽつと住宅がならんでいる。一軒一軒インターホンを押して歩いたものの、どの家も返事がなかった。祖父母の家のみならず、近隣の家の人たちも消えてしまったようだ。坂道をくだって駅前に近づくにつれ、この町を包む異様な静けさに気づかざるを得なかった。いくらお正月とはいえ静かすぎるのだ。歩きまわる人の姿はなく、国道を通りかかる車もなく、近鉄電車の音も聞こえてこない。鳥の鳴き声さえ聞こえない。

時間が止まったような底知れぬ静寂が僕にのしかかってきた。

僕は歩道に立ち尽くし、青い空を見上げた。

「ひょっとして僕、死んじゃったのか？」

つい最近、何かの本で読んだところだった。死後の世界は我々が生きている世界とそっくり同じで、死んだ人はしばらく自分が死んだことに気づかない。これまでどおりに振る舞っている。ところがある瞬間を境に、生きていた頃のつらい思いや憂鬱が消えてしまっていることに気づく。すなわちそれが死後の世界であるというのだ。そんな話を僕は信じたわけではないが、死後の世界がそういうものだったら「たいへんいいな」と思ったのは事実である。

新年会を抜けだして裏山を歩きまわっているとき、僕は何かの拍子で死んでしまったのではなかろうか。心臓発作かもしれないし、あるいは池で溺れたのかもしれない。それでいて自分が死んだことに気づいていないのである。じつに間抜けな話だが、それぐらいしかこの異様な状況を説明する方法がない。みんなが消えてしまったのではなく、消えたのは僕自身なのである。

そのとき僕は「あれ？」と思った。

だとすれば、あの女の子は何者なんだろう。すべての人々が消えてしまった中、動きまわっているのは僕とあの女の子だけなのである。

僕は急いで祖父母の家へ引き返した。

あいかわらず家はひっそりと静まり返っていた。

食堂へ行ってみるとテーブルにならんだ皿はすべて空っぽになっていた。となりの座敷を覗いて僕は驚愕した。そちらの御馳走もきれいに食べ尽くされている。

茫然としてあたりを見まわしていると、座敷の柱時計が目に入った。その時計もまた午後二時で止まっていた。玄関の置き時計と居間の柱時計が同時に壊れるとは思えない。

「間違いない。僕は死んだ。人生終わった」

両親や祖父はどれほど哀しむことだろう。彼らの笑顔を思い浮かべるだけで僕の目には涙が浮かんできた。お正月にみんなで電車に揺られて祖父母の家へ出かけていく――そんなことはもう二度とないと思えば、あんなに鬱陶(うっとう)しく感じられた新年会の賑わいが甘美なものに思えてきた。国家や経済を憂えて気炎を上げるおじさんたち、喧嘩して泣きわめいている子どもたち、赤ん坊時代にオムツを替えたことを毎年恩に着せてくるおばさんたち……すべてが懐かしく感じられた。

「戻ってきたの」と背後から声がした。

振り返ると、ひとりの女の子が食堂の入り口に立っていた。僕と同い年ぐらいだが、平気な顔でワインをラッパ飲みしている。

「……どちらさまですか？」と僕は言った。

彼女は眉をひそめて唇をすぼめた。

一体おまえは何を言っているんだ、とでも言いたげである。

「さっき一緒に山をおりてきたでしょう」と彼女は言った。

○

女の子は洋間の絨毯（じゅうたん）に座りこんで豪快に食べ続けた。

僕はテーブルの向かいに腰をおろして啞然としていた。

さっきの女の子の面影はあるものの、顔はほっそりとして、栗色の髪も長く伸びている。あの子よりもずっと背が高いし、胸も少し膨らんでいる。しかし言われてみれば、着ている明るい色のワンピースは同じものである。僕はすっかり混乱してしまった。

「さっきよりも美人になってる」

「あら。ありがとう」

「それと大きくなってる」

「こんだけ食べれば背も伸びる」

彼女は柿の葉寿司を片端から食べていく。「遠慮しないで」と言われたので、僕も座りこんで柿の葉寿司をひとつ手に取った。本来遠慮すべきは部外者の彼女であるはずだが、僕にはそれを指摘する勇気もなかった。おずおずと寿司を囓る僕を尻目に、彼女は口いっぱいに寿司を頰張ってもぐもぐしていた。ヒマワリの種を頰袋に詰めこむハムスターのようである。青々とした柿の葉がみるみるテーブル一面に降り積もっていく。

「明けましておめでとう」

ふいに彼女が言った。

僕は「あ、おめでとうございます」と言った。

柿の葉寿司を食べ終わると彼女は「ふう」と言ってお腹をぽんぽん叩いた。たいへん満足した様子だったが、そのお腹は驚くほど平らに見え、新年会の御馳走がどっさり詰めこまれているとは到底思えなかった。「あなたは天使か何かですか？」と僕は言った。

「なんで？」

「ここは死後の世界かと思って」

僕がおずおず言うと、彼女はケラケラ笑った。

「そんなわけないでしょ」

「それならどうしてみんな消えてしまったんだろ」

「あなたは竹林に迷いこんだの。ときどきいるのよ、そういう人が」

彼女は耳に手をあてた。「ほら、聞いてごらん」

言われたとおりに耳を澄ましてみると、潮騒のような竹林のざわめきが聞こえてきた。竹林は裏山の奥にあるのだから、その音がこの家まで届くとは思えない。しかしその音は不思議なほどハッキリと聞こえた。目を閉じれば風に揺れる竹林の中にいるように感じる。竹林をすり抜けていく女の子の後ろ姿が浮かんだ。それは子どもの頃の記憶だ。地面をまだらに染める木漏れ日が揺れて、まるで彼女は水底を歩いていくように見える。

僕が目を開けると彼女は立ち上がっていた。

「ちょっと『さがしもの』があるから」

彼女はひらりと洋間から出ていく。

あわてて追いかけると、彼女はのんびりと祖父母の家の中を見てまわり、箪笥の引き出しや書棚を覗きこんでいく。その合間、食べ残した御馳走を見つけると嬉しそうに食べる。そういった仕草のひとつひとつが僕の記憶を刺激した。子どもの頃も同じだった、と僕は思った。僕は彼女のあとを追いかけて裏山を歩きまわり、あらゆる小径を教えてもらった。そうして遊んでいる間、どこへ行っても竹林のざわめきが聞こえていた。

「なにを探しているの？」

「見つければ分かるよ」

「教えてくれれば手伝うんだけど……」

「いいの。私が自分で見つけるから」

彼女は笑った。「あなたは探すのが下手でしょ」

結局、彼女がそれを見つけた場所は祖父の書斎だった。

そこは八畳ほどの座敷である。窓の外は畑に面している。部屋の中央には新年会用のテーブルが置かれて、その上には空っぽになった皿がならんでいた。彼女が食べてしまったのだろう。窓際の壁に沿って祖父の読みかけの本やノートが積んである。彼女はその雑多な山の中から一冊の古びた焦げ茶色のスケッチブックを引きだした。

彼女は日溜まりの中にぺたんと座って、スケッチブックを開いた。

そこには色々な絵があった。明らかに幼い頃の僕の手によるものだ。祖父母の似顔絵、今はもう死んでしまった犬、テレビのスーパーヒーローみたいなもの……思いつきで描き散らしたような絵がひとしきり続いたあと、地図らしきものが現れた。裏山を探検して作った地図である。僕はそれを何枚も念入りに描きなおしていた。曾祖父の家があり、竹林があり、池があり、石段があり、山の下の祖父母の家がある。隣家との境界線もきちんと描いてある。僕がこの家に忘れていったのを祖父が見つけて、そのまま捨てずに残しておいたのだろう。

「これを探してたんでしょ」と彼女が言った。

彼女と肩をならべて座りこんでいると、自分が小さな子どもに戻ったように感じられた。

僕はその地図を隅々まで念入りに見た。どの部分を見ても当時のことが思いだされてくる。裏山の竹林には正確に円形の空き地が描かれていた。僕のお気に入りだった空き地である。よくよく見ると、その空き地の真ん中には小さな女の子の絵が描いてあった。

彼女がその空き地を指さして言った。

「雪合戦のこと覚えてる?」

曾祖父の家で暮らしていた冬、珍しく雪が積もった日のことである。

僕は父と一緒に竹林の空き地へ出かけて雪合戦をした。しかし父との一対一ではなかなか勝負にならなかった。僕がひとつ雪玉を作っている間に、父は三つも四つも投げてくるのである。冷たい雪玉がぽこぽこ頭にあたるのに、やっとの思いで自分の投げた雪玉は父にヒラリとよけられてしまう。

僕は悔しくて涙が出てきた。

ところが途中から援軍がやってきた。父が目をそらしているスキをついて、僕の背後の竹林から雪玉が飛んできて、正確に父に命中するのである。急に攻撃の精度が上がったことを、さぞかし父は不思議に思ったことだろう。おかげで後半は僕もまずまず健闘できたのである。

「あれは君だったの?」と僕は訊ねた。

彼女は微笑むだけだった。

〇

「さて、お腹もふくれたし、仕上げは日なたぼっこだな」

彼女は祖父の座敷の押し入れを開け、しばらくガサガサやっていたかと思うと、いかにも高級そうな分厚い敷き布団を引っ張りだした。「あとはあなたの役目」と言う。

「これをどうするの？」

「日当たりのいいところまで運んでちょうだい」

彼女に言われるまま、僕はずっしりとした布団を抱え上げた。

縁側まで運べばいいのかと思っていたら、彼女は「そこじゃない」と言った。二階の窓から屋根の上へ出たいというのである。薄暗い階段は狭くて急であるうえに曲がりくねっており、分厚い布団を持ち上げるのは骨が折れた。しかも彼女は「わっしょいわっしょい」と言うだけで、まったく手伝ってくれないのである。布団は狭い階段にぎゅうぎゅうに詰まる。

僕は悪戦苦闘した。

「屋根の上でないと駄目なの？」

「どうしても」

「この布団でなくてもいいと思うんだけど……」

「ぶつくさ言わない！　頑張って！」

彼女はそう言って僕の背中をぐいぐい押した。

やっとのことで僕が二階の部屋に布団を運びこむと、彼女は僕のかたわらをすりぬけて奥の六畳へ行き、カーテンを開いて窓を開けた。冷たい空気と明るい陽射しが流れこんできた。その窓枠をこえると祖父の書斎の屋根の上に出ることができるのだ。

「よしよし、素晴らしいお天気」

彼女は窓枠に手をかけて身を乗りだしている。

そのとき、僕は前年の新年会のことを思いだした。

従兄に誘われて僕は屋根の上に出ていた。尻の下から新年会の喧噪が聞こえてくるのは不思議な感じだった。ふいに従兄は重大な秘密を打ち明けるように囁いた。

「知ってるか。これ、本当は新年会じゃないんだぞ」

「……いやいや新年会でしょ」

「子どもにはそう思わせているんだ」

従兄はそう言ってニヤニヤしていた。じつにウサンクサイと僕は思った。僕が幼い頃から、この従兄はよく嘘をついて僕をからかってきた。まったく信用できない。

「土地争いの話、知ってるだろ？」

「ふん」と僕は曖昧な声をだした。「それが？」

「あれ、嘘だぞ。信じても意味ないぞ」

　従兄が言うには、この裏山には御先祖様の溜めこんだ財宝がどこかに埋められているのだという。昔（といっても僕が赤ん坊の頃）、その財宝をめぐって親族の間で熾烈な争奪戦があった。財宝を手に入れようと目論んで、親族たちが次々とこの裏山へ押しかけてきた。その中には従兄の両親や、僕の両親もいたそうである。しかし財宝は見つからなかった。親族たちはいくつかの陣営に分かれて小競り合いを繰り返し、やがて一触即発の状態になった。「隣家との土地争い」として語られているのは「親族の内紛」だったというのである。

　ともあれ、そんな争いを続けていてもみんな疲弊していくばかりだった。謎の財宝をめぐる内紛に疲れ果てた親族たちは、年始に集まって休戦協定を結んだ。そして今後も一年に一度、こうして集まって協定を確認することにしたというのである。

「だからこれは新年会じゃないんだよ」

　従兄は言った。「みんなおたがいを見張ってるんだ」

　もちろん僕は従兄の珍説を鼻で嗤っていた。

　第一に、従兄は信頼できない嘘つきである。第二に、新年会にはどこにも過去の内紛を思わせるような不穏な気配はない。第三に、この裏山に財宝があるとは思えない。僕はかつて半年この裏山に暮らし、「裏山の王様」を自負していたほどの男だが、財宝の手がかりになるようなものは見たことがない。そもそもその財宝とは何なのか――。

「何をボーッとしているの？」

ふいに声をかけられ、僕は我に返った。

すでに彼女は窓枠を乗りこえて、瓦屋根に裸足で立っていた。その姿に僕は見惚れてしまった。明るい陽射しのもとで、彼女はいっそう大人びて見えた。

どこからか竹林のざわめきが聞こえてくる。

「ほら、出ておいでよ」と彼女は笑った。

◯

屋根に敷いた布団はすぐにホカホカと暖かくなる。

「世界で一番素敵な場所だねえ」と彼女は言った。

たしかに彼女の言うとおり、屋根に敷かれた布団は素敵なものである。

正面には坂道の向かいにつらなる家々が見え、右手には祖母の畑の跡がある。その坂道を駅の方角に向かってくだった先には、静寂に包まれた新年の町が広がっている。

彼女は口元に笑みを浮かべて、幸福そうに目を閉じていた。穏やかな光に照らされた彼女の横顔は、黄金色に光り輝いているようだった。

「ひょっとして君は裏山の『財宝』？」

「わたしはわたし」

彼女は目を閉じたまま言う。

「昔、何か君をめぐって争いがあったの？」

「さあ。そんなことあったっけ……」

そのまま彼女はすうすうと寝息を立て始めた。

まるで赤ん坊のように気持ち良さそうで、その穏やかな寝息は催眠術のように僕を誘惑した。しかしここで二人とも眠りこんで屋根から転落するわけにはいかない。

僕は歯を食いしばって眠気をこらえるしかなかった。

靄のかかった青い空を見上げていると、今にもこの布団が魔法の絨毯よろしくフワリと浮かび上がりそうな気がしてきた。そうして奈良の町々を飛びまわったらどうだろうか。生駒山上遊園地を覗き、大仏殿の屋根や薬師寺の三重塔をかすめ、飛鳥や吉野まで飛んでいく。しかし、たとえ僕らがどこまで飛んでいっても、この世界には人影ひとつないのだろう。鳥や鹿の鳴き声もなく自動車の音もしない。人類滅亡後のような静けさで、竹林が風にざわめく音が聞こえているだけなのだ。

そうやって、どれぐらい屋根の上で過ごしたのか分からない。

太陽はいつまでも同じ場所にあって、青い空はいつまでも青く、やわらかな陽射しの色にも変化はなかった。とろりとした温かい空気が世界を隅々まで浸して、すべては永遠に止まったままなのかもしれないと思った。

僕は電車の中で弟が歌っていた歌をぶつぶつ呟(つぶや)いてみた。

「もーう、いーくつ、ねーてーもー、おーしょーうーがーつー」

すると彼女がくつくつ笑った。

肘をついて起き上がった彼女の姿を見て、僕はまた驚かされた。先ほどまで僕と同い年ぐらいに見えたのに彼女はすっかり大人の姿になっていたのである。

「また大きくなってる」

「日なたぼっこすると大きくなるの。よく眠ったわあ」

彼女は長く伸びた髪を撫でながら言う。

その姿を見つめながら僕はあの冬の朝のことを思いだしていた。

山の下の祖父母の家へ行こうとして何度も石段で滑って尻餅をついた日である。二度目にズボンをはき替えたあと、次こそは尻を濡らさずに山をおりるぞと決意して、僕は石段の上に立った。そうしておそるおそる石段をおり始めたとき、ひとりの女性が僕の手を引いてくれた。おかげで僕は三度(みたび)尻を濡らすことなく山をおりることができたのである。今まで、僕は手を引いてくれたのは母だったのだと思いこんでいた。しかしそうではなかったのだとようやく分かった。

「思いだした?」

「……うん。思いだした」

彼女は僕の手を握った。その手はしっとりとして冷たい。

竹林のざわめきはいよいよ大きくなってくる。

やがて裏山から竹がこすれ合って軋む音が聞こえてきた。振り返ると、裏山の森全体がざわざわと揺れていた。いたるところで伸び始めた若竹が木々を押しのけようとしている。瞬く間に竹林は青々とした葉をしげらせて冬枯れの森を塗り替えてしまい、そのまま雪崩を打つように祖父母の家へ向かってきた。祖母の畑跡が飲みこまれ、家の前を走る坂道が飲みこまれ、向かい側にならんでいる隣家が飲みこまれていく。しかしその頃には僕らのいる屋根がすっかり竹林に囲まれていて、その外側はほとんど見えなくなっていた。

「あなたは竹林に迷いこんだの」

彼女の声が耳元で聞こえた。

○

気がつくと僕は草地に座りこんでいた。

そこは竹林の中にある円形の空き地だった。

僕は立ち上がってあたりを見まわしたが、彼女の姿はどこにもなかった。竹林の揺れる音が聞こえるだけである。下草はきれいに刈り取られていた。

僕は枯れ草を踏みながら空き地の隅へ歩いていき、一本の青々とした竹に触れてみた。その幹はしっとりとして冷たかった。まだ生えて一年も経っていない竹だろう。

そのとき山鳥の鳴く声が響いた。

「おや」

僕は竹林の梢を見上げた。

ふたたび時間が流れ始めたということが分かった。

竹林を引き返して石段の上へ戻ってから、僕は曾祖父の家を覗いてみることにした。鉄門には南京錠がかかっていたが、乗りこえるのはわけもなかった。

僕ら家族は秋から初夏にかけての半年をこの木造の平屋で過ごした。さぞかし冬は寒かったろうと思うけど何も覚えていない。土間の一角にある炊事場で母は料理をした。弟はベビーベッドの中でぶうぶう言っていた。母と一緒に裏山の一角で橇滑りをして遊んだり、竹林の空き地で父と雪合戦をした。そして毎朝のように僕は石段をおりて、山の下の祖父母の家へ遊びに出かけた。当時は祖母も元気だった。祖父は食堂で毎朝、朝刊の一節を音読していた。僕は意味も分からないまま祖父の朗読に耳を傾けていた。

とてつもなく遠い昔のような感じがする。

僕は右手からその平屋の裏へまわっていった。家の壁と崖に挟まれた狭い空間には、錆びついた発動機や埃だらけの農具が置かれていた。曾祖父たちが暮らしていた時代からそのままになっているのだろう。まるで遺跡からの出土品のように見えた。

庭に面した縁側に腰かけて僕はボンヤリとした。

あの頃には不思議な時間が流れていた。

ひとりで遊んでいると、時間の流れが止まったように感じられる一瞬があった。そんなとき僕は決まって、自分が世界の果てのような遠い場所に置き去りにされているように感じた。そこには祖父母も両親も弟もいない、僕はひとりぼっちなのだ——その感覚は僕をワクワクさせると同時に不安な気持ちにさせた。そのとき彼女は僕に寄り添っていたにちがいないと思う。その感覚にとらわれるとき、僕はいつも竹林のざわめきを聞いていたのである。

○

新年会を抜けだしてからどれぐらいの時間が経ったのだろう。

「まさか浦島太郎じゃなかろうな」

僕が裏山へ入ってから何年も経っていたらどうしよう、という不安が兆した。しかし石段をおり始めてしばらくすると、そんな不安は消えてしまった。

日なたぼっこしている祖父の姿が見えたからである。

祖父は日溜まりの中で動かなかった。背中を丸めて少し首を傾けている。まるで石段をくだった先に何か不思議なものがあって、それを怪訝そうに見つめているような案配だ。その格好は祖父の昔からの癖だったが、そのときはなんだか祖父がひどく年老いたように感じられた。その後ろ姿を見ているうちに、ふいに祖父のカサカサした大きな手の感触が鮮やかによみがえってきた。僕は切ないような、甘いような気持ちを味わった。あの頃にくらべて僕の手は大きくなり、祖父の手は小さくなった。それは幸福なことのようにも、残酷なことのようにも思えた。

僕が石段をおりていくと、祖父はゆっくりと振り返った。火の消えたパイプを持ち上げて「おかえり」と言った。僕は「ただいま」と言った。

「どうだったね？」

「子どもの頃が懐かしくなった」

僕は言った。「竹林の空き地は今もあるんだね」

「あそこは昔からずっとある」

「僕はあそこが好きだよ」

祖父はウンウンと小さく頷いて微笑んだ。

「あそこは不思議なところだ。幸せな気持ちになる」

僕は祖父に「彼女」のことを訊いてみたくなったが、しかしこういうことをハッキリ口に出すと何か大事なものが失われるような気がする。そういうわけで僕は口をつぐんでいたが、祖父はきっと知っているのだろうと確信していた。それだけではない。祖父母の家に集まる親族たちは、みんなこの裏山の竹林に何かが住んでいることを知っており、だからこそ熱心に集まるのだろう。かつてこの裏山で繰り広げられたのが隣家との土地争いだったにせよ、親族の内紛だったにせよ……。

どうして新年会が村祭りのように賑やかであるのか、どうしてあんなにたくさんの御馳走がならぶのか、僕にはようやく分かった気がした。すべて彼女のためなのである。

「おじいちゃん、そろそろ戻ろう」

僕は祖父が立ち上がるのに手を貸した。

二人で石段をゆっくりおりながら僕は言った。

「竹林がだいぶ荒れてるね」

「なかなか手がまわらなくてな」

「こんど手伝いにくるよ。弟も連れてくる」

「それは助かるな」と祖父は嬉しそうに言った。

そうして石段をおりていくと新年会の賑わいが聞こえてきた。

竹迷宮

有栖川有栖

有栖川有栖

ありすがわ・ありす

1959年、大阪府生まれ。

1989年、『月光ゲーム』でデビュー。

2003年、『マレー鉄道の謎』で日本推理作家協会賞を受賞。

2008年、『女王国の城』で本格ミステリ大賞を受賞。

2018年、「火村英生シリーズ」で吉川英治文庫賞を受賞。

作品に『鍵の掛かった男』『狩人の悪夢』『濱地健三郎の霊(くしび)なる事件簿』『インド倶楽部の謎』など。

　プラットホームには、初夏の陽光が降り注いでいた。ジャケットを脱ぎたくなるほどの日差しだ。旅行鞄を提げた私は、五人ばかりの地元住民の後から改札口を通り抜けた。さらに十歩もまっすぐ進めば小さな駅舎から出てしまう。

　食堂や喫茶店の一つもない鄙びた駅前風景。正面にも左右にも山が迫っている。この地を踏んだのは初めてだが、インターネットでの〈下見〉を済ませているので勝手は判っていた。首を右側に振るとネットで調べたとおり、車が二台停まっただけのタクシー会社がある。田舎であっても、こういう駅は便利でありがたい。

　数年前のこと、取材で訪れた日本海に面したある町——ここよりずっと大きい——でタクシーを呼ぼうとしたら、地元に一人だけいた運転手が廃業したとかで、四十キロも離れた行楽地から呼ばねばならず、待っていたら電車の時間に間に合わないので延々と県道を歩く羽目になった。それに懲りて、今回の旅では、タクシー会社が駅前に存在しているのを確かめた上で、ちゃんと予約も入れていた。

「昨日、お電話をもろとった松丸さんですの。はいはい」

　ずり落ちるズボンを引き上げながら事務所から出てきた老人が、運転席に乗り込んで制帽をかぶった。

「冴木さんの家でしたの？」

　電話で伝えてあった行き先を確認される。

「はい。――このあたり、冴木さんが大勢いるということはありませんね？　冴木崇さんを訪ねたいんですが」

「冴木いう名前の人は、ここらには他におりゃせんです」

ならば間違いはなさそうだが、車が出たところで念を押した。

「その冴木さんは、僕ぐらいの年齢の人ですね？　僕、三十八なんですけど」

ルームミラーの中で、運転手と目を合わせた。

「はいはい。それぐらいです。けんど、言葉が違いますの。お客さんは、イントネーションからしたら関西の人みたいなけど、冴木さんは標準語しか遣わんですよ。二度ほどお乗せしましたけんど」

田植えを前に水が引き込まれた水田を車窓に見ながら、運転手と短い雑談を交わす。

「僕は大阪出身です。冴木とは、東京の大学で知り合うたんですよ。卒業後もしばらく交流があったんですけど、十年前に僕が大阪に戻った頃から疎遠になってしまいました。冴木がこっちに引っ越してきたのは、三年ほど前やと聞きましたが――」

「三年前の春先でしたかな」

「すっかりこちらに馴染んだでしょうね、あいつも」

「どうじゃろ。家に引きこもって出てこんので、よう判らんです。何をしとる人かもよう知らんのですよ」

冴木がこの地に移ってきた理由も含めて何か知っていたら教えてもらいたい、と言いたそうな目がミラーの中にあった。

「彼は、小説を書くための静かな環境を求めてこちらに引っ越してきたんやと思います。家にこもってるのは、執筆に没頭してるからでしょう」

「ほお、小説家さんですか。何冊も本を出してなさる？」

「いいえ、まだ自分の著書は出してません。あちらこちらに短い作品を発表して、注目はされたんですけれど」

「本が出せるように、長い小説に専念してるわけですか。ああ、なるほど」

相手は納得しているが、私は想像を語ったにすぎず、現在の冴木崇に小説を書く気があるのかどうかも知るところではない。

「けんど、三年もかけたら長い小説ができるでしょう。近いうちに本になるんですかの。生活費のこともあろうし……」

「彼は実家が裕福やったんで、三年や四年はびくともしないんやないかな」

「年がら年中、家で机に向こうてるんじゃったらお金も減らんでしょうし。はは」

車は、雑木林の山道に入っていた。冴木に関する噂をさらにいくつか仕入れたところで、

「ここですの」と運転手は数寄屋門（すきやもん）の前で車を停めた。左右を竹林に挟まれた平屋の邸宅は、想像していたよりずっと大きく、遠目には小ぶりの旅館のようだ。しかし、近寄ればメンテ

ナンスが絶望的に行き届いていないことが明白で——煤けた壁に細かな亀裂が縦横に走り、瓦屋根にも草が茂っている——、独りでこんな大きな家に住むことがいかにも愚かに思えてしまう。

平たい家を囲繞しているのは青々とした竹の林。微風が渡って、涼しい葉音が右手から左手へ涼やかに流れた。

「表札は出てませんけんど、冴木さんのお宅に間違いありませんので」

私を安心させてから、運転手は道のどん詰まりでUターンして、きた道を戻って行った。帰りに迎えにきてもらう時は、また電話をすることになっている。

門柱のインターホンを押して、待つこと二十秒。「よくきてくれたな」と久方ぶりに聞く友人の声が返ってきた。ほどなく麻の単衣をまとった冴木が現われ、格子戸を開けてくれる。矢羽縞の絽縮緬。大学時代も夏場は浴衣を好んだ彼は、ここではふだんから和装で暮らしているようだ。

人と交わらない生活をしているせいもあってか頭髪はぼさぼさだったが、髭はきれいに剃られていて、全体としては小ざっぱりしていた。やや眠たそうな目には懐かしい光が宿っている。

冴木との対面に臨んで、注目したのは一に彼が幸福そうであるか否か、だった。さして幸せそうでもないが、不幸の重みに耐えているふうでもない。

「あんまり変わっていないな。年相応におっさん臭くはなったけれど」

先制攻撃を食ってしまった。

「ほっとけ。それはお互いさまや」

「車を整備に出しているせいで駅まで迎えに行けず、すまなかった。変人が隠れ住み、門前雀羅を張る家によくきてくれたな」

玄関までの飛び石には、笹の葉が散っている。靴底が滑らないよう気をつけながら足を運んだ。

家の中に入るなり黴臭さが鼻を衝いてきたが、床に埃が積もっているようなことはない。私を迎えるにあたって、雑巾掛けの一つもしたのだろうか。「こっちへ」と通されたのは、和室に応接セットを並べた八畳間。天井からぶら下がっている電灯の笠がアンバランスに大きいこと、絨毯の端から覗く畳がかなり陽に焼けていること以外は、落ち着いたいい部屋だ。ガラス戸の向こうに緑が広がっているのが清々しい。

手土産の日本酒を差し出すと、「かたじけない」と笑って受け取り、「コーヒーでいいな?」とだけ言って廊下に出て行ってしまったので、客人の私はソファに掛けて、庭を見渡すしかない。

家の中から眺めた竹林は立派なもので、風趣がある。それでも手入れが行き届くはずがないから、野趣に近いが。石橋の架かった池の水面には、夥しい笹の葉。掬っても掬っても追いつかないので、放置しているのだろう。

盆を胸の高さに掲げた冴木が戻ってくる。信楽焼きのカップに、なみなみとコーヒーが注いであった。

「急に電話をもらって驚いたよ。十年ぶり……じゃないな。君が大阪に帰った後、一度だけ京都で会ったっけ」

しばしの昔話。

「せや。祇園で飯を食べたな。僕がゲームのシナリオを書き始めた年の九月や」

「あの仕事、結果として引き受けたのが正解だったな。当時は『似合わないことをしやがって』と思ったけれど」

ゲームのシナリオを書く能力が具わっていないと思ったのではなく、協調性を欠く私にチームプレイが務まるかどうかを危ぶんでいたらしい。私は確かに我が強く、コミュニケーションの取り方にムラがあり、他人と一緒に長い時間を過ごすことを疎む者だが、正当な報酬が得られる仕事となればかなりの我慢ができる。冴木が思っているよりは、ずっと平凡な人間なのだ。

手掛けたゲームはそれなりのセールスを記録して、生活を楽にしてくれた。のみならず、その仕事を通じて人間関係がひと回り広がったおかげで、新しい仕事が各方面から舞い込むようになる。人気ゲームのノベライズ、SF映画とタイアップしたイベントへの原案提供など。守備範囲を拡大していきながらミステリ作家としても頭角を現わし、今では実力派のエンターテインメント作家として認められるようになっていた。

「君はちゃんと一番好きなミステリに帰ってきたわけだ。急がば回れの実践で、見事なもんだよなぁ。松丸巧人の最近の様子をたっぷり聞かせてくれ。——今晩は泊まっていくんだろう？」

日帰りができる時間に訪問したのだが、引き留められることも予想していた。深更に及ぶまで語らうのは望むところである。

「泊まっても迷惑やないんか？」

「もちろん。大した持て成しはできないけれど、不自由な思いはさせない。奥の客間で寛いでもらおう。あとで案内する」

夕食は、彼が得意の手料理をふるまってくれるのか？　どこかのレストランや料理屋に行こうとしたら、車を三、四十分走らせなくてはならないだろう。

「そしたら世話になるわ。すまんな」

「積もる話を一つずつ片づけていこう。うちにお客がきたのは二年ぶりで、君が二人目なんだ」

二年前にきた客は某作家で、酒を飲みながら語り合っているうちに口論となり、「帰れ！」と叩き出したのだそうだ。今は反省しているようだが。

「あの頃の俺はかなり気持ちが荒んでいたから、向こうも災難だったな」

「ということは、今は精神的に安定してるわけや」

「そう見えるか？　……どうだろうな」

潑剌としていて血色がよいわけではないにせよ、話し方や物腰には余裕を感じさせるものがあったのに、冴木は思わせぶりな態度を見せた。人恋しさの表われのようだが、それだけと決めつけることもできない。彼は学生時代から感情の変動が激しく、その制御に苦労していた。デビューを目指して合作で小説を書いていた私たちが十年前に袂を分かったのも、彼の定まらぬ気分が最大の原因だった。


こんなに天気がいいのに部屋の中に閉じこもっているのはもったいない。同じ話をするにしても外で歩きながらやろう、ということになり、池の周囲をひと巡りした。庭の奥にずっと竹林が広がっているのを見て、私は「もしかして……」と尋ねる。

「この裏の竹林は、どこまでも君の家の敷地なんか？」

庭から続く径の彼方に視線をやると、竹林は奥へ行くほどに整然と美しいばかりか、果てが見えないほど広大である。

「どこまでもうちの敷地というわけじゃないけれど、正確な境界は知らない。所有者がはっきりしない土地が隣接していて、なかなかに複雑なんだ。生前に親父は『お前に相続させるまでにはっきりさせておきたい』と言っていたけれど、事務処理能力がゼロだったからついにできなかったね。——ちょっと探検してみるかい？」

「ぜひ」と希望して、竹林を貫く径に足を進めた。

歩きながら、近況についてさらに報告し合う。最近の私は、またゲーム業界と関係を深めており、ヴァーチャル・リアリティを利用した斬新な作品の開発に加わっている。これまでのエンターテインメントの常識を変えるものになりそうで、大手ゲーム会社が社運を賭けた大作だ。厳重な守秘義務が契約書に記されているため、昵懇にしている同業者や編集者にも話していないことなのに、冴木に一端を洩らしてしまったのは、懐かしさに気が緩んだせいだろう。無論、彼が出版やゲームの業界とは無縁の人間であることも影響している。

「さらに新しい仕事に取り組んでいるのか。現状に満足しない挑戦的な姿勢だな」

そう言う冴木の方はというと、畢生の大作を物すために、亡父から譲り受けたこの屋敷に移ってきたものの、三年を閲しても脱稿は遠いらしい。などと聞くといかにも苦しそうだが、追いつめられている雰囲気がないのは、彼が独り占めしているこの素晴らしい環境のせいかもしれない。

すらりと空へ延びる緑色の列柱。その幾何学的にして高雅な眺めが、ゆったりと曲がりくねった径の両側に延々と続く。葉叢を通して射す光はあくまでも柔らかくて、木洩れ陽に景色がとろけていた。歩くほどに光の当たり方が変わって、竹林の色はあるいは濃くあるいは淡く移ろう。珍しい種類の竹もあるようだが、不調法な私には真竹と孟宗竹の区別もつかない。

「あれは何や？」

木立の隙間に建物が覗いていたので訊いてみると、「離れだ」と短く答えた。案内しないところをみると、客人に見せるのを憚る状態なのかもしれない。

「急かすわけやないけれど、君の納得がいく小説が完成するのはいつ頃やろうな。壮大な構想のミステリらしいやないか」

問われるまま自分のことばかり話していた私は、彼のことも訊いてみる。

「壮大ねぇ。どうして知ってる？」

「いや、君が腰を据えて打ち込んでるんやから、そうやろうと想像してるだけや」

「なんだ、そりゃ」

少し開けた場所があり、木製のテーブルと椅子が二脚あった。スポットライトのように陽が当たって、卓上にほんのりと緑色を帯びて見える影が落ちている。冴木に勧められて座った。

「すごい仕掛けが続けざまに炸裂するミステリだ。突拍子もなく、破天荒で、前代未聞。広大な竹林に囲まれた屋敷が舞台で、すべてのトリックは竹に関係している」

「面白そうやないか」

彼のことだから、この十年間、トリックの創案に腐心していたのだろう。それを一気に放出するつもりか。

「竹はトリックに使い勝手がええからな」

不用意なことを言ってしまった。冴木の眉がわずかに曇ったが、そんな表情は瞬時に消える。

「一日で一メートル以上も成長することや、よく撓るという性質を利用した例はいくつもあるよな。竹になる前の筍の状態だと可食性があるとか、地下茎が横によく発達するとか。そして、竹稈の中が空洞になっているのも竹の大きな特徴だ。あれも奇怪だよ。人類に役立ってきたけれど、竹は本当の使い道を隠して何か企んでるんじゃないのか、と思わせる。節と節で包まれた空間は、世界で最も小さな密室とも言えるな」

「なるほど。竹取りの翁が光る竹をすぱっと切ってみたら、かぐや姫の他殺死体が出てきたら難解な謎やな」

「そんなもんは謎にならないだろう。かぐや姫がどこから竹の中に入ったのかが問われない非現実的な世界では、密室トリックもクソもない」

「確かに」

大学時代には、夜一夜、彼と熱いミステリ談義を交わした。卒業後にアルバイトをしながら合作でデビューを目指していた頃にも。あの馬鹿らしくも濃密な時間が甦る。

「君が言うとおり、竹は何かとトリックに使い勝手がよろしい。だけど、画期的な利用法が他にもたくさんある」

「たとえば？　すまん、訊くのはまずいな。僕もミステリ作家の端くれやから」

「何が端くれだよ、謙遜しやがって。——色々あったんだけど、全部忘れたよ。どうでもよくなった」

長閑さを際立たせようとするかのごとく、竹林の奥で鶯が盛んに啼いている。だが、私が耳にしたばかりの言葉はショッキングだった。

「どうでもよくなった、とは？」

「書くのはやめたんだ。きっぱりと」

「さっき、すごい仕掛けが炸裂するミステリとか言うたやないか。突拍子もなく、破天荒で、前代未聞やろ」

「勘違いするなって。それは、かつて構想していた作品のことじゃないか。今の俺は、創作から解放されて幸福だ。広い空の下で悠々と風に吹かれながら、竹みたいにのびのびと生きている」

それは彼の自由だと承知しながらも、裏切られた気がする。彼には、不器用なまま自分が面白いと信じるミステリを追究してもらいたかった。幸運と器用さに恵まれた自分とは別の道で苦労しながらも、最後には成功を収める冴木崇が見たかったのだ。

「せっかく遠くからきてくれた君の期待に添えなかったかな？　まぁ、仕方がないよ。人は変わる」

「何かきっかけがあって変わったんか？」

「ん？　……どうかな」

　特にない、とあっさり答えれば済むのに、歯切れが悪い。昔から、さらりと嘘をつくことができない男だった。

「誰かが発表した小説とネタがかぶった？　致命的な欠陥に気がついた？　よかったら相談に乗るぞ」

　不意に風が落ち、どこか威圧的な静寂が降ってきた。テーブルに両肘を突いた冴木は、小首を傾げてみせる。

「松丸よ。俺を訪ねてきた本当の用件は何だ？　創作のお悩み相談に馳せ参じたわけじゃないだろう」

　冴木は人並外れてプライドが高かった。そんな気持ちはさらさらないのに、売れっ子作家風を吹かせて——流行作家でもないのだが——アドバイスに押しかけやがったのか、と疑われてはかなわない。

「夜になって酒が入ってから、と思うたんやけど白状するわ」

「何だ？　聞かせてくれ」

形勢逆転とばかりに、彼の目が輝く。私は、弱みをさらす覚悟を決めた。

「瑠奈（るな）がどうしてるか、知らんか？」

相手の反応を慎重に窺いながら尋ねると、彼は難しげな表情になる。

「瑠奈って……八並（やなみ）瑠奈か？ 彼女が今どうしているかなんて、俺が知っているわけがないだろう。何故そんなことを訊くんだ？」

嘘かどうか見極めがつかない。質問されてすぐに質問をしてくるあたりは何やら臭いのだが、この場合は当然の疑問を返してきただけのようでもある。

八並瑠奈は、大学時代の文芸サークル仲間だ。卒業後は編集プロダクションに就職して、ライターとしてもこき使われていたが、二十代半ばに同僚と二人で独立するも、三年で力尽きてささやかな会社を畳む。その後は郷里の北海道に帰って音信不通。冴木と私は、近い時期に——期間が重なることはなく——彼女と付き合っていた。

「君と一緒に暮らしているんやないか、と思うたんや」

「この家でか？ おいおい、理解に苦しむなぁ。君がそんな突飛（とっぴ）な発想をした根拠を教えてくれよ」

過日、これまた大学時代のサークル仲間の一人と会って雑談に興じていた時、「旅行中に八並さんらしき人を見掛けた」と聞いたのだ。私が三時間ほど前に降り立った駅のホームで、電車を待っていたという。

「俺が住んでる町の駅にいたから、俺と一緒に暮らしてるんじゃないかって？　君の想像力はどこまで飛躍するんだ。一種の職業病か？」

「違うんやな？」

「断言する。俺は独りきりで暮らしているし、瑠奈とは十一年前に東京で別れたっきり会っていない。ついでに言うと電話やメールのやりとりもしてない。――ほっとしたみたいだな」

私は、安堵の色を隠せなかったらしい。おかげで瑠奈に未練たらたらなのを悟られてしまった。

「そうか。諦めたつもりが、まだ……な」

冴木と私は、前後して彼女から別れを告げられた同士だ。くすぐったくも、しみじみとした空気が私たちの間に漂い、そこへ竹の葉擦れが遠慮がちに割り込む。

テーブル越しに、彼に右肩を叩かれた。

「今夜は飲むか。素面じゃできない話もあるよな」

望むところだ。

座敷に通され、床の間の前に座らされる。田舎の旅館に投宿したみたいだ。

「山家のことで、粗餐ですまん」と言いながら、冴木は用意していた焼き魚だのローストビーフだのを供してくれた。調理師免許を持っているだけあって、それなりの料理が食卓に並び、私が持参した灘の吟醸酒がどんどん減っていく。二人とも学生時代から日本酒党である。どちらかが傷つきそうな話題は反射的に避けて、他愛もない話を繰り広げるうちに夜は更けゆく。窓の外は漆黒の闇で、竹林のざわめきだけが、ここが地上であることを思い出させてくれる。と同時に、私は無数の槍に守られているように感じられた。そんなことを口にすると、目をとろんとさせ始めた冴木は粘っこく笑う。

「君は、竹が味方をしてくれると感覚的に思うのか。同意しかねるね。あいつらは敵意を秘めている」

「大袈裟なことを。この家は、竹に囲まれてるやないか。君は敵の陣中で暮らしてるのか？」

「よくある人生の皮肉だね。もう慣れた、と言うしかない。竹って、植物として異端の存在だろ。樹木とも草ともつかず、てっぺんから根元まで緑一色で、鉛筆みたいにまっすぐで反・自然的だ。子供の頃、宇宙から飛んできて繁殖したと半ば本気で信じていたな。もともと俺は昔から竹が怖かったんだよ。落とし穴の底にびっしり植えられた竹槍のイメージが最初のトラウマだ。アメリカ人に生まれてベトナム戦争に参加しなくてよかった」

「竹槍は誰でも怖いやろう。落ち武者狩りの槍衾なんか恐怖や」

「あれに刺されて死ぬのだけは勘弁してもらいたいよな。トラウマと言えば、萩原朔太郎の詩もよくない。教科書で読んだ時は身顫(みぶる)いしたもんだ」

　私は暗唱してやる。

「『ますぐなるもの地面に生え、／するどき青きもの地面に生え、／凍れる冬をつらぬきて』……」

「先端恐怖症になりそうだ。そっちも怖いけれど、嫌なのは『光る地面に竹が生え』で始まって、『竹、竹、竹が生え』で終わるやつだな。竹竹竹って音読したら、ケタケタケタと誰かが嘲笑(あざわら)う声が聞こえてきそうだろ」

「せえへんわ。無理やり怖がるな」

「判り合えないのか。言語感覚が鈍い作家にかかったら詩も不憫(ふびん)だ」

　詩と言えば――冴木の亡父は、それなりに知られた詩人だった。晩年はこの屋敷に逼塞(ひっそく)し、孤独に過ごしたらしい。どんな暮らしぶりだったのかを尋ねてみると、息子は愉快ならざる様子だ。

「世話を焼いてくれる連れ合いに先立たれ、一人息子は寄りつかず、淋しい晩節だったな。祖父(じい)さんの遺産で経済的に守られているのが幸いだった。俺がミステリなんて戯作(げさく)にうつつを抜かすのにいたく失望していたなぁ。救いは……」

　言いかけて口を噤(つぐ)む。

「救いは？」

「最後は夢を見ながら逝ったよ。その場に立ち会ったわけではないけれど」

「今日の君は、曖昧模糊とした物言いが多いな。ほんまの話、何があったんや？　そろそろ筆を折った理由を打ち明けるにはええ頃合いやぞ」

「どうかな」

彼は、ここ数時間のうちに何度かこのフレーズを口にしている。心に迷いがあるのだ。

「そんなことより、君の瑠奈への想いを吐露してもらおうか。ずっと想いを断ち切れないままなのか？　それとも、最近になって再燃したのか？」

強引に話題の転換を図ってきた。酒が入っても、なかなか本心を明かしかねる。心から締め出そうといくら努めてもできないのだから、仕方がないではないか。

「だんまりか。しかし、罪な女だよな、われらが麗しのかぐや姫は。振った後も男を呪縛しやがる」ここで冴木は念を押す。「駅で電車を待っていたとかいう女は、他人の空似だぞ。彼女がどこにいるのか知らないけれど、このあたりに立ち寄ることもないだろう。何もないところなんだから」

「君の言葉を疑うたりはせん」

友人は大きく頷いて、冷の酒をグラスに注ぎ足した。しつこく言われると、かえって勘繰りたくもなるが、実際のところ彼と瑠奈が縒りを戻したとは考えにくい。美貌に恵まれた彼女は大学時代から恋多き女で、いったん切れた男と復縁したことはない。冴木も私も、味が失せたガムのごとく棄てられて、二度と口にしてはもらえないのだ。それを知りつつ、もしかして、とここを訪ねてきたわが身が情けなくもある。冴木と瑠奈が同居していたら、自分はどうするつもりだったのか？　今となってはさっぱり判らない。

冴木の体には確実にアルコールが回っているらしいが、私はなかなか酔えずにいた。グラスを重ねるほどに脳が妙に覚醒していく感覚すらあって、夜が深まるほどに侘しさが込み上げてくるのだ。友人は鈍感ならざる男だが、そんな私の精神状態に気づいているのかいないのか、自分が揃えた酒肴をうまそうに平らげていく。

「さっきの話だけれど――」

どの話だ、と思ったら、竹林の只中を歩きながら話したことだった。

「VRとやらの仕事は楽しいのか？　俺は、君のことを小説に一途な奴だと思っていたんだけれど」

「小説が一番好きではあるけど、僕は物語というもの全般に興味があるんや。表現の手段や手法、媒体に拘泥することはない」

「小説というのは、物語を盛る器の一つにすぎない、ということか？　もしそうだとしたら、そりゃ割り切りすぎだ。と言うか、考え方が転倒している。表現というのは、手段や手法あるいは形式こそが本体であって、それを自立させる方便のごときものが物語だろう。物語られるに値することは、とっくの昔に尽きているんだから。手を替え品を替えて、つまり手法や形式を替えながら、果てしなく再話されているにすぎん」

「だったら、VRという新しいものに物語を載せて走らせてもええ道理やないか」

「それだと君自身が小説を見限ってVRに乗り換えるということになる」

「いやいや、僕は小説を見限ったりせえへんよ。これからも小説は書き続ける。あれもこれも乗りこなして、物語の豊かさを追い求めていきたいんや」

「同意しかねる。ゲームや映画に転ぶのはいいとしても、VRとかいうのは駄目だ。視覚や聴覚だけでなく、あれは触覚にまで直接作用して人間の感覚を操れるんだろう？　そんなことをしたら、受け手が現実と虚構を区別できなくなる。他の表現を圧倒してしまう危険が高い」

無知で臆病な老人から素朴すぎる不安を訴えられているような気がしてきた。世間から遊離した暮らしをしているうちに、そんな怯えを抱くようになってしまったのか、と悲しみさえ覚えた。

彼がやけに絡んでくるものだから、議論未満の不毛なやりとりが続き、私はますます酔えなくなる。ただ、これもまた馴れ親しんだ事態ではあった。合作のために互いの部屋に泊まり込んでネタを探していた時にも、冴木は似たような考えを開陳していた。自分がミステリに惹かれたのは物語を方便している点であり、ミステリはいかにもミステリらしく書かれていたら——推理やトリックが陳腐であっても——それだけで大成功なのだ、という彼の僻論を、物語主義者でトリックも重視する私はいつも聞き流していた。

時間の観念が失われて、頭がぼおっとしてきた頃、冴木が大きな声を発する。

「よし！」

「な、何や？」

彼は、ゆらりと立ち上がって、私を見下ろした。

「やっぱり俺が対等に話せるのは君だけだ。今から物語なき世界に案内してやろう。そこは小説なき世界でもある」

恐ろしいほど目が据わっている。

「案内って……こんな夜更けに、どこへ連れて行ってくれるんや？」

「竹林の離れだ。親父が息を引き取った場所でもある」

手招きされ、私も立つよりなかった。

径を奥へと進んでいくと、前方がほんのりと明るいのに気がついた。庭に照明器具などは設置されていなかったはずだが。

「あれは？」

冴木は、薄ら笑いを浮かべながら答える。

「竹が光っているのさ。不思議な眺めが拝めるぞ」

「竹が光るって……『竹取物語』やあるまいし、あり得ん」

「百聞は一見に如かず」

昼間と同じ径をたどっているはずなのに、どうにも様子が変だ。暗くなって印象が一変したとしても、まるで別のルートに感じられる。方向感覚はすっかり失われ、屋敷がどちらにあるのかさえ、もう見当がつかなかった。

仄かな光は次第に強さを増していき、やがて薄暮ほどの明るさになる。——確かに、光源は竹林そのものだった。

「驚いたか？　百万のかぐや姫が宿っているみたいだろう」

朧々として神秘的な光は、竹稈の内側から射していた。蛍のように明滅はしていない。そのうちの一本におずおずと触れてみたところ、ひんやりとして熱は帯びていなかった。まさかこれだけの竹に電球を仕込んだわけはあるまいな、と思いながらも、私はついつい電気のコードを探していた。どこにもありはしない。

「じっくり観賞していってくれ。ただし、径を逸れて竹林の奥に分け入るのはよせ。危険なものが棲んでいる」

彼が言った途端に、どこかで獣の唸り声がした。私は身を縮めて、友人にすり寄る。

「まさか……狼やないやろうな？」

「グリム童話かよ。日本でとうに絶滅した動物に会えるはずがないだろう。いや……判らないな」

　低い唸り声がした方角で、何かが駈けた。笹の葉を踏むカサカサと乾いた音が、私たちの後方へ回り込むものだから、気味が悪くてならない。冴木がまったく動じていないのが、頼もしいと同時に腹立たしくもあった。

「ここは、まともやない。昼間と全然違うやないか。どうなってるんや……」

「まともって何だ？　どうなってるもこうなってるもない。ありのまま、こうなんだ、この竹林は。——ほら」

　冴木が指差す竹を見ると、節と節の間にすっと縦に裂け目ができ、ゆっくりと両側に開いていくところだ。何が現われるのかと固唾（かたず）を呑んで見守っていたら、〈ハズレ〉と書いた札が入っていた。友人は哄笑（こうしょう）して、私は茫然となる。

「こっちはどうかな？」

　彼は別の竹に視線を転じた。観音開きの竹の中に、今度は缶コーラが収まっている。それを無造作に取り出した彼は、ためらいなくプルタブを引き、ごくごくと飲んだ。

「辛いものを食べすぎて喉が渇いていたんだ。ああ、すっとした。君もどうだ？　俺の飲みさしが嫌なら新しいのを見つけよう」

　黙って首を振る。彼が飲み干した缶を元あった場所にしまうと、竹の扉は機械仕掛けのごとく閉じた。

「君は酔っていないよ」何も言わないうちに釘を刺される。「しかし、現実の世界にいるのでもない。ここは、ナンセンス極まりない竹迷宮だ。何だって見えるし、どんなことだって起きる。——何か欲しいものはないか？」

再び首を振った。状況を理解しようと努めるので精一杯だ。納得のいく説明が欲しかったが、冴木はそれだけは与えてくれそうにない。

「腹が減っているんじゃないのか？　俺と違って、君の箸はあまり動いていなかった。床に就いてから空腹に襲われたら困るだろう。客人をそんな目に遭わすわけにはいかない」

右手の竹林から、何かがまっすぐ伸びてきたので身構える。腰の高さに出現したのは、半分に切った長い竹だ。径を横切り、左手の竹林の奥へ先端が消える。もしやこれは、と思っていたら、奥から水音とともに素麺が流れてきた。冴木が「食べてみろよ」と言いながら、そんなものがどこにあったのか、箸と出汁の入ったガラスの器を差し出す。催眠術に掛かったかのように、私はそれを受け取って素麺を食してみた。よく冷えていて美味だ。喉越しも申し分ない。

「……君は魔法使いになったんか？」

かろうじて、それだけ言えた。

「もっと驚かせることもできるよ。目くるめく体験をした君は、ついには腰の蝶番がはずれて地べたに座り込み、ケタケタケタケタと笑いだすだろう」

こんなものが現実であろうはずがなく、やはり自分は知らぬ間に酩酊していたのだ。そうでなければ、寝込んで馬鹿げた夢を見ているのに違いない。

「夢じゃないよ」

冴木に心を見透かされた。

「素麺の喉越しを感じただろう？　まだ流れてきている。どんどん食べればいい」

「要らん」と答えた瞬間に、手にしていたものが虚空に消えた。流し素麺もなくなっている。

「こんなところにおったら理性を保てんわ。帰ろう」

「待てよ。離れに案内すると言ったじゃないか。すぐこの先だ」

私には抵抗する権利がないらしい。自分だけで屋敷に戻れるとは思えず、友人に従うことにした。

「竹と言えば、パンダだな。その奥にいるよ」

冴木が顎でしゃくった方に目をやれば、巨大なパンダが両脚を投げ出したまま笹をむしゃむしゃと食んでいる。視線が合う直前に、慌てて顔をそむけた。

「……パンダって、あんなに無気味な動物やったかな。目付きが悪いし、体のサイズがおかしいやろう」

「おい、どうした松丸。せっかくワンダーランドにきたのに、さっきから仏頂面だな。童心に帰って楽しめよ」

「童心より正気に帰りたい。——離れにはまだ着けへんのか？」

「もうそこだ」

茅葺屋根の庵が見えてきていたが、曲がりくねった径のせいで、すぐにはたどり着けない。人を弄ぶかのように離れからいったん遠ざかって、ひどい迂回を強いる。途中、発光する竹の間で車座になり、談笑している老人たちの影を見た。服装は、この国のものでもこの時代のものでもない。

「竹林の七賢だ。話の輪に加えてもらいたいんだけれど、世俗にまみれた俺にはなかなか勇気が出ずにいる。『小僧、何の用だ』とあしらわれそうだからな。——楽しんでるか？」

冴木は、わざとらしい鼻歌とともに体を揺すった。と、それに呼応して左右の竹林がゆらゆらくねくねと陽炎が立つようにゆらぐ。↑↑↑↑↑↑—が↗↖↗↖↗↖╱と、リズミカルに。ユーモラスでありながら、これまでの何にも増して異様な光景だった。

「到着だ」

ようよう離れと言うには遠すぎた建物の前に立つ。暗くひっそりとしたこの庵が、迷宮の中心なのか。ギリシャ神話だったら、牛頭人身の怪物ミノタウロスが棲む恐ろしい場所だ。

「君が創るゲームだったら、どんなラスボスが出てくるんだろうな」

もう冴木は酔眼ではない。背筋がまっすぐ伸び、声はどこまでも明瞭だ。

「なぁ、松丸。何が見たい？　誰に会いたい？」

「質問の意味が判らん」

「言葉どおりだ。君が見たいもの、会いたい人のことを思い浮かべてみろよ。イメージを頭に焼きつけるんだ。ひょっとすると――」

前触れもなく窓に明かりが灯った。

電灯が点いたようではなく、何が光源なのか判らない。それは微かに青みを帯び、この世の外から射すように神秘的で、見る者の心をとろかす幽婉な趣を持っている。私が放心していると、明るくなった窓に人影が映った。長い髪を垂らした女のようだ。

「あれが誰なのか、考えるまでもないよな」

冴木が耳許で囁くのに、私は応えることができない。

瑠奈だと言うのか？　それはないだろう。彼女はここにいない、と言い切ったのは彼ではないか。

ガラス窓がすっと開き、女が顔を出した。前髪が簾のように垂れた隙間から、ぱっちりとした二重瞼の目が覗いている。よく通った鼻筋、ルージュを引かなくても赤く濡れたような唇、黒子のある細い顎、パルミジャニーノが描く聖母のごとく長い首、光る竹林の中でも映える白い肌。

そう、こうだった。

こんなふうに彼女は美しかった。

「これが君にとっての瑠奈か。——変わっていないね」

友人の呟きに、無意識のうちに頷いていた。別れた頃そのままの瑠奈ではないが、さほど年齢を重ねているようでもない。今もこのようであればと、私が希う面立ちが七、八メートル向こうにあった。

やがて視線が合うと、彼女は微笑とともに他人行儀の会釈をした。私は同じ仕草を返したきり、どうしたらいいのか判らなくて、周章狼狽する。

ただ困惑したのではなく、彼女への恋慕の情が胸の奥底から突き上げてきて、息が熱くなる。会えるとは思っていなかっただけに、なおさら。

「離れの戸に鍵は掛かっていない。行ってこいよ。二人で話したいだろう?」

かろうじて理性に爪を掛けて、私はかぶりを振った。自分がどれだけ異常な状況にあるのかを強く意識しながら、冴木に詰問せずにいられない。

「あの女は何者や? 瑠奈にそっくりやけど、そんなはずはない。君は、料理に幻覚剤でも盛ったんか? この竹林はどうなってるんや? こんなところで死んだ親父さんがなんで幸せやったと思う?」

「一度にいくつも訊かれても答えられないな」

離れの窓から洩れる光に照らされる友人の笑顔は、勝ち誇っているかのようだった。何に勝利したつもりなのか、皆目見当がつかないが。

「一つずつ答えろ」

「まぁ、落ち着け。これは、視覚にも聴覚にも触覚にも訴えてくる仮の現実だよ。嗅覚や味覚も真に迫って再現してくれるから、君がよく親しんでいるVRを超えたものだ」

「そんなもん、あるか。世界のどこかで密かに発明されてたとしても、ここにあるわけがないやろ！」

私の昂ぶりに影響されたわけでもないだろうに、竹林がざわざわと不穏に騒ぐ。

「怒鳴るなよ。君らしくない」

〈瑠奈のようなもの〉は前髪を優雅に搔き上げ、そんな私たちの応酬を涼しげな、しかし感情のこもらない目で眺めていた。窓枠が額縁のようで、さながら一幅の名画だ。冴木に説明を求めるのは後回しにして、離れに突入したくなる。

「誰が発明したわけでもない。それは、詩想を練りながら竹林を逍遥していた俺の親父によって発見されたんだよ」

「……それとは？」

「最初は、夕闇にぼやっと光る奇妙な筍だった。成長すると光る竹になる。親父は竹取りの翁と違い、切ってみたりはせずにただ観察した。見守っているうちに気づく。自分が頭に描くものを実体化させる超自然的な力がその竹にあることに。人類にとって未知なる力を有した新種の竹だったのさ。竹に興味のない君が、ここに生えているのが新種だと白日の下で認識できなかったのも無理はない」

「信じられん話やな。植物にそんな力が宿るはずがないし、世界でここだけに生えてるのも理解しがたい」

「君の言うとおりだ、と俺だって思うよ。だけど、現にここに生えているじゃないか。こんなによく育って、俺の心を満たしてくれている。頭蓋骨の中で思い描いたものが何でも出てきてくれるんだから、ちまちまと小説なんて不自由なものを書いていられないだろう」

「君は……それで……」

酒を飲みながらのVR批判は、この竹林の力に不甲斐なく屈したことへの自嘲だったわけか。遠い何者かに聞かせるかのように、彼は声を張り上げる。

「大いなる遺産だ！　親父は、単におかしな竹を見つけた翁じゃない。命を懸けて詩と格闘した魂が、光る竹をこの庭の地中から掘り出したんだと思う。いや、ただ偶然に見つけたのではなく、類稀なる幻視者だった親父の精神に感応して、竹はあのような性質を持つに至ったのかもしれない。息子の俺は、堂々とそれを譲り受けて、親父の代わりにこの竹にこれ以上ないほど適切でチャーミングな名前をつけた。――妄想竹だ」

「……アホやろ」

戸が開く音に振り向くと、瑠奈が離れから出てくるところだった。半開きの口から「巧人……」と、ひと言。

私の脳が描く瑠奈の美しさは、極限まで理想化されているせいか、現実の彼女の比ではない。

誘うような妖しい目に惑わされかけたものの、危ういところで恐怖が勝り、私は駈けだしていた。闇雲に走り、走り、次々に視界に出現する物どもを無視して、走りに走って、どうにか屋敷に帰り着いてみれば、時間の感覚も狂っていたようで、すでに東の空が白みかけて雀が囀っている。

荷物をまとめて、屋敷をあとにした。タクシーを呼ぶには時間が早すぎるので、徒歩で山道を下る。一時間も休まず歩けば町に出られるだろう。

あの竹林の中の離れで、今も冴木と瑠奈が睦んでいるのではないか、という想像を頭から追い払う。

現実が待つ場所に向けて、振り返らずに歩いた。

竹取り

京極夏彦

京極夏彦

きょうごく・なつひこ

1963年、北海道生まれ。
1994年、『姑獲鳥の夏』でデビュー。
1996年、『魍魎の匣』で日本推理作家協会賞を受賞。
1997年、『嗤う伊右衛門』で泉鏡花賞を受賞。
2003年、『覘き小平次』で山本周五郎賞を受賞。
2004年、『後巷説百物語』で直木賞を受賞。
2011年、『西巷説百物語』で柴田錬三郎賞を受賞。
作品に『書楼弔堂　炎昼』『虚実妖怪百物語』『虚談』『ヒトごろし』など。

恋でもしたかのような顔付きをしているねと云うと、佐久間君ははにかんだような、何かを諦めてしまったような、僅かばかり淋しそうな笑みを浮かべて、眼を伏せた。

それから冗談も程程にし給えと云って、円窓の外に視軸を戻した。

竹藪だ。

窓の外は竹藪だ。

緑と翠と碧と青と。

蒼と織部と深藍と浅葱と。

若芽と山葵と萌葱と威光茶と。

白と。

黒と。

様様な色合いの真っ直ぐな縦筋が、円く切り取られている。その前にまるで影絵のように玄くなった佐久間君がいる。

竹藪は微曚いのだが、それでも外にはそれなりに光量があるのだ。対比の所為で室内は一層に暝いのだ。未だ日は高いのに、この部屋の裡は夕暮れのようである。だから佐久間君は回り燈籠の切り絵のように真っ黒だ。

さわさわと竹藪に風が渡る。縦筋の幾本かが微かに揺れて、枝葉から漏れた光の粒が小魚のように動いた。本物の回り燈籠のようだ。

六畳ばかりの方形の部屋である。

畳はすっかり日に焼けているのだけれど、藺草の香りは何故か濃厚に籠っている。この頃は涼しくなったから未だ佳いが、暑い時期なら噎せてしまいそうである。

部屋の隅には文机があり、竹を伐っただけの一輪挿しが置いてある。花は生けられていないけれども、他に使い道はなさそうだから花生に違いあるまい。畳んだ蒲団の上に、竹で編んだ筒のようなものが載せてあった。竹枕かと思ったが、そうではないようだった。

あれは何かねと問うと、佐久間君は振り向きもせずに竹夫人さと答えた。

「ちくふじんとは何かな」

「何、抱き枕とでも云うのかな。君は遣ったことはないかね。横臥する際に腕やら脚やらを載せるのだよ。気が通るから夏場には涼しくて好いものだ」

「なる程、使い道は諒解したが、名称が納得行かないよ。どう云う字を当てるのだ。舶来のものかね」

何の舶来なものかと佐久間君は影絵のままで笑った。

「ちく、と云うのは竹だ。ふじんと云うのは夫人だよ。竹で出来た奥方、と云う意味なのだろうね。添い寝をするように遣うからそう謂うのだろうが、ご婦人も遣うものだろうから、この呼称は少少不具合があるな。元は大陸産なのだろうが、本邦でも昔から遣われているものさ」

浅学にして知らなかったよと云うと、僕も知りはしないのさと佐久間君は云った。

「知らぬかね」

「妹が呉れたのだ。どうもこの家は夏は暑く冬は寒いようだ。暖を取るのは何とでもなるけれど、涼は中中取れないからね。竹に囲まれているものだから、蚊も多い。蚊帳を吊ると余計に風が通らない気がするだろう。だから気休めに呉れたのさ」

家と云うより庵だろう。

何しろ一間しかないのだ。

雪隠は外にある。

玄関と、框、お勝手と納戸に続く短い廊下。

そしてこの部屋。この庵にはそれだけしかないようだった。

「そうか。先ず妹さんに尋けば善かったのだなあ。いや、でも僕はその妹さんの連絡先も知らんのだ。慥か、駒込の某氏に嫁がれたんだと思ったが」

師範学校で教鞭を執っている男に嫁いだのさと佐久間君は云った。

「もう子もあるよ。妹の亭主と云うのが名にし負う石部金吉でね、職業柄もあるのだろうが、僕のような不埒な身内を嫌うのだ。だから行き来は全くないが、妹は多少、この不肖の肉親に気を懸けてくれているからね。宿替えの前に教えたのさ」

「ご両親には教えなかったのかね」

教えるものかと佐久間君は云う。

「要らぬ心労を掛けるだけだよ。僕のような親不孝者はね、何処かで密り生きていると報せるだけで充分なのさ。近況などを小まめに教えることは、老夫婦の寿命を縮めるだけの効果しかない。可惜老い先短い者の余生を掻き乱すだけだ。幾ら親不孝者と雖もそれでは気が引けるからね」

「だからと云って」

竹夫人を手に取る。

硬いが靭かだ。そして軽い。

「僕にまで黙って行方を晦ますことはあるまいよ。僕だって然う若くはないけれども、余生を送っているつもりもないがね」

君は立派だと佐久間君は云う。

「ちゃんと為ているじゃないか」

「何をしてちゃんと為ていると云うのか僕は知らないよ。君だってちゃんと為ていると云えばちゃんと為ている」

ははは、とまるで鞴から空気が漏れるような音を立てて、佐久間君は笑った。

「僕は君と同い齢だが、既にして余生を送っているような心持ちなのだがね。日日が無為だからね。何もないのだ」

何もね、と云って佐久間君は両の手を左右に広げた。

蝙蝠のようだ。

「まあ、多少の蓄えはあるから喰うに困ることはないが、それが尽きれば先はない。幸いにも贅沢をしなければ当面保つし、贅沢をするつもりも全くない。その当面よりも寿命は少ないと予想しているから、困ることもなかろうと、そう云うことさ。今死なぬからそれで良し等と云う、刹那的な思いしかない。何もちゃんと為てやしない」

変わらないなあ、と云った。

「そう云う屁理屈が立板に水で出て来るようなら安心だ。僕はね、町から離れた僻所に庵を結んだと聞いたから、肺病でも患ったのではないかと案じたのさ。だからこうして様子を見に来たのじゃないか」

「知り合いにひょこひょこ顔を出されたのでは隠遁にならないからね」

捜すのは骨が折れたぜと云うと、見付かるとも思っていなかったよと佐久間君は答えた。

「僕も知り合いか。友人と思っていたが」

友人だ、天下に唯一人の僕の友人だと佐久間君は戯けて云った。

「だからこそ君には報せなかったのさ。僕は世棄て人になりたかったのじゃない、世に棄てられた人になりたかったのだ。君は僕の友人だがね、同時に立派な官吏じゃないか。お役所に勤めている、真っ当な社会人だ。つまり、君は僕と世間とを繋ぐ、唯一の窓口でもあるのだよ」

それは少し違うのだが。

来たのが迷惑だったようだなあと不満げに漏らすと、佐久間君はまあ半分は冗談だよと云った。

「気遣ってくれたことは嬉しく思うし、顔を見て安心もした。まあ、最後に会ってから三月ばかりしか経っていないようだが、懐かしくさえある。以前は半年や一年、平気で会わずにいたものだが、こんな気持ちにはならなかったがなあ」

隠棲が適っているんだろうと云った。

「この三月、君は人間と云うものに一度も会わずに居たのじゃないのか」

「そんなことはない」

「この近所に人家はないじゃあないか。三里も行かなくちゃなるまい」

莫迦を云うなよと云って、佐久間君は身体を返し漸くこちらを向いた。

「一里も行けば百姓家がある。そこの婆さんに金を渡してあるんだ。三日置きに野菜を届けてくれるのさ。余り煮炊きは得手じゃないがね、煮りゃあ大抵は喰える」

なる程。

何を喰っているのか案じていたのだ。

霞を喰っている訳じゃあないのかと云うと、佐久間君はそれは良いなあと答えた。

「残念だが飯を喰っているのだ。米はね、越してくる時に一俵ばかり持って来たからね。僕は食が細いから、まあ暫くは何とかなるのさ」

風呂はと問うと概ね行水だと云う。

湯に浸かりたくなれば百姓家に行って借りるのだそうである。

「しかしなあ。今はいいが、冬になったら困りはせんかね。この辺りは雪も積もるぜ。一里も行けば凍える。折角暖まっても帰り道で湯冷めしてしまう。風邪もひくだろう。病み付いたって看病する者もいないだろうに」

「そんな」

先のことなど考えちゃあいないさと佐久間君は愉快そうに云った。

しかし、冬は然う遠くない。

竹ばかりに囲まれて暮らしているから判らないのだろうが、山は既に上の方から紅く染まり始めているのだ。一月もしないうちに、外套が要る季節になるだろう。

刹那的なのだと佐久間君は云う。

「先のことどころか、明日のことも真剣に考えちゃあいないよ。考えるまでもなく、明日も今日と同じだからさ」

「同じかね」

「同じさ。無為なんだよ。君の話に拠れば僕は此処に棲んで三月から経つらしいが、同じ毎日を反復しているだけだからね、一日しか経っていないのと同じ心持ちだ。でも、十年くらい経っているような気にもなる」

「時間の経つのが判らなくなるかい」

縦筋の中、ひらりと葉が落ちる。

「まあ、朝と、昼と、夜と、陽差しの具合で違いはあるからね。最小単位で一日の流れと云うのはあるのだけれど、後はその繰り返しだよ」

「昨日と今日に違いはないかい」

ないなあと佐久間君は謳うように云う。

「つまらない、内容の何もない、一日と云う題名の小説を読んで、読み終わったらまた最初から読み返すのだ。書き出しから結末まで知っている」

それはつまらんなあと云うと、大体そんなものだよと佐久間君は返す。

「何かあったらあったで疲れてしまうからね。何もなくたって、ただ生きているだけで疲れるじゃあないか。僕は急激な変化と云うのが好きではないのだよ。雨など降れば、降り始めは新鮮な気にもなるけれど、降り続ければ鬱陶しい。ざあざあ云うのが神経を磨り減らす。楽しいことだって、続けば飽きるし、疲れるだろうさ」

「まあ、若い頃と違って三日三晩騒ぐような真似は出来んさ。ものには程度と云うものがあるのさ」

「その程度とやらが、極端に短いのだよ」

何分も保たないのだと佐久間君は云う。

「飽きると云うよりも、辛くなってしまうのだな。どうも僕はね、生きると云うことに貪欲になれない性質なのだろう。君も知っているじゃあないか」

そんなことは知らない。

能く一緒に遊んだり騒いだりもしたじゃあないか。慥かに君は、線が細くて影も薄くて酒も弱かったから、すぐに草臥れていたけれどもなあ。

竹は良いなあと云って、佐久間君はまた円窓の外に目を遣った。

「ああして、天に向けて真っ直ぐ伸びるだけだろう。ぐんぐん伸びるのだよ。横に曲がったり二股になったりしないだろう」

あれは放っておけば何処まで伸びるのだろうなあと、佐久間君は誰に云うでもなく童のような口調で、独り言のようにそう云った。

「千年、万年経てばどうなるだろう」

「そんなに生きはしないよ」

枯れるよと云った。

「枯れるかなあ」

「枯れるさ。枯れなかったとして、誰がそんなものを見届けられるものか。人は千年も万年も生きないじゃないか。五十年や六十年で死ぬんだよ。樹木はね、そりゃ何百年も生きるだろうが、竹はそんなに保ちやしないよ」

そうかねえと云って佐久間君は不服そうにした。

「竹と云うのは、枯れないのじゃないか」

「枯れないって、永遠にかね」

「永遠にさ。伐らなければ何処までも伸びると思うがね。まあ、僕はこうして日がな一日何もせずに窓から竹林を眺めるだけの毎日だからね。伸びているのが判るのだ」

そんなものが。

判るものだろうか。

慥かに、筍が竹になるのは速い。生えて来たなと思っているといつの間にか竹になっていて、うかうかしているうちに自分の丈をも越している。

ほんの数日である。

ただ、それから後は判らない。

伸びているものかどうか、とんと判らなくなる。

そう云えば一度、出入りの植木屋に尋いてみたことがある。植木屋の言に拠れば、竹と云うものは天辺を伐ってしまえばそれより上には伸びないのだそうだ。だから人家の庭や舗の軒なんぞに植えてある竹は、具合の好い処まで伸ばして、上を伐るらしい。

竹林の場合は誰も伐りはしないだろう。

「あのね」

佐久間君は指差す。

「枝や、葉が伸びる。のみならず、高さも変わる。節も少しずつ伸びるのさ。樹木と違って中身が空洞だろう。だから細くとも高く高く伸びるのだろう」

考えてみれば不可思議な植物である。

慥かに中身は空洞なのだ。

「こっちも中は空さ」

佐久間君は己の胸を叩いた。

空になって仕舞ったのかい。

そうなのか。

それから佐久間君は、再び恋人を眺めるような眼差しでうっとりと竹の筋を見た。

緑と。

黒と白の。

「でも、同じがらんどうだと云うのに、こちらは竹みたいに伸びやしないのだよ。何も変わりやしない。僕はねえ、来る日も来る日も同じだから。このままなのだ」

「児童じゃあないのだからそれこそ当たり前だろう。今更育ちやしないよ。君は、僕と同い齢じゃあないか」

最近は若いと謂われることもなくなった。

尤もだと佐久間君は笑う。

「育つどころか、日に日に萎んで衰えて行くのだよ。君の云うように、人はすぐ死ぬからな。一日一日屍に近付いて行くのだよ。でもね、竹は」

伸びて行くのだ。

伸びて行くのだよ板垣君と、何故か朗朗とした声音でそう云って、佐久間君はこちらをちらりと見る。

「僕はこうして凝り固まっている。十年一日の如くに固まって、朽ちて行くためだけに同じ時間を繰り返しているのだよ。同じ書物の同じ頁の同じ文言を、繰り返し繰り返し読んでいるのさ。その本にはね、突然旧友が訪ねて来るなんてことは書かれていない。だからこんな椿事は想像もしていなかったのさ。内心は大いに慌てているのだ」

「慌てると、遠方から来たる友を持て成すと云う古式床しき風習さえも忘れてしまうものかね」

「持て成したくとも何もないのだ」

「知っているさ」

菓子は持参だと云って、私は立ち上がる。

「笹団子を持って来たのさ。慥か君の好物だと思ったが」

「好物だが、生憎茶は出せんよ。ない」

「そこは平気だ。茶葉も持って来たのだよ。何、用意が良いと云う訳でもない。偶偶（たまたま）高級なのを貰ったものだから、持て余してしまってね。何、君は動かんでいいよ。もしや病ではないかと疑っていたからね。その時は看病のひとつも施して遣ろうと云う心持ちで来たのだ」

「それは殊勝な心掛けだが、僕は病じゃあないぜ」

「いいのさ」

「いいのかもしれないが、茶までお持たせと云うのは聞いたことがないな。そうなると殊勝と言うよりも酔狂だぜ。まあ、歓待すべき僕の云うことじゃあないがね」

「酔狂なのだ。お勝手を借りるよ。急須ぐらいはあるのだろう」

揃いの湯飲みなんかないぜと云う声を背にして。

私は廊下に出て、そのまま台所に向った。

狭い土間である。

右も左もまるで勝手が判らぬ。それでも取り敢えず竈（へっつい）で湯を沸かすくらいのことは出来るだろう。

古びた二階厨子（にかいずし）には口が欠けた急須もあった。茶碗などは何でも良いだろう。

出放しになっていた湯飲みと、隅の戸棚から見付けた一口（く）を並べた。

唐津（からつ）焼と伊賀（いが）焼だろうか。

佐久間君は動く様子もない。

構いはしない。

見舞いと云うのは、口実だ。

私は、佐久間君が云うように先月までは官吏であった。

今はもう、違う。

馘になったのだ。

私は許されぬ不始末を仕出かして放逐された身なのである。

仕方がないことである。

凡て私が悪いのだ。

本来であれば投獄されていてもおかしくはないのである。懲戒処分で済んだのだから良しとすべきだとは思う。

二箇月ばかり前、父が死んだ。

自死だった。

事業に失敗したのだ。

何も死ぬことはなかろう、どうにでもなるだろうと思ったのだが、蓋を開けてみれば慥かにどうにもならぬ程の莫大な借財だった。その借財だけを遺して、父は身勝手に旅立ってしまったのだ。

債鬼は総て私の許に訪れた。

借りたものは返さねばなるまいし、返す気がないなどと云う不義理なことを云うつもりとて更更なかったのだが、無い袖は振れなかった。かと云って頭を下げて勘弁して貰える訳もなかった。

家財を売ったり、あれこれ工面して少しずつ返したが、足りるものではない。

取り立てに来る者達は様様で、立派な身態(みなり)の紳士も居れば、ならず者や地回りのような連中も居たし、遊廓の付け馬のような阿婆擦(あばず)れ女まで居た。

勤め先にまで押し掛けて来るから仕事も手に付かぬ。役所にも迷惑を掛ける。断っても謝っても勿論許してはくれぬ。

或(あ)る日、青い顔の腺病質な婦(おんな)が幼子を連れてやって来て、今日少しでも返金してくれなければ母子共死んで仕舞うと云う。

見れば真実(ほんとう)に死んで仕舞いそうな貌(かお)をしていて、何よりも童(こども)が哀れだった。幾ら哀れと思えども懐には鐚銭(びたせん)一枚ない。証文を覧(み)るに借財額は五十圓(えん)とある。十圓でも二十圓でもいいから今返してくれと婦はせがむ。せがむ指は骨と皮である。斯様(かよう)に貧しき者が他人に金を貸すと云うのも釈然としない話なのであるが、証文がある以上は疑いようもない。

如何(どう)にも遣り切れなくなって、私は公金から二十圓を工面して婦に渡してしまった。

二十圓なら給金が出てから補填すれば良いだろうと甘いことを考えた訳だが、それが早早に露見してしまったのである。

問い詰められても釈明は出来ず、日を置かずに私は解雇された。二十圓は日割りの給金から差し引かれることになった。罪科を問わぬことと引換えにされたのだ。

文字通り、無一文になった。

家は銀行に差し押さえられ、引っ越しをしようにも手許不如意では儘ならず、それでも債鬼は押し寄せるので、思案の揚げ句、妻を離縁して里に戻した。

累が及ばぬようにしたのである。

そこで万策尽きた。

行く当てもない。半月ばかり知人宅を渡り歩いて凌いだが、そもそものうちの幾人かは借財を返すために金の無心をした者達でもあり、流石に長逗留は気が引けた。

急須に茶葉を入れる。

しゅんしゅんと松風のような音を立てて湯が沸いた。

最後に泊めてくれた知人が呉れた茶葉である。餞別にお茶の葉を呉れると云うのも妙な話だとは思うが、親切だけは身に沁みた。

茶葉の入った紙袋と、いずれ寒くなることを見越して持って出た季節外れの外套を手に提げて、私は文字通り路頭に迷ったのだ。

そして。

その段に至って私は漸く、佐久間君のことを思い出したのだった。

彼と私は世に云う竹馬の友だ。

佐久間の家は旧幕時代からのお大尽で、佐久間君の父上は画家だ。

若い頃から能く一緒に遊んだものだが、私が奉職してからは徐徐に疎遠になっていたのだった。今年は初夏に一度会ったきりである。その時は蕎麦屋で一緒に蕎麦を喰った。馴染みの敵娼が出来たので、身請けして越前辺りに移り住みたいと云うようなことを嘯いていた。

佐久間君は、働いていない。

働いたことがないのだろうと思う。

佐久間君は、学生の時分から花街近くの下宿屋で暮らしていた。実家には殆ど寄り付かない。善く云えば高等遊民であるが、悪く云うならただの蕩児である。

それでも勘当されている訳ではなくて、毎月毎月充分な仕送りを貰っていたのだ。下宿屋自体もどうやら佐久間家の持ち家であるらしかったから、謂わば親公認の浮人であったのだ。

今にして思えば、何故もっと早く佐久間君のことを思い出さなかったものか。

佐久間君は放蕩者だが酒は嗜まない。仕送りは概ね女に消える。

それでも使い切れぬ程の援助があったらしいから、小金は貯まる一方だと能く云っていたのだ。佐久間君はそんな暮らしを十年以上続けているのだ。

真に羨ましい限りの身分ではあるが、実を云えば私は、彼のそんな暮らし振りを羨んだことは殆どなかった。

佐久間君はいつだって。

何処か淋しそうだったからだ。

それでも佐久間君は何も為ないし、何を為ても満たされない素振りを見せた。

彼にはいつも、何かが欠落していて、私はその、欠落しているところが好きだったのだ。

そう。

佐久間君ならいつでも金を貸してくれたことだろう。彼の札入れにはいつだって、百圓や二百圓は入っているのだ。それでいて、佐久間君は金銭にまるで執着がない性質なのである。物乞いに五十圓を恵んだこともある。五十圓と云えば、私の初任給である。

もう少し早く気付いていれば、私は職を失うこともなかっただろう。

否、友人の懐を当てにするなどと云う肚はいずれ虫の好い愚考でしかないだろう。

窮した際に彼の存在に思いが至らなかったことは、寧ろ幸いであったやもしれぬ。

そうも思うのだ。

私は、半ば望んでこの境遇を選び取ったような気もしていたからだ。

いずれにせよ何もかも遅いのだ。遣り直しは利かない。

この期に及んで金の工面が付いたところで復職は叶わぬ。返済が出来るならそれはそれで良いのだろうが、工面したと云っても借財に違いはない。

借り主が佐久間君に替わるだけで、負債が減る訳ではない。

それでも。

起居する場所もないと云うのは如何にも困る。

身の振り方を決めるまで、私は佐久間君を頼ってみようと考えたのだった。

ところが。

下宿に行ってみたところ、佐久間君は不在だった。

否、其処は既に引き払われていたのだった。

賄いの婆さんに行方を尋いてみたが、埒が明かなかった。実家に顔を出してみたが行方は知らぬと云う。放蕩息子のことなど判らぬとけんもほろろに追い返された。

已むなく蕎麦屋で聞いた馴染みの娼妓やらが居ると云う遊廓を訪れてみたのだが。

女は死んでいた。

癆痎だったようだ。

遣手婆の話に依れば、女が死んだのは盛夏になる前だったそうである。

どうやら、私が佐久間君と蕎麦屋で会った直ぐ後のことであるらしかった。

小声で話していても喧しく聞こえる遣手婆の言に依れば、佐久間君は女の亡骸に縋って三日三晩泣き暮らした後、纏まった金を婆に渡して葬儀法要一式を頼み、何処とも知れずに居なくなってしまったのだそうである。

埋めるのを見るのは堪えられないと云い残したと云う。

なる程彼奴(あいつ)は相当やられているなと思ったものである。

世事には疎いが情は濃く、無頼を気取るが繊細なのだ、佐久間君は。

富にも名声にも何の興味も示さない癖に。

情を通じた女の不幸一つで世を儚(はかな)んで仕舞う。

そんな男だ。

何だか心配になった。

他人の心配が出来るような身の上でないことは承知している。だからそれは、心配などではなくて懐旧の念だったのかもしれない。

佐久間君に、会いたくなったのだ。

心当たりを当たってみたが皆目判らなかった。

もしや宿替えに人足でも使ったかと考えて、下宿の傍(そば)の慶庵(けいあん)に行ってみた。

それで駄目ならそのまま其処で人足仕事でも周旋して貰おうと考えたのであるが、それらしい依頼があったと聞いたので、仕事を受けた男の所在を聞いて、訪ねてみた。

そして私はこの草庵の場所を知った。

僻所である。

町からはかなり離れており、周囲に人家もないと云う。

私が佐久間君の病を疑ったのはその所為であった。もしや女から肺病が感染ってしまったのかもしれないと、そう考えたのだ。

唯一つの財産であった外套を売り払って笹団子を買い求め、漸う私は此処に来た。

来て良かったと思う。

旧友に会うことが出来たのだ。

柄杓で湯を掬い、茶碗に注ぐ。

不揃いだけれど、佳品である。

実家から持ち出したのだろう。

湯気が上がる。

台所の窓から見えるのも竹藪である。

幾本もの竹が、様様な緑の筋が、外を縦に分断している。

空は殆ど見えない。

温めた茶碗から急須に湯を移す。

蓋を閉めて湯気を閉じ込め、暫く待った。

茶を注いで、目に付いた処にあった盆に載せる。

皿を出すのは止す。竹皮包みを解けば、皿代わりになるだろう。

部屋に戻ると、佐久間君はまた円窓の外を眺めて、うっとりとしていた。

「如何にも恋しているが如きご面相に見えるのは気の所為かね」

止してくれ給えと、佐久間君ははにかんだように云う。

「君は僕が何故此処に宿替えしたか知っているのだろう」

「聞いたよ。お気の毒だったとしか云い様がないけれど」

気の毒なのは僕じゃなくてあの娘だと佐久間君は云う。

「未だ十九だった。高田の生まれでね。哀しげな顔をする、蚊の鳴くような声を出す、透けるように色の白い娘だったよ」

「そうかい」

他に云うことはない。

辛かったかねと問うともう忘れたよと佐久間君は答えた。

「すっかり忘れた」

「何だ、竹藪に吸い取られたかい」

その通りさと佐久間君は云って、畳に置いた盆の上の湯飲みを手にした。

「嗚呼、暖かい。お茶の香りもするね」

「良い茶らしいからね。でも僕は蘭草の匂いしか感じないがね」

これは竹の匂いだよと佐久間君は云った。

「そうなのかい」

「そうさ。こんな古畳が香る謂われはないだろうよ。四方が竹に囲まれているから、この家に香るのは、竹の香りだよ」

そうなのか。

竹に囲まれた竹の香る庵で竹皮の上に載った笹団子を二人で喰った。

喰い乍ら、ぼつぼつと身の上話をした。

興味があるのかないのか、佐久間君は窓を眺めつつ私の繰り言を聞き、時に生返事をした。

「そうなのかい」

こちらを見もせずに佐久間君は云う。

「そうだったのかい。それはまあ、そちらもお気の毒と云うよりないなあ。お父上のことは全く知らなかったからね。遅ればせ乍らお悔やみを申し上げよう」

「親父は結局好きなことをして得手勝手に死んだのだ。親父本人には悔恨めいたものもあったのだろうが、遺された者にしてみれば迷惑だったと云うよりないさ」

「死んだ者に悔いなどはないさ。遺された者が悔いていたろうと夢想するだけだよ。じゃあ君は細君とも離れてしまったのだな」

「離縁したからね。もう独り者だよ」

「なら」

君もこっち側に来るがいいさと、佐久間君は意味の判らぬことを云った。

　それから私の方を見て、笑った。

「何を笑うのだ」

「いや、僕はね、友達が少ない。何故ならこちらが拒むからさ。君とは長いが、それは何故か考えていた」

　それで判ったのかねと問うと、まあ何となく解ったのさと佐久間君は云う。

「熟熟考えるに、君は一度も僕に説教をしたことがない。そして君は、自分の話も滅多にしないだろう」

「説教は柄じゃないから、せんよ」

「大概の者はね、僕のこの頽落的な生き様に嫌悪の意思を示すのだ。嫌うなら嫌うで去ってくれれば追いもせぬのだが、お節介にも僕の人生の軌道修正をしようとする。どれだけ説諭されようとも、こちらは何もかも承知でしていることだからね。どんな正論を吐かれようとも、耳許で牛が啼くようなものさ」

　牛に啼かれちゃ堪るまいと云うと堪らないのだと佐久間君は真顔で答えた。

「君は何も云わんだろう」

「君がそう云う男だと知っているからな。大体、君がどんな性質でどんな暮らしをしていようと、それで僕が困ることはないからね。君は君で僕は僕だ。立ち入るのはお節介と云うものだろうし、立ち入られても困るよ。それに僕は寧ろ、そう云う君が面白いのだ」

僕には真似が出来ないことだからねと云うと、佐久間君は云う。

「それでね、まあ説教を垂れない者も中にはいるのだが、そう云う連中は自分のことしか云わんのだよ。己のことばかり喋る。俺はこうやって成功したの私はこうして失敗したのと云う」

「聞きたくないかね」

「それは聞かんでもないが、聞いてどうしろと云うのかが判らん。あれは、褒めればいいのかね。同情すれば気が済むのかね。見習えばいいのだろうか。僕はね、自慢されても愚痴を云われてもまるで感想が持てないのだよ。いずれ僕には関係ないことだろう。その点、君は何も云わないだろう」

今し方語ったよと答えた。

「いいや、君はただ、これこれこうだと近況を述べただけだろうさ。それで僕にどう思えと強いることはないじゃないか。実際、僕は別に同情はしていないよ」

同情して貰おうなどと思ってはいない。

いや。

真情はどうだろう。そんな気持ちは毛程もなかった筈だ。頼ろうと思いはしたが憐憫同情を欲していた訳ではない。だが、こうしてみると僅かばかりの期待を持ってはいたのだろうか。

そうなのかもしれない。

君も僕に同情なんかしてやしないだろうと佐久間君は云う。

「多少はしたがね」

「本当かい」

「いや、他人の気持ちなんかは余人には計りようがない。だから何もかも当て推量さ。ならば同情も何もあったものではなかろう。ただ、心配はしたさ。体を毀したりしてやしないかとは思ったからね」

「なら心配は要らぬよ」

佐久間君はまた窓の外を見る。

「あの」

あの女には悪いがね。

哀れだとも思うがね。

冷淡だと思うかもしれんがね。

哀しくない訳でもないのだが。

もう薄らいでしまったのだよと佐久間君は云った。

「薄らいだとは」

「想い出がね。死んだ娘とのあんなに濃かった想い出が、薄紙のように薄くなって、今はもう透けてしまった。ハトロン紙のようさ」

「それじゃあ何のために宿替えをしたのか判らないじゃないか」

「そうでもないさ」

　この。

　少しでも近付くと直ちに突き放されるような、いつまで経っても縮まらぬこの距離感こそが多分、私が佐久間君と友人でいられる理由なのかもしれない。

　まあ君が元気ならそれでいいよと云うとまるで元気ではないがねと返された。

「事情を知っていると云う以上、君は扇屋に行ったのだろう。あの声の煩瑣い遣手婆はちゃんとあの女を弔っただろうか」

　弔いは済んでいるようだったと伝えた。

　ならいいな、それならいいと佐久間君は自分に云い聞かせるように呟いた。

「もう、土に還っているのだろうな。せめて故郷に埋めてやりたかったのだけれども、越前は遠くてね。そこまでは頼めなかったのだ。僕がもっと早くに心を決めていれば、向こうで死んでいたろうに可哀想なことをした」

　佐久間君は何かを懐かしむような顔をした。

「ところで」

　君はどうするんだと、突然、思い出したように友人はこちらに顔を向けた。

「どうもしない。と云うより何も出来ない」

　そう云うよりない。

「そうかい。棲む処がないと云うなら、世話をしようじゃないか。此処は狭いから二人で暮すのは無理だけれどね。ほら、一里先にある百姓家。そこに空き部屋があった筈だから、口を利いてあげよう。何、家は大層広いのだが、老婆と夫婦が居るだけだ。竈を別けて街の方に住んでいる息子とやらが、偶に顔を出すがね」

世話になるにも金はないと云うとそこは心配ないと佐久間君は云った。

「お銭はかなり過分に渡しているからね。なに、君一人の喰い扶持くらいは余裕で賄えるだろうさ。文句は云うまいよ」

す、と外を何かが過った。

佐久間君は話を切り上げ、大急ぎで窓の外に視軸を移した。

「何だね。鳥か何かかい」

返事はなかった。

佐久間君は喰い入るように窓の外を見ている。窓から見えるのは緑の縦筋だけである。

竹だ。

何なのだねと問うた。

この場所なのだよと佐久間君はまた判らないことを云った。

「この場所とは」

「だから、この、僕が今座っているこの場所だ。この角度だ。そうでなくては」

そうでなくては何なのだ。

「何を隠している」

「隠すことなどないよ。ただ、説明がし難いだけだ。それに、君には関係ない」

まあ関係はないだろう。

ないのだが。

「僕がこの庵に来てからこっち、君はずっとそこに座っている。偶に姿勢を変えるが、直ぐに元の形に戻る。暫くは気にならずにいたが、こうしてみると不自然だ。そこにそうして居ることに何か意味があるのかね」

云いたくないなら尋きはしないが。

「見え易いだけさ」

「何がだ」

女だと佐久間君は云った。

「女だと」

「女さ」

「何処の女だ」

知らんよと云って、佐久間君はやっと体の向きを変え、前屈みになった。

「知るものか」

「知らぬ女か。いや、待て。それはこの辺りに棲む女なのか」

「人は居ないよ。何処までも竹藪だ」

「判らんね」

「君も云っていたじゃないか。この近くには人家はないよ。竹林だけさ。いるのは藪蚊ぐらいだ。人なんざ、誰も棲んでやしないよ」

なら。

「何故女がいるのだ。そこからしか見えないと云うのは解らないな」

だから説明がし難いことなのだと佐久間君は云う。

「そこで待ち構えていれば見えると云うのかね。日に何度も現われるのか」

「扨ね。そう云う日もあるし、そうでない日もあるよ」

「何処かから通って来るのか」

「だから知らない。口を利いたことなどないよ。否、口が利けるのか如何かも判らないのだ」

「より一層に判らんね」

「僕だって判らないのさ。この世のものなのかどうかも定かではないよ」

「待てよ。では幻影、と云うことかね」

「幻影なものか。僕は神経をやられちゃあいないよ。おつむも至って正常だ。そもそも、今は君にも見えたのじゃないのか。鳥だとか云っただろう」

「見ちゃいない」

眼の端にちらりと入っただけである。

「大体、その場所からしか見えないのじゃなかったのか」

「此処が一番見え易い、と云うだけだ。他からも全く見えぬ訳じゃない。だから幻覚なんかではないよ」

「では」

幽霊か。

死んだ女の亡魂が見えるのか。それ程に心が縛られているのか。

莫迦なことを云うものじゃないよ君、と佐久間君は鼻で嗤った。

「凡そ幽霊などと云うものは迷信だ。それこそいかれた神経の所為だろうよ。死んだ者に未練執着のある者が、得手勝手に幻を見るだけのことじゃないか」

「未練も執着もないのか」

「そう云う強い情念は僕にはないさ。あったところで、幽霊など見てしまう程に愚かではないよ。大体、死んだ女とは似ても似つかないのだ、あの女は。死んだ女は、もう骨と皮ばかりに痩せていたからね。生きていた頃から、生きているかどうか怪しい女だった。僕は其処に魅かれたのだ。僕はね」

生と云うものに興味がないのだ。

「だから、死んで哀しいと云うのじゃなかったのさ。ただもう」

動かなくなったから。

「放っておけば腐ってしまうからね。堪えられないよ、そんなものを見るのは。埋めてやらなきゃ可哀想だろう。でも、あれは」

佐久間君は円窓の外を気にする。

「あの竹籔の女は、そんなものじゃない。幽霊なんてくだらんものじゃないよ」

「では尋くが、この世のものではないと云うのは何かの比喩なのかね。幻の類いでないと云うなら、それはこの世のものだと思うがね、どうなのだ」

佐久間君は答えない。

「どんな女だ」

美女だなと佐久間君は云った。

「ほう」

「他に云い様がない。佳人麗人は世に掃いて棄てる程に居るけれど、そう云うものではないのさ。美しいと評する以外にない。喩えるものもない」

「惚れたかね」

「戯言を云う」

佐久間君は眉間に皺を刻んで、顔を横に向けた。

「何だねその訝しげな顔付きは。君は、その竹林の美女に懸想しているのに違いない。何度も云うがね、窓の外を眺めている君はそう云う顔だ」

「そうだろうか」

「だからこそ、前の女のことを忘れてしまったのじゃないのか」

「忘れてなどいるものか」

「未練も執着もないのだろうに」

「ないよ。彼女に限らず、僕は凡てのものごとに対して未練も執着も持ち合わせていないと云うことだよ。だからと云って忘れてなどいない。僕に取っては大事な想い出だ」

「薄れてしまったと云ったじゃあないか。もう透けてしまったのだろう」

「忘れた訳ではないのさ」

佐久間君は空の湯飲みを弄ぶ。

「薄く引き伸ばされたと云うのが近いよ。あの女のことは今も大事に思うし、一緒に過ごした時間も幸福だった。死んだ時の哀しみも深かった。ただ、後を追おうとは思わなかったのだがね。只管に虚しくて、僕の中身はすっかりなくなってしまったようだった。僕の外側は、あの死んだ女との想い出だけだったのだよ」

「それはつまり、君の外側が薄くなったと云うことなのかい」

「透ける程にね」

それじゃあ君がなくなってしまうじゃないかと云うと、それは望ましいことだなあと佐久間君は答えた。

「死にたいとは思わないが、消えて仕舞うのならば良いように思うよ」

何を云うのか。

「厭世も程程にし給え。君の云うように僕は説教をするような柄じゃあないがね。嫌われるのを承知で云おう。そんな、消えて仕舞いたがるような人間が、あんな顔をするものかい。君はその、竹林の美女に恋い焦がれて仕舞ったのだ。そうに違いないよ。だから気が引けているのだろう」

「何にだい」

「その、亡くなった遊廓の女にだよ。君は竹林の美女に恋してしまった。だからこそ亡くなった彼女に対して背徳い(うしろめた)想いを持ってしまったんじゃないのかね」

そうかなあと佐久間君は眼を細める。

「そんなことがあるものだろうか」

「あるさ。一目惚れと云う言葉もあるくらいだ」

「君は解っていないのだ。眺めることしか出来ないのだぞ」

「それでも魂を奪われるようなことはあるだろうさ。そんな絶世の美女ならな」

「魂か」

佐久間君は何故か沈痛な面持ちになり、やがて顔を上げてゆっくりと部屋の中を見回した。

「彼処(あそこ)を見ろ」

佐久間君は玄関の方を指差す。

「格子戸があるだろう」

「あるね。それがどうした」

「何が見える」

「いや、だから格子戸だ」

「そうじゃないよ。見えているのは戸の木枠と、並んだ木の棒だ。それから、その背後にある景色だろう。違うかね」

違わない。そう云うものが見えている。

「じゃあ、格子戸の前に人が立っていたとし給え。その場合、何が見える」

「能(よ)く判らないなあ。人が見えるだろう」

「人の後ろに隠れた格子戸は見えるかね」

「見えるものか。それこそ人が透けてでもいない限り、後ろのものは見えないよ」

「そうだろう」

「そうさ」

「じゃあ、格子戸の外に人が立っていたなら如何(どう)だい」

「それは、まあ格子戸越しに人が見えるだろうさ。先に云っておくが、格子に隠れた部分は見えないぞ。そして人と格子戸に隠れた背景も見えない。これでいいかい」

「普通はそうだろう」

「そうでない状態が想像出来んな」

「そうなのだ。でも、そうではないのだよ」

あの女はね、と佐久間君は体を返して窓を見た。

円く切り取られた竹林。

緑と翠と碧の縦筋。

「格子戸の背景が真っ白だとし給え」

「何だと」

「そう、白い紙だな。そこに墨痕鮮やかに縦筋を書き入れたと思ってくれ給え。その筋が格子だ。想像してくれたかね」

何を云い出すのだろう。

「その絵に、更に人を描き入れるとする。格子の後ろに居る絵を描くなら、白い処に描き入れるだろう。格子の前に居る絵なら、人に隠れるべき黒い縦筋は消さなくちゃなるまい。それが道理だな」

「道理だ」

それがこの世の理だな。

「それがこの世の理だよ。尋くまでもない云うまでもないことじゃないか」

「あの女はね」

黒い処に居るのだよ。

「何を」

何を云っているのだ。

「今の絵の喩えで云うならば、黒い縦筋にだけ、女は描かれている」

まるで解らない。

「地と図が反転している、と云うことか」

君は巧いことを云うなあと佐久間君は少し笑った。

「格子戸に喩えるなら、格子の処にだけ女はいるのだ。女の後ろの格子戸は、女に隠れて見えない。だが、背景は見えているのだな。背景に当たる部分の女は、見えない。女は、背景に隠れている」

「それは」

不条理だ。

非合理だ。

それこそ病んだ神経が見せる幻影ではないのか。それ以外に理解は不能だろう。

「あのな」

　佐久間君はまだ窓の外を見ている。

「最初に見掛けた時はね、竹籔に女が立っているのだと思ったのさ。まあ当たり前だ。そう思うだろうさ。しかしね、ご覧の通り人家も何もない処だ。女だろうが男だろうが、居る筈もない。だから目が留(と)まった」

「それは」

「見え方が妙だったのだがね。光の加減か何かだろうと、そう思ったから、その時は、それ程変だとは思わなかったのだよ。遠かったしね。それがね、その翌日も居たのだよ。やや、近付いていた」

「女がか」

　少しずつ近付いて来るのさ。

「女がかい」

「女がだ。日に三歩、時に十歩と、この隠宅の方に近寄って来るのさ。多くは立ち止まっているし、横切ることもあるのだけれど、段段に近くなる。十日目くらいにね、漸(よう)やっと顔を拝んだのだがね。驚いた。それはもう、言葉では云えぬ程の整った顔なのだ。君は、恋したとか惚れたとか云うが、あんなものには」

　恋したり惚れたりは出来ないよ。

「見蕩（みと）れると云おうか、魅入られると云うかね、そうしたものなのだ。そして、気付いたのだよ、僕は」

「何にだ」

空が見えていた。

「女の姿が、細く切られた空で分断されているのだよ。しかも、明らかに女の前に生えている筈の竹は、女の姿で遮られている」

「待ち給え」

「いいや待たない。そうなのだ。女は」

竹の中にだけ見えている。

地と図が、反転している。

「そんなことがあるか」

「現にあるのだから疑いようがない。いいかい、君。雨が降るだろう。そうするとね、雨は女の前にも、後ろにも降っている。女の姿が遮蔽するのは竹だけなのだ。この鬱蒼（うっそう）とした竹藪のね、竹の部分だけが切り抜かれていて、そこに違う世界が覗いているような、そんな感じなのだよ」

思い浮かべることが出来ない。

「此処だ」

佐久間君は元の姿勢に戻る。

「この場所の、この角度さ。この姿勢で、此処から見える景色はね、ほぼ竹だけで埋め尽くされているのだよ。隙間が殆どない。空も山もない。竹の後ろに竹があり、竹の前に竹があるのだ。少しでも移動すると」

切れ間が見える。

「竹と竹の隙間、と云うことか」

「そうだ。その隙間で女は分断されてしまうのだ。竹のないところは女も見えない。隙間が女を隠すのだ。でも、此処からならば女の姿の凡てが見えるのだよ。此処に座って此処から見るなら、女は分断されることがないのさ」

佐久間君は円窓を見る。

「右から左に移動する日もある。奥の方から歩み寄って来る日もある。もう、かなり近くまで来ているのだよ。ここ数日は表情まで瞭然と判る。女はね」

微笑んでいる。

「物怪か妖物か、そう思った時もあるが、あれはそんなものじゃない。勿論、幽霊のような莫迦莫迦しいものでもない。女は生きているのさ。ただ、棲んでいる世界が違うだけなのだ」

「担いでいるのか」

「真実さ」

「嘘だろう」

「嘘なものか。君にだって見える筈だ」

「いいや、見える訳がない」

「見えるよ。さっき見たのだろう」

「いいや。あれは鳥か何かだ」

「鳥なんかはいない。越して来てから鳥の姿は疎か、声さえ聞いたことがないよ。雀くらいは居そうなものだが、ついぞ見たことがないね。だから君が見たのは女だよ。竹林の女だ。君のいる其処からは見え難いのだろう。竹が疎なのではないかね。ならば移動して見てみるがいいさ。此処に来て、見ればいいのだ」

「いや」

見るものか。

見て、見えて仕舞ったら。

「何故見ないのだ。どうして君は見ることをしないのだ。僕はね、こんな、血肉に縛られた現世には、何の未練もないのだ。金だの出世だの、くだらない雑事に対する執着もないさ。中身のない、空っぽの僕はね、矢張り中身のない空っぽの竹の表面に焦がれて仕舞うのさ。君は如何なんだね」

「佐久間君」

「君は顔を背けているが、女は其処に居るんだよ。君も気付いたのだろう」

「そんなものは居ないよ」

「居るさ。今も居るんだ。ほら、女はね、緩覚(ゆっく)りと此方(こちら)に歩いて来ているよ」

もう。

「ほら、窓の近くまで来ているじゃないか。こんなに近寄ったのは初めてさ。ほら、直ぐ其処に居るじゃあないか」

竹林の美女が。

そんなものは。

私は立ち上がった。

「佐久間君。僕は」

「そうかい。君は見ないのだな」

佐久間君は優しそうに微笑むと、文机の抽出(ひきだし)から便箋を取り出した。

「まあいいさ」

友人は便箋に万年筆で何かを書き記すと、畳の上の、盆の横に置いた。

「何だね」

「紹介状だ」

「何だって」

「だから紹介状だ。百姓家の姥さんに宛てて書いたのだ。この男は大事な友人だから、何か当てが出来るまでは面倒をみてくれと書いたのさ。さっきも云ったが金はたんと預けてあるからね、邪険にされるようなことはない」

「待て。それはどう云うことだ。君は」

「僕か」

佐久間君は元の場所に戻り、元と同じ姿勢で座った。

「噫、近い」

「おい」

「噫、何と美しい女だ」

「佐久間」

佐久間君は円窓に手を伸ばす。

「もう、触れられるじゃないか」

「佐久間」

佐久間君は一度こちらを向いた。

「板垣君。笹団子は大層旨かった。来てくれて有り難う。礼を云うよ。一日遅ければもう会えなかっただろう。君は」

唯一人の友人だ。

佐久間君は窓の外に手を差し出した。
「慥(たし)かに、僕はこの人に恋をしたのかもしれないよ。いいや」
魂を吸い取られたのかな。
中身が空っぽなのだから、端(はな)からそんなものはなかったのかな。
おい。
待ってくれ。行かないでくれ。
私は何故か、佐久間君を引き止めようとした。
同時に佐久間君は何かに強く引かれて。
円窓の外に出た。
私は。
彼の居た場所に座り込んだ。
竹が。竹が竹が竹が。竹が見える。
その竹の中に。
竹の中だけに。
女の手を取って走り去る佐久間君の後ろ姿が見えた。
何て、何て軽やかなのだろう。
私は初めて佐久間君を羨んだ。

佐久間君。君は。
狡(ずる)いよ。
いったい何処まで行くんだい。」
そして私はこの庵に棲むことを決めた。
此処に。
此の場所に。
ずっと此処に座っていよう。
噎(む)せるような竹の香に満ち、竹に囲まれ竹しか見えない、この場所に。

竹林の奥

佐藤哲也

佐藤哲也　さとう・てつや

1960年、静岡県生まれ。
1993年、『イラハイ』でデビュー。
作品に『熱帯』『サラミス』『下りの船』『シンドローム』など。

目覚めたわたしは窓に向かって近づいて、窓全体をしっかりと覆（おお）うブラインドの羽根に指を這わせた。職人の精妙な技によって作り出された木製の羽根の頼もしい一枚一枚が隙間なく重なり合っている。このブラインドが世に言うところの人類の愚行をわたしの視界から隠していた。愚行が生み出した忌むべき結果は恐るべき鼓動をはらみ、その鼓動はブラインドを通しても十分なほどに感じられたが、ブラインドを象（かたど）る薄い板の一枚一枚が確実な防壁となってその野蛮で無慈悲な鼓動からわたしとわたしの部屋とを守っていた。このブラインドが、ブラインドを象る薄い板の一枚一枚が、この部屋の防衛線なのだ、とわたしは思った。このブラインドが、ブラインドを象る薄い板の一枚一枚が、野蛮で無慈悲な鼓動からわたしを守ってくれているのだ、とわたしは思った。そのブラインドを象る薄い板の一枚一枚に、いくらかの埃（ほこり）が貼りついている。いくらか、という表現はいくらか控えめかもしれない。すべて、というわけではなかったが、無視できない数の羽根に無視できない量の埃が貼りついていた。埃にまみれている、というほどではなかったが、しかし埃にまみれていると言っても過言ではない。いや、虚心坦懐に事実を直視するならば事実として埃にまみれているのだ、とわたしは思った。文明世界の最後の砦（とりで）と言ってもあながち間違いではないこの部屋の唯一の防衛手段であるブラインドが、いつのまにか埃にまみれていた。羽根と羽根のあいだにほとんど目に見えない埃の層が出現してブラインドの機能を損なっていた。ブラインドのメンテナンスを怠ったからだ、とわたしは思った。ブラインドのメンテナンスを怠ればブラインドの遮光性が損なわれる、とブラインド業者はわたしに言った。ブラインドのメンテナンスを怠ればブラインドの遮音性が損なわれる、とブラインド業者はわたしに言った。ブラインドのメンテナンスを怠ればブラインドの動作不良の原因になる、とブラインド業者はわたしに言った。しかし定期クリーニングのサービスを契約しておけばブラインドのメンテナンスの心配はなくなる、とブラインド業者はわたしに言った。ブラインド業者はブラインドについて説明しながらブラインドという単語を何度となく口にした。ブラインド業者だからそうしているというよりも、まるでそうすることが信仰の証であるかのようにブラインドという単語を何度となく口にした。穏やかではあるが愛と熱狂を隠しもしない調子でブラインドという単語を何度となく口にして、ブラインドという単語を何度となくわたしの耳に注ぎ込んだ。ブラインドという単語を何度となく口にすることでブラインドは言わばドグマとなり、ブラインドという単語を何度となく聞かされることでわたしはブラインドが家具ではなくて、実はドグマであるという事実に気がついた。わたしはわたしの信念にしたがってドグマを拒んだ。あのときあの場で、あの場というのはこの部屋のことにほかならないが、わたしはブラインドというドグマを拒み、ただ目によってブラインド業者を蔑んだ。するとブラインド業者はわたしにくるりと背を向けて、床に砂をまき散らした。砂を足で蹴散らしてわたしの部屋から出ていった。現代文明を象るドグマは常に偶像を運んでくる。偶像を崇めることを強要する。自由な人間を偶像の奴隷に変えて思うままに可処分時間を奪い取る。

どれほど魅惑的な外見をまとっていても、ブラインドもまた現代文明がもたらした偶像に過ぎない。信念に忠実であろうとするならば、わたしはその場でブラインドを叩き壊すべきだった。しかし買ったばかりの木製の高価なブラインドを叩き壊して、叩き壊したブラインドのためにそのあともローンを払い続けるようなことはどうあってもわたしの理性に反していた。わたしの信念は理性に負けた。理性はブラインドのメンテナンスを自分でしなければならないとわたしに訴えたが、可処分時間を守ろうとする信念に負けた。いつわりの聖性を剝ぎ取られたブラインドはいまや埃にまみれている。防衛線としての機能を失おうとしている。遮光性も遮音性も遠からぬうちに損なわれ、ブラインドはブラインドとは名ばかりの端切れ板と成り果てて、わたしは守りの手を失って外界を跋扈する邪悪で野蛮な鼓動の前に膝を屈することになるだろう。だがそれは結果ではない。ブラインドのメンテナンスを怠ったことから想起される結果の一つだ、とわたしは思った。そしてわたしの専門的見地からすれば、どのような結果になるにせよ、原因はまったく問題とならない。なぜならば原因と呼ばれる事象と結果と呼ばれる事象との因果関係を決定できるとは限らないからだ。外界を跋扈する邪悪で野蛮な鼓動の前にわたしが膝を屈することが結果であるとき、その原因としてブラインドのメンテナンスを怠ったことを指摘するのは簡単だが、その指摘には外界を跋扈する邪悪で野蛮な無慈悲な鼓動、つまりいかなる人類の愚行がいかなる結果をもたらしたのか、その点についての考察が抜け落ちている、とわたしは思った。そしてその観点では、ブラインドのメンテナンスが適切におこなわれていなかったという状況は原因ではなく過程であると見なすべきだ、とわたしは思った。つまりブラインドが機能を失うのは人類の愚行が進行する過程で発生したであろう無数の事象の一つであり、それが結果のように見え、そこになにかしらの原因が関わっているとしても、その原因は複合的に解釈される必要がある、とわたしは思った。そしていかなる原因があるとしてもブラインドが機能を失いつつあるのは事実であり、人類の愚行が進行する過程において二枚の窓を覆う二組のブラインドが機能を失う可能性について議論する意味はあまりない。まして確率論的な評価の対象とするのは適当ではない。それは単なる時間の無駄であり、確率という現代のドグマが仕込んだ可処分時間の強奪でしかない。はなはだ不可解なことに、わたしはしばしば確率の専門家であると誤解される。しかしわたしが確率の専門家であったことは一度もない。いわゆる確率の専門家と何度か同席したことがあるし、やむにやまれぬ事情から言葉を交わしたことすらあるのだが、そもそもわたしの考えでは確率の専門家というのはことごとくがいかがわしい詐欺師であり、可能性という本質的に数値化が不可能な要素を見かけの数値化でごまかしながら自分には可能性が予測できるとはばかりもなく主張するまがい物の予言者であり、誤解や御託を免罪符のように売りさばいては人類の思考を汚染して文明を破滅の淵へと導いていく最悪の種類の嘘つきであり、不要でもあり有害でもあり、一刻も早く絶滅させなければならないいくつかの職業の代表格にほかならない。たしかにわたしはいわゆる確率の専門家と何度か同席したことがあるし、やむにやまれぬ事情から言葉を交わしたことすらあるが、その経験はわたしが抱くそもその印象を強化することはあっても弱めることにはならなかった。確率の専門家というのはどう見てもまがい物の予言者であっていかがわしい詐欺師以上のものではなく、多少の誇張を恐れずに言うならば文明の破壊者そのものであり、したがって一刻も早く絶滅させなければならないのだが、それにもかかわらず確率の専門家がのさばり続けているのは人類の思考がすでに確率の専門家によって汚染されているからであり、文明が破滅の淵に向かって突進しているからであり、そしてそれにもかかわらず文明が破滅する可能性についてわたしが警鐘を鳴らそうとしないのは、つまりわたしが偶然の専門家であるからにほかならない。いかにもわたしはしばしば確率の専門家であると誤解されるが、わたしは確率の専門家などではない。わたしは偶然の専門家であり、関係性が網羅できるとかその構成が数値化できるとかいった種類の傲慢さから世界でももっとも遠いところに立っていて、あらゆる事象の前で謙虚に判断を停止する。わたしの前ではあらゆる因果律が口をつぐみ、進化論も創造説も単なる世迷い言となり、生存選択は後付けの知恵でかためたまことしやかなたわごととなる。わたしがわたしの専門分野についてこう説明すると、うかつな人々、非常にうかつな人々はわたしが結果に対して原因があることを否定しているという誤解をするが、結果に対して原因がないなどとわたしが言ったことは一度もない。うかつな人々、非常にうかつな人々、耳があっても耳で聞かない人々は好んで曲解をする傾向があるのでわたしが結果に対して原因を否定していると思い込みたがるが、結果に対して原因がないなどとわたしが言ったことは一度もない。一度もないのだよ、万代くん、とわたしはよく万代くんに言ったものだ。一度も言ったことはないのだよ、万代くん、とわたしは何度も万代くんに言ったものだ。いかにも、結果があるときにはなにかしらの原因が存在する。わたしがそれを否定したことは一度もない。しかし結果に対する原因の数は特定できない。言わば自明のこととして特定できない。わたしがそう説明すると、それは借り物のカオス理論だと主張する愚か者がしばしば現われるが、わたしに言わせればカオス理論とはいつわりのカオスの衣をまとっただけの実はきわめて恣意的な体系であり、事象の境界をそれとなく限定しようとする傲慢で姑息なたくらみに過ぎない。実際、あれほど傲慢で姑息なたくらみはない。覚えておくことだ、万代くん、とわたしは万代くんに繰り返し言った。あれほど傲慢で姑息なたくらみはないのだよ、とわたしは万代くんに繰り返し言った。原因の特定はできないと主張するだけで、あの愚か者たちはわたしの主張を嬉々として複雑系の怪しい網に投げ込んで、それで片づいたことにしようとする。それをするなと何度となく要求しても、あの飽きることを知らない愚か者たちは、俗物根性丸出しのあの素町人たちはわたしの言葉に耳を貸さずにそうするのだ、とわたしは思った。そうするのだ、とわたしは心の中で繰り返した。何度となくそうするのだ、とわたしは心の中で繰り返した。あの愚か者たちは、万代くん、とわたしは万代くんに何度となく強調した。実は原因にも結果にも興味がないのだ、原因と結果を取り込む理論と理論から作り出されたメソッドにしか興味がないのだ、いや本当のところは理論にも興味がなくてメソッドにしか興味がないのだ。あの愚か者どもは、万代くん、メソッドにしか興味がないのだよ、とわたしは万代くんに繰り返し言った。あの愚か者たちは、俗物根性丸出しのあの素町人たちは、実は原因にも結果にも興味がなくて、どのメソッドが使われたかだけに興味を持って、使われたメソッドのアルゴリズムにしたがって今度は原因と結果をはじき出すのだ。そうしてはじき出された原因と結果が原因と結果のありのままの姿と異なっているとありのままの姿の原因と結果のほうを変更するのだ。あの愚か者どもの世界では、これは一般的に解釈の変更と呼ばれている。そして当然のように、メソッドとそのアルゴリズムが変更されれば、すでに変更された原因と結果の解釈もまた変更されてしまうのだ。そしてそれを際限もなく繰り返すことによって真実が、虚心坦懐な心だけが読み解くことができる真実が、人類の知的活動における貸借対照表の借方に記帳され、貸方には誤謬（ごびゅう）の山が積み上がるのだ。あの愚か者たちの世界では、とわたしは万代くんに繰り返し言った。真理とは流動性資産でしかないのだよ、とわたしは万代くんに繰り返し言った。それだけではない、とわたしは万代くんに繰り返し言った。この貸借対照表の真理という科目の下にはドグマという名前の科目がある。ふつうの貸借対照表なら貸倒引当金（かしだおれひきあてきん）があるような場所にドグマという科目が置いてあるのだ。あの愚か者たちの世界では、とわたしは万代くんに繰り返し言った。真理が流動性資産ならドグマは貸倒引当金なのだ、とわたしは万代くんに繰り返し言った。本来ならば負債であるべきドグマが資産勘定に組み入れられ、バランスを取るために異様なほどの自己資本比率を誇るのがあの愚か者たちの貸借対照表にほかならない。世に言うところの知的活動なるものは、つまるところ粉飾に粉飾を重ねたいつわりのかたまりでしかないのだよ、とわたしは万代くんに繰り返し言った。そして資本は恐ろしいほどの速さで蚕食(さんしょく)されたのだ、とわたしは思った。そしてそのせいで人類文明は破滅の淵に立っているのだ、とわたしは思った。人類文明は破滅の淵に立っているのだよ、とわたしはよく万代くんに言ったものだ。人類文明は破滅の淵に立っているのだよ、とわたしは万代くんに繰り返し言った。人類文明は破滅の淵に立っているのだよ、とわたしが繰り返し言ったおかげで、万代くんも人類文明は破滅の淵に立っているという認識をわたしと共有した、とわたしは思っていた。つまり個人的な認識であって必ずしも一般的な認識ではなく、まかり間違って過程であるとしても断じて結果ではないという点でも認識を共有しているとわたしは思っていた。しかし万代くんはこれを一般的な認識であり、かつ断固たる結果でもあると取り違えて、存在してもいない結果と存在が疑わしい原因に介入しようと試みた。万代くんはおおむねにおいて有能な若者だったが、いかにも若者らしいことに十分な思考能力を備えていなかった。いかにも若者らしいことに魂が未発達で内省を欠いていたので、現代文明が随所にしかけたドグマの罠に抵抗することができなかった。万代くんはわたしの言葉から、まったくわたしの意に反してドグマを引き出してしまったのだ、とわたしは思った。魂が未発達で内省を欠いていたので、わたしの言葉からドグマを引き出してしまったのだ、とわたしは思った。つまり原因が万代くんなら結果も万代くんなのだ、とわたしは思った。そして万代くんは人類文明を破滅の淵から救おうとしたのだ、とわたしは思った。そんなことは不可能だし、可能であるとしても意味がない、とわたしは万代くんに何度も言ったが、万代くんは気持ちを変えようとしなかった。世に言うところの決意が万代くんを支配していた。ドグマが産み落とした決意が万代くんを支配していた。魂が未発達で内省を欠いていたので、決意に逆らうことができなかったのだ、とわたしは思った。そして決意に支配された万代くんは人類文明を破滅の淵から救うために破滅の淵を見つけようと試みた。いかにも若者らしい想像力の欠如から、万代くんは人類文明が立つ破滅の淵がなにかしら修辞的なものであるとは考えようとしなかった。破滅の淵が実在すると考えて、実在するはずがないのに、それを見つけ出したのだ、とわたしは思った。見つけ出したと思ったのだ、とわたしは思った。破滅の淵を見つけることはできないのだよ、とわたしは万代くんに何度も言った。なぜならばそれは修辞的なもので、そもそも実在するものではないからなのだよ、とわたしは万代くんに何度も言った。修辞的なものを実在すると考えるのは、言わばロマン主義への後退なのだよ、とわたしは万代くんに繰り返し言った。かつては精神の高みであると誤解されていたが、いまでは精神の深淵であるとみなされているロマン主義への後退なのだよ、とわたしは万代くんに繰り返し言った。ロマン主義とはブラインドの羽根にたまった薄暗い埃のようなものなので、すぐにでも濡れた雑巾で拭き取らなければならないのだよ、とわたしは万代くんに繰り返し言った。そうしなければブラインドの防壁としての機能が損なわれる、とわたしは思った。そうしなければブラインドの遮光性が損なわれる、とブラインド業者がわたしに言った。そうしなければブラインドの遮音性が損なわれる、とブラインド業者がわたしに言った。そうしなければブラインドの正常な動作が損なわれる、とブラインド業者がわたしに言った。そして指定の洗剤を指定の方法で使わなければ、やはりブラインドの正常な動作が損なわれる、とブラインド業者がわたしに言った。それから床に砂をばらまいて、わたしに向かって蹴り上げた。ブラインドの正常な動作は損なわれた、とわたしは思った。ブラインドの羽根にはいくらかという以上の埃がたまり、万代くんはロマン主義を呼び戻そうとたくらんでいる。メンテナンスを怠ったからだ、とわたしの理性がわたしに言った。可処分時間を守るためだ、とわたしの信念が言い返した。実は何度か、水を含ませた雑巾で拭いた、とわたしは思った。取扱説明書をどうしても見つけることができなかったので、水道の水を含ませた雑巾で拭いた。わたしにはドグマを受け入れることはできなかった、とわたしは思った。ドグマは行動を規定し、思考を規定し、原因を規定し、そして結果をも規定する。ドグマが跋扈する世界に偶然はない。ドグマを受け入れるということは、わたしを否定することにほかならない、とわたしは思った。ドグマの十字砲火を浴びながら、わたしはなおも万代くんを説得しようと試みた。あれほど激しい戦いはなかった、とわたしは思った。あれほど激しい戦いが再びおこなわれることはないだろう、とわたしは思った。ないだろう、とわたしは自分の胸に繰り返した。わたしがなおも道理を説くと万代くんはわたしに反論した。極めて驚嘆すべきことだが、万代くんが反論したのだ、とわたしは思った。人類文明が破滅の淵に立っているのは、と万代くんはわたしに言った。まさしくそこを目指して進んだからです、と万代くんはわたしに言った。進んだ結果としてそこに立っているのなら、と万代くんはわたしに言った。人類文明をそこから引き戻さなければなりません、と万代くんはわたしに言った。まさしくいま、と万代くんはわたしに言った。人類文明は後退を必要としているのです、と万代くんはわたしに言った。しかし、その発想こそが、とわたしは万代くんに強く言った。その発想こそがロマン主義にほかならないのだ、とわたしは万代くんに強く言った。後退なのだよ、とわたしは言った。精神の深淵への身投げなのだよ、とわたしは言った。すると万代くんはわたしに言った、まさしくロマン主義こそが人類文明を救う道なのです、まさしくロマン主義こそが人類をかつての場所に導いて文明を破滅の淵から救うのです。しかし、それは文明の破壊と同じことだ、とわたしは万代くんに強く言った。ロマン主義の道に戻れば、とわたしは万代くんに強く言った。文明の破壊が始まるのだ、とわたしは万代くんに強く言った。ロマン主義とは、とわたしは万代くんに強く言った。すべてのドグマの胎盤なのだよ、ロマン主義の道に戻れば古き悪しきドグマが次々に息を吹き返して暴れ始める、地上のあらゆる人々がドグマの疾風怒濤に巻き込まれて不勉強を棚に上げ、軽佻と浮薄の二柱の神を掲げて負債の踏み倒しにかかるのだよ、とわたしは万代くんに強く言った。ロマン主義の道に戻れば、とわたしは万代くんに強く言った。いまや息も絶え絶えとなった弁証法が息を吹き返して瀕死の病床から立ち上がり、賞味期限がとっくに切れた近代国家の悪夢が、無言の暴力をしたがえた恐ろしく多弁な権力が、まるで巨神兵のように歩き出すことになるのだよ、とわたしは万代くんに強く言った。そして無法の国家が支配する無法の大地で無法のアナキズムが吹き荒れるのだ、とわたしは思った。そしてわたしは頭のおかしいニーチェ主義者に背中を刺されて死ぬことになるのだ、とわたしは思った。恐ろしく高価なヴェネチアンブラインドを窓にかけてあっても、わたしはニーチェ主義者に背中を刺されて死ぬことになるのだ、とわたしは思った。ニーチェ主義者の鼓動が聞こえる、とわたしは思った。刃渡り八センチのナイフを懐に隠した不勉強なニーチェ主義者の鼓動が聞こえる、とわたしは思った。ブラインドのメンテナンスを怠ったからだ、とわたしは思った。取扱説明書を読まずに濡れ雑巾で拭いたからだ、とわたしは思った。このブラインドは繊細です、とブラインド業者はわたしに言った。使い始める前に必ず説明書をよく読んで、このブラインドの性格を理解してください、とブラインド業者はわたしに言った。しかしわたしは理解を拒み、ブラインド業者はわたしに砂をかけて出ていった、とわたしは思った。わたしはブラインドの羽根に指を這わせた。褐色をした埃の下からもともとのマホガニー色が現われた。艶(つや)があって温もりのあるマホガニー色が現われた。これほど頼もしい色はない、とわたしは思った。これほど頼もしい色はほかにないが、この頼もしい色はうとましい褐色の埃の下に埋もれているのだ、とわたしは思った。ブラインドのメンテナンスを怠ったからだ、とわたしは思った。取扱説明書を読まずに濡れ雑巾で拭いたからだ、とわたしは思った。すべてが手遅れになる前に、わたしは万代くんをとめなければならなかった。わたしは万代くんを説得しなければならなかった。ドグマの奴隷になって思考を規定された万代くんを説得しなければならなかった。わたしはロマン主義への回帰が人類文明に破滅をもたらすというわたしの見解を言葉を尽くして万代くんに説明した。ロマン主義に回帰すれば破滅の淵に立つ人類文明の背中を押すことになると万代くんに説明した。ロマン主義に背中を押された人類文明は精神の深淵に身を投げるのだということを万代くんに説明した。精神の深淵に落ちたら這い上がることはできないのだと万代くんに説明した。しかしドグマの奴隷になって思考を規定された万代くんを説得することはできなかった。万代くんはすでにロマン主義に取り込まれて、ロマン主義の走狗に成り果てていた。不勉強を棚に上げて軽佻と浮薄の二柱の神を掲げ、負債を踏み倒そうとたくらんでいた。仮に背中を押すことになったとしても、と万代くんはわたしに言った。その瞬間に停滞は終わります、と万代くんはわたしに言った。仮に深淵に身を投げることになったとしても、と万代くんはわたしに言った。人類は必ず這い上がってくるのです、と万代くんはわたしに言った。わたしは冷静に考えなければならなかった。ドグマの奴隷になり、ドグマが産み落とした決意に支配された万代くんの思考の飛躍の正体を冷静に見極めなければならなかった。万代くんはおおむねにおいて有能な若者だったし、いかにも若者らしいことに十分な思考能力を備えていなかったし、いかにも若者らしいことに魂が未発達で内省を欠いてもいたが、思考を飛躍させて人類文明の破壊をたくらむような人間ではなかった。いかにもドグマの奴隷であり、ドグマが産み落とした決意に支配されてもいたが、加えて未知の変数による干渉を受けているように見えた。もちろん偶然が重なったことでそのように見えただけだという解釈も不可能ではなかったが、それにしても不自然に見えてならなかった。どうにも不自然に見えてならないと考えているうちに、万代くんが言う人類が何を意味しているのかが気になってきた。万代くんの言う人類文明が何を意味しているのかが気になってきた。いったい何を意味しているのか、とわたしは思った。ドグマが人類の意味を、人類文明の意味を塗り替えているのかもしれない、とわたしは思った。答えを得るためには、わたし自身が万代くんのように行動する必要があった。内省を欠いているせいで自分を情報強者であると思い込みたがる愚かな若者のように行動する必要があった。つまりわたしはインターネットにアクセスして検索サイトを開き、人類文明、破滅、ロマン主義の三語で検索をかけた。いくらもかからずにわたしはSNSで交わされたいくつかの会話にたどり着き、そこに万代くんの足跡を見つけた。わたしは会話の詳細を記憶しているが、その内容はわたしの記憶を穢している、と言わなければならないだろう。わたしは会話から意味のある部分を拾い集めて一つの文脈に整理することに成功したが、その過程はわたしの思考を穢している、と言わなければならないだろう。驚くべきことに万代くんは恋をしている、とわたしは思った。驚くべきことに万代くんは恋をしている、とわたしは自分の胸に繰り返した。しかも異常な形の恋をしている、とわたしは自分の胸に言い聞かせた。万代くんは一人の女性に恋をしていたが、その一人の女性に恋をしていたのは万代くん一人というわけではなくて、SNSの中にある一つの巨大なコミュニティが総力を挙げて恋をしていた。参加者が数千万人で掲示板にはありとあらゆる言語が入り乱れるという巨大なコミュニティが一丸となって一人の女性に恋をしていた。またしても偶像が、とわたしは思った。現代文明のドグマが放った恐るべき偶像が可処分時間を奪っているのだ、とわたしは思った。またしても、とわたしは自分の胸に繰り返した。しかしこれはいったいどのような女性なのか。現代世界のあらゆる場所から民族、言語、社会、学歴、門地出身を選ばずにあらゆる男性を引き寄せて、それはもう、はしたないほどに恋心を燃え立たせるこの女性はいったい何者なのか。わたしは問いかけずにはいられなかった。問いかけずにはいられなかった、とわたしは思った。問いかけずにはいられなかった、とわたしは自分に向かって繰り返した。コミュニティの共有アルバムにはこの女性の写真が無数に貼り付けられていた。非常に鮮明な写真もあれば、未確認生物をたまたま撮影したかのようなひどく不鮮明な写真もあったが、どの写真でもこの女性はくつろいだ自然な様子をして、顔に自然な表情を浮かべていた。笑みを浮かべている写真が多かったが、爆笑している写真もあったし、何か不快な思いでもしたのか、口をゆがめている写真もあった。悲しげに顔をうつむけている写真もあったし、何かを訴えようとしているのか、まっすぐにこちらを見つめている写真もあった。わたしはその写真に思わず見入った。わたしは写真に見入ったのだ、とわたしは思った。思わず見入ったのだ、とわたしは思った。清楚で可憐で愛くるしくて、健全な情動をすべて備えてはいるが仕草はどれも控えめで、猛々しいところは一つもなくて、どこか不思議なほどはかなげで、うっかり触れたりしたら壊れて消えてなくなるような雰囲気があった。最初は拡張現実の一種ではないかと疑ったが、写真に添えられたコメントや掲示板での会話からすると実在を疑うことはできなかった。驚くほど多くの男性が現実にこの女性と会っていた。少なくともそう認識して、証拠となる写真を残していた。驚くほど多くの男性が世界各地でこの女性とお茶をし、食事をし、ときにはアルコール飲料を飲んでいた。しかし約束して会ったという者は一人もないし、再会したという者も一人もない。偶然によって出会いの機会を捉えても、しばらくするとくすくすという笑い声を残してどこかに消えてしまうという。コミュニティの参加者の多くは、この女性を偶然の産物であるとは考えずに、一種の超自然的な存在であると考えていた。この女性との遭遇記録を時系列に沿って並べていくと、世界の複数の場所に同時に出現していることが明らかになる。偶然がもたらした結果であると考えれば心安らかに床に就くことができたはずだが、何人かの愚か者は偶然を偶然であるとは考えずに出現パターンを読み解こうと試みた。偶然に意味などないのに偶然の意味を読み取ろうと試みて、得体の知れない複雑系にはまり込んで自分の首を絞めて自滅した。それ見たことか、と思わずにいるのは難しかった。実際のところ、それ見たことか、とわたしは思ったのだった、とわたしは思った。しかしこれはたとえわたしでなかったとしても、そう思わずにいるのは難しかったに違いない、とわたしは思った。わたしが発見したそのコミュニティは常に異様な雰囲気に包まれていた。参加者はすでに女性と出会った者といまだに出会えずにいる者とに二分されたが、前者に対する後者の態度に嫉妬のかけらも見ることができない、という点で異様な雰囲気に包まれていた。羨望はあっても嫉妬はなかった。まだ出会えずにいる者は出会えた者の成功を喜び、出会えた者はまだ出会えずにいる者を力強く励ましていた。まだ出会えずにいる者は不気味なほど無垢な希望を未来に託し、すでに出会えた者はやはり不気味なほど無垢に感じられる再会の希望を未来に託していた。そこでは全員が愚かしいほど無垢な希望を抱いていた。愚かしいほど無垢な希望を共有して、多幸症的とも言うべき笑みを浮かべていた。数千万人が一つの希望を共有していた、とわたしは思った。数千万人がたった一つの愚かしい希望を共有していた、とわたしは思った。その女性が姿を消すまでは、とわたしは思った。ある日を境に遭遇報告が途絶えたのです、と万代くんはわたしに言った。最後の遭遇報告を出した者が疑われました、と万代くんはわたしに言った。原因を求めて疑ったのだ、とわたしは思った。原因を求めて疑ったのです、と万代くんはわたしに言った。わたしたちは原因をあきらかにしようとしましたが、と万代くんはわたしに言った。原因がどうあきらかになったところで手遅れだったのです、と万代くんはわたしに言った。美咲さんは、わたしたちの前から完全に姿を消してしまったのです、と万代くんはわたしに言った。わたしたちは破滅の淵に立っていましたが、と万代くんはわたしに言った。進まなければならないと話しあって決めたのです、と万代くんはわたしに言った。でも、あきらめることはできません、と万代くんはわたしに言った。わたしが発見したそのコミュニティはさらに異様な雰囲気に包まれていった。活発な多言語交流がおこなわれ、紛糾の末に基本方針が策定され、方針の精神面を補強するためにロマン主義が採用された。まだしもましなものがほかにあるのに、とわたしは万代くんに言わなければならなかった。なぜロマン主義だったのか、とわたしは万代くんに問いかけなければならなかった。愚行に取りかかっているときに、その愚行を愚行で上塗りするようなものだ、とわたしは万代くんに言わなければならなかった。ロマン主義とは後退なのだよ、とわたしは万代くんに言わなければならなかった。ロマン主義を選択するということは、精神の深淵に身投げをするようなものなのだよ、とわたしは万代くんに言わなければならなかった。しかし、わたしたちに何が選択できたというのですか、と万代くんはわたしに言った。共産主義でも選択すればよかったのですか、と万代くんはわたしに言った。無政府主義でも選択すればよかったのですか、と万代くんはわたしに言った。万代くんの話によれば、ロマン主義の採用に納得できずに分派行動に走ったグループがあるという。トルストイ主義の選択を主張したグループはなぜかアフリカの大地を目指して消え、客観主義を主張したグループはコミュニティから離れてどこかの山にこもったという。しかし大勢はロマン主義の採用を受け入れて活動を始めた。募金がおこなわれ、集まった巨額の資金を元手にいくつもの探検隊が送り出された、とわたしは思った。一人の女性を探すために、とわたしは思った。いくつもの探検隊が送り出された、とわたしは思った。このようにドグマは人間から中立性を奪い取るだけではなく、とわたしは思った。可処分時間を奪い取り、可処分所得を奪い取るのだ、とわたしは思った。世界各地をさまよった末に荒涼とした極地にたどり着いて、そこでくすくす笑いを聞くかわりにテケリ・リ、テケリ・リという恐ろしい叫びを聞いて正気を失った人々がいるという。狂気の山脈の彼方を目指して消息を絶った探検隊もあるという。たった一人の女性を探すために、地上監視衛星や資源探査衛星も動員された。衛星探査チームは二万年前に滅んだ超科学文明の遺跡を発見することに成功したが、女性の発見には失敗した。莫大な費用と膨大な時間が投入されたのです、と万代くんはわたしに言った。しかし一つとして成果を得ることはできなかったのです、と万代くんはわたしに言った。すべての試みが失敗に終わり、コミュニティは絶望の淵に立っていました、と万代くんはわたしに言った。陰鬱な気配が噴き出る深淵の前で立ち往生していました、と万代くんはわたしに言った。ところがそのとき、新たな動きがあったのだった、とわたしは思った。愚行に愚行の上塗りをしている愚か者に愚行の上塗りをうながすような、新たな動きがあったのだった、とわたしは思った。コミュニティのアルバムに、いつのまにか一枚の写真が追加されていたのです、と万代くんはわたしに言った。その写真にはタイムスタンプがついていませんでした、と万代くんはわたしに言った。IDもついていませんでした、と万代くんはわたしに言った。いつ、誰が投稿したのかわからないのです、と万代くんはわたしに言った。そもそもどうやってそこに投稿したのかがわからないのです、と万代くんはわたしに言った。しかし、その写真には美咲さんが写っていました、と万代くんはわたしに言った。清楚な浴衣姿で竹林にたたずむ美咲さんの姿が写っていたのです、と万代くんはわたしに言った。わたしはブラインドの羽根に指を這わせた。埃で覆われている、とわたしは思った。頼もしいマホガニー色が不愉快な褐色で覆われている、とわたしは思った。メンテナンスを怠ったからだ、とブラインド業者がわたしに言った。ブラインド業者は床に砂をまき散らした、とわたしは思った。砂を足で蹴散らしてわたしの部屋から出ていった、とわたしは思った。理性が信念に負けたから、とわたしは思った。メンテナンスを怠ったから、とわたしは思った。ブラインドの機能が損なわれた、とわたしは思った。コミュニティの科学チームが、と万代くんはわたしに言った。投稿ルートを突き止めようと試みました、と万代くんはわたしに言った。しかし、どうしてもわかりません、と万代くんはわたしに言った。解明できないのです、と万代くんはわたしに言った。ところが、と万代くんはわたしに言った。意外なところから重要な手がかりがもたらされたのです、と万代くんはわたしに言った。政府の研究所でバイオレメディエーションの研究をしている人物が竹の根茎ネットワークがインターネットに接続している可能性を指摘したのです、と万代くんは真面目な顔でわたしに言った。その研究者によれば竹林とは竹の生化学的経験に関する巨大なリポジトリであり、その膨大な記憶の集積をもとに高度な意識を発生させて人類とコミュニケーションを取ろうとしていたのです、と万代くんは真面目な顔でわたしに言った。竹林が美咲さんの居場所をわたしたちに伝えようとしていたのです、と万代くんは真面目な顔でわたしに言った。コミュニティは興奮の渦に包まれました、と万代くんはわたしに言った。竹の根茎ネットワークを追跡すれば美咲さんに出会えることがわかったからです、と万代くんはわたしに言った。しかし接続ポイントがわかりません、と万代くんはわたしに言った。どこの竹林に接続ポイントがあるのかがわかりません、と万代くんはわたしに言った。万代くんは恐ろしいほど真面目な顔でわたしに言った、とわたしは思った。信念に負けてメンテナンスを怠ったから、とわたしは思った。ブラインドの機能が損なわれたのだ、とわたしは思った。わたしたちのコミュニティは苦悶しました、と万代くんはわたしに言った。美咲さんはそこにいるのに手を伸ばすことができないのです、と万代くんはわたしに言った。しかしこれも、と万代くんはわたしに言った。解決手段が見つかりました、と万代くんはわたしに言った。ある研究室で開発された新型の酵素が竹の根茎を変異させて光ファイバーとの接続をうながすことがわかったのです、と万代くんはわたしに言った。危険をともなう手段でした、と万代くんはわたしに言った。結果は保証できない、と研究者たちは言っていました、と万代くんはわたしに言った。生態系に重大な異変をもたらす恐れがあると研究者たちは言っていました、と万代くんはわたしに言った。わたしたちはその酵素を手に入れました、と万代くんはわたしに言った。そして使ったのです、と万代くんはわたしに言った。わたしが発見したその愚か者ばかりのコミュニティはリグニンZという滋養強壮剤のような名前の酵素を手に入れて、気球を使って全世界にばらまいたのだ、とわたしは思った。苔の生えたロマン主義の墓標を胸に抱いて精神の深淵に身を投げたのだ、とわたしは思った。そして生態系に重大で回復不可能な異変をもたらしたのだった、とわたしは思った。全世界に突如として出現した竹林の海は自然が生み出した偶然のように見えた、とわたしは思った。大自然の怒りだと言う者がいたが、すでに警鐘が発せられていたと手っ取り早く言う者がいたが、実はそこには上塗りに上塗りを繰り返して恐ろしいまでに分厚くなった愚行のかたまりという原因があった、とわたしは思った。いかにも人類文明は破滅の淵に立っていたが、世界を覆う竹林の海が人類文明の破滅の淵に目にも明らかな形を与えたのだ、とわたしは思った。その姿はわたしが考えていたものとは大きく異なっていた、とわたしは思った。それはいかにも人間の思考を反映したものではあったが、思考から産み落とされた思考ではなくて、破壊不可能な物理的脅威に過ぎなかった。リグニンZによって性質を変えた竹は鉈(なた)やのこぎりでは伐(き)り倒すことができなかった。焼き尽くすこともできなかった。枯葉剤による攻撃に耐え、核攻撃を生き延びた。強靭な根茎が人類の文明圏に襲いかかって都市の基盤を破壊した。根茎から伸び上がった無数の竹が都市の建造物を破壊した。世界はいまや、たった一つの竹林に変わろうとしている、とわたしは思った。無事に残っている建物はわずかしかない、とわたしは思った。そしてこのブラインドが、メンテナンスを怠ったので機能が損なわれたブラインドが、褐色の埃が積もったブラインドが、最後の防衛線だとわたしは思っている、とわたしは思った。思っている、とわたしは思った。万代くんは出発した。役に立たない鉈を握って、食糧を背負って出発した、とわたしは思った。この竹林の奥に、と万代くんはわたしに言った。美咲さんがいるのです、と万代くんはわたしに言った。この竹林の奥に美咲さんがいるのです、と万代くんは繰り返した。わたしはブラインドの羽根に指を這わせた。職人の精妙な技によって作り出された木製の羽根に指を這わせた。竹林の鼓動が羽根をかすかに震わせている。指が埃を盛り上げていく。褐色の埃を盛り上げていく。恐怖だ、とわたしは思った。恐怖だ、とわたしは自分の胸に繰り返した。

美女と竹林

矢部嵩

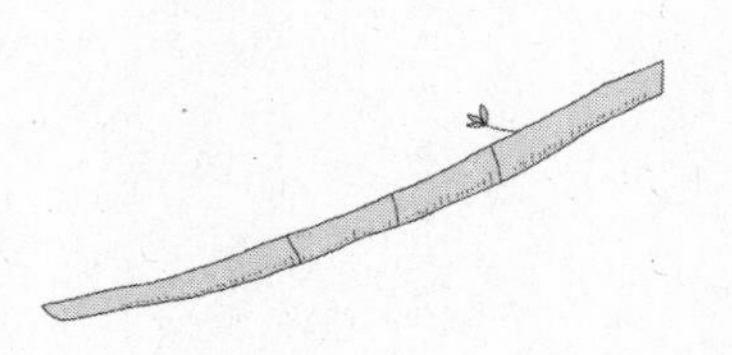

矢部　嵩　やべ・たかし

1986年、東京都生まれ。
2006年、『紗央里ちゃんの家』で日本ホラー小説大賞長編賞を受賞。
作品に『保健室登校』『魔女の子供はやってこない』『〔少女庭国〕』など。

美女と竹林は等価交換の関係にある。
森見登美彦『美女と竹林』

おいしい筍（たけのこ）を食べたいと娘が口にしたことがきっかけだった。

Ｍの仕事は空き巣と押し入り強盗だった。押し入り強盗ほど素晴らしい仕事はなかった。寒い日民家に入ればすぐにも温かい食事にありつくことが出来たし、その後風呂に入って温かい布団で寝ることも出来た。上手くいっている内はお金にも困らなかったし万事まるで上手くいっているみたいな瞬間があるところも好きだった。知らない人と直（じか）に接しなければならなかったものの、その分自分にないものを人から沢山貰える仕事だった。他の仕事をしたこともあるが、能力がなかったり体調と折り合わなかったりして、どうしても長く続けられなくて、それと比べると今は随分我慢が利いていたし、シリアルに犯行も繰り返していた。出来ることと出来ないことが何故か自分にはあるらしく、楽ならそれは向いているんだろうと自分自身では考えていた。Ｍにとって大事なことは実際それくらいだった。一生これだけして生きていきたいと願っていた。もしかしたら仕事でなく趣味なのかも知れなかった。月に雲がかかると無性にせつなくなるのだった。そうして今日も闇夜に紛れて窓を割っては人命と金品を奪い、定期的に凶行を繰り返すので一帯では猟奇殺人鬼として恐れられていた。

讃岐(さぬき)だったので讃岐のM(マニア)と呼ばれた。防犯意識が高まったので違う土地へ引っ越したりもした。

知らない町にも馴染んだある晩スーパー帰りにMが商店街を歩いていると突然視界全体がちかちか輝き出し、そういうことは前にもあったがその日は光量が段違いだった。頭痛の先触れかも引っ越して病院に行かなくなったせいかも知れなかったが、予感に襲われ光を追うよう春の夜の町をMはさまよい歩いた。光にはちゃんと出所(でどころ)があり辿り着いたのはタワーマンションの一棟、その根元にある一階の窓が輝いて、歯医者の天井みたいだった。割って(ガラスを)中に入ると小さい幼児と両親とが居て、刃物を使うと両親は死に、殺すと両親は幾つかに分裂した。残った子供はやたら美人で見る人を圧倒する迫力があった。数十センチの小さな体にやがて美人になるという覇気のようなものを漂わせていた。ところでMは小説が好きだった。面白い小説を書く好きな作家の書いたエッセイに美女と竹林は等価交換の関係にあるという印象的なフレーズがあり、今ひとつ意味は判らなかったが響きがよいのでよく覚えていた。たまたまその時提げていた買い物袋にスーパーで買ったばかりのパックの筍丸々一個が入っていて、これも何かの縁かと思ってエコバッグの中の筍とベビベの中の人間の子とを交換し持ち帰ることにした。月の輝くいい帰り道だった。エッセイに影響されて行動すると気持ちが豊かになることをMはそれで知った。

人間の育て方を勉強したことはなく図書館や古本屋で資料を探した。母親は居た方がいい気がしたので箪笥に絵を描いて積極的に話しかけるようにした。どちらも今一手応えはなく子育ての日々は試行錯誤と失敗ばかりで、それでもあまりめげることなく次に活かそうと前向きに考えられた。失敗する度幼児は死んだがその都度Mは町へ繰り出し光を追いかけ嬰児を持ち帰ってきた。次の子にも経験は活かすことが出来たし、どの子も同じくらい美人だったので同じくらいに好きになることが出来た。少子化が叫ばれていたが比較的容易にMは赤子を入手することが出来た。泣き声が光って見えるのかも知れなかった。

はさみで爪を切り風呂場で皺の一つ一つを洗い、風邪を引いたら鼻水を吸い湿疹が出る度に本でその種類を調べた。離乳食を一緒に食べたりもしたし便秘の時には芋や筍を柔らかく煮て与えたりもした。死んだ子は床下収納に隠した。床下が骨で溢れた頃にMは幼児を死なせなくなり、何でも続ければ上手くなるのだということをそれで学んだ。今の子供は順番でいうと十人目、体は丈夫で何よりだったが内気なところのある女の子だった。滅んだ九人の姉と比べてもとびきり美人で聡明だったが言葉を話せる年になっても外の世界を愛そうとせず、昼間の喧噪も夜の風音も怖がってみせ、床下から湧き出す虫たちにすら慣れなかった。一日部屋の隅っこに居ては同じ絵本や玩具と戯れ続けていて、それならそれで構わない気も、怯えずもっと色々なことを体験して欲しい気もしてはがゆくて、自分だったら気にしないことも娘だと勿体ないと感じるのが不思議だった。「お前はもっと色々知らなきゃ」話しかけてみてから自分の娘に名前がないことにMは気付き、自分で付けるのも何だという風にその時は思われたので近所に住む秋田さんに娘の名付けを乞うことにした。

「美女」そういい秋田さんはドアを閉めた。「美女がいいと思う」

いい名を貰ってＭも嬉しかった。あんまり嬉しかったので大金を払って美女を戸籍に入れた。呼ぶ度食事を与えることで美女も自分の名を覚えた。初めて自分たちは家族なんだと思った。健康診断に予防接種、国の恩恵を巻き気味に二人は駆け抜けていき、五つを過ぎると顔つきも変わり、その子は次第に美少女に育っていた。美女が育っていくにつれてＭは光を感じなくなった。事故の心配がなくなったので一念発起免許を取って車を買って、遠くの山とか綺麗な海へ美女と二人で出掛けて行ったりした。世界の持つ表情をなるべく多く美女に見せてあげたかったのだが、自分が娘と美しいものを見たかっただけだと気付いたりもした。

自慢の娘を見せたいと思い美女をＭは方々に連れ歩いた。小さい子供に世間は優しく名前を訊いたり年を訊いたりし、得意に思ってＭが答えていたがやがては美女自身が返事をするようになった。あらゆることを怯えながら行う子が水のように全てを飲み込むのがＭには眩しかった。公園や保育園、内気はそのままに美女は少しずつ行動を広げていき、段々視線が父を離れて、やがては手も離れ一人で歩いていくようになった。しゃなり歩く美女の後ろを穏やかな気持ちでＭは歩いた。何かを見つけた美女は一度駆けだした後、振り向いて父の名を呼び、脇から来たダンプカーに路上で粉砕された。六歳の夏だった。

愛情を注いだ一人娘が死んで、何かが元に戻ったようで少しだけＭはほっとした。また押し入り強盗をしていればよいようになった。それは随分気が楽なことだった。明日のことを何も考えず好きな時散歩に出ることが出来、自分のための食材を買いながら町を練り歩いているとまたぞろ視界がまばゆく輝き出した。光を追いかけ道をさ迷い、光の先にはマンションがあり、窓を破ると乳飲み子が居て、それを見てMは少しだけ泣いてしまった。気付けばまた赤ん坊を取ってきて家で育てていた。何が元通りなのか自分でも判らなくなっていた。

連れてきたところが精神のピークでその後の日々は惰性を拭(ぬぐ)えなかった。一人目から十年以上が経過してかつてあった前向きさや情熱のようなものはMから失われてしまったみたいだった。手抜きで育てても十一人目の美女は死なず何でも続ければ上手くなってしまうということをMはそれで知った。名前が面倒でその子も美女と呼んだ。二人目の美女はそれまでになくアウトドア志向だった。這うことも碌に出来ない内からMを追いかけ部屋の中をついて回り、光の速さで父に飽きると家の外へ関心を移していった。花鳥風月を窓から眺める日が続いたあと窓を開け出て行く娘を脇に抱えて連れ戻し続けるような日々が始まり、坂に置いたボールのように手を離すとどこかに行ってしまうので紐(ひも)を使ってMは娘を椅子にくくりつけねばならなかった。子供を外に出すのはもうこりごりで出来れば家の中で一生過ごして欲しいくらいで、うっかり世界がどれほど恐ろしいか語り聞かせた結果却って好奇心を刺激してしまったりもして、全身のバネを使い一晩中暴れ回り拘束着に血を滲ませつつ泡を吹いて叫び倒(おら)す娘はまるきり悪魔憑きみたいで、脳炎ではないかとか、美女でなく野獣の子を攫(さら)

ってきてしまったのではないかと悩んだりもしたが、結論は出ず、苦肉の策で本を与えるとこれが意外と美女に刺さり、本マグロのようだったその子は憑き物が落ちたように人間らしさを獲得していった。このまま冒険家ではなく活字中毒者へ育つことを内心で願いつつ時々出奔する娘をその度家に連れ戻し、月日は流れて学校へ通うようになると美女の衝動も陰りを見せていった。気付けば誰よりも長い時間をＭはその子と一緒に過ごしていた。

　子育てを始めてからもＭの収入源は押し入り強盗だったが、二人目の美女が育つにつれて家計は次第に逼迫(ひっぱく)していった。思っていたより学校というものが金食い虫であり、どれほど民家に押し入っても不思議とお金が貯まらないのだった。くわえてその頃押し入り強盗も上手くいかなくなっていた。足腰が衰えたのか若い頃なら越えられたものを越えかねるようになっていて、二階だろうが三階だろうが自在に跳び越えていけた昔を懐かしみつつ、いっそうの無理を積み重ねる内に膝など痛めて足を滑らせ背中を地面に強(したた)かに打ち付けてしまった。商売道具を傷めた結果しばらく強盗が出来ない体になってしまい、出来ないといっても暮らさねばならないのでやむなくコンビニでアルバイトに使って貰うことにし、やってみるとコンビニの仕事には出来ることと出来ないことがあって、苦痛で、早く強盗に戻りたかったが、背中も膝も一向によくならなかった。

　労働によってＭは老け込んでいった。働くことによって筋肉は落ち脂肪は増え、使い切る度体力は回復せず減っていった。命のよくない部分をお金に換えている感覚があった。日々の苦痛に目を回すうちにMはいつしか自分の体の不安や不調を仕事の弱音に隠して娘に時々漏らすようになっていた。ただの言語化でガス抜き以上のつもりはなかったのだが、予期しないことに娘の美女が家の中のことを少しずつ肩代わりするようになってしまった。細切れの時間が出来たところで戻らないものは戻らず、Mの中で自信が縮小しただけで、張り詰めていた何かが数本切れた感触がし、頭の方も次第に靄がかっていった。

　自分に自信をなくすにつれてMの中で娘の価値は相対的に上昇して、美女が何をしても感謝の言葉を口にするようになった。ある雨の日中学生になった娘にMは思い出話をした。小さい頃体が弱くて心配だったこと、咳が止まらず怖かったこと、変なものを食べて吐いた日のこと、熱を出すたび鼻を吸ったこと、注射をいやがるあまり指を噛まれたこと、喋るのが遅く気になったこと、外の世界にほとんど関心を見せず、ずっと部屋の隅にいるので心配だったこと、話しこむ内懐かしくなり自分が娘を愛していたことに気付いていくようで、最初は黙って聞いていた美女の方もそのうち父親の前で涙を流し始めた。思い出に胸を打たれたというよりは何も覚えていない自分を後ろめたく悲しく思ったからで、美女の方に覚えがないのはその全てが死んだ別人の思い出話だったからだが、それに気付いている人間はその場には一人も居なかった。

　中学の半ば辺りから美女は人に告白されるようになった。多くは学校の人間だったが、よその学校の年上に呼び出されたこともあったし、図書館で手紙を渡されたこともあった。それらは突風のように美女を揺さぶって、美女の方でも興味があったので出来る範囲で積極的に帆を立てていった。実際に付き合ったのはそのうち二十人ほどだったが、どういうわけか全員と長続きしなかった。理由は自分では判らなかった。単に性格の問題だったり、距離感を判っていなかったり、求める理想が高かったのかも知れず、一度に数人と付き合うのがよくなかったのかも知れなかった。相手と感想戦をしたり一人家で棋譜を並べ直すうち自分に恋人を試す癖があるらしいことを美女は自覚した。相手に無理難題を投げかけてその愛情を測ろうとする傾向が強いみたいだった。大学生の頃たまたま五人同時に交際を申し込まれるようなことがあって、全員から誰か一人を選ぶよう要求された時全員にプレゼントを美女はその場で要求し、その品物を持ってきた人と付き合うと口にして恋人たちを呆れさせたりしていた。品物はどれもこの世に存在するかも怪しいものばかりで、たとえばどこそこの寺の石が欲しいとか、龍神の根付が欲しいとか、長期間穿かれることで権威化した下着をとってこいとか、猫で出汁を取ったラーメンが食いたいとか、狸が醸した密造酒を買ってこいとか、所望した結果気がないならそういえと全員から別れを告げられてしまったりして、いわれて初めて意識をしたし、批難されて初めて駄目なのか考える感じだった。

五人の人間と同時に別れたことで大学のどの授業にも一様に出づらくなってしまい、肩身を狭くした美女は図書館や古書店で時間を潰すようになった。公共の場には様々な人間が集うので珍奇な人間に声を掛けられることもあり、閉口したのは同じ大学の先輩で、町中や図書館で何度も声を掛けられたので仕方なく数度会話をしたら好意があると勘違いされてしまったのだった。後になって知ったが相手は大学にいる妖怪の一人で自分のことを天皇だと信じ込んでいる筋金の奇人で、厄介なことに家が近所でつけ回されたり手紙を山ほど送りつけられたりした。深刻化するストーカー被害に美女は一刻も早く通報したいところだったが、父親が警察を呼ぶことに異常なほど拒絶反応を見せて、結果美女は薄目で天皇をやり過ごし続ける羽目になった。天皇はサバイバル趣味らしくどこぞの山で狩りをしたとか部屋に角(つの)を見に来いとか正気と思えないことを語ってみせ、趣味自慢が趣味の割に美女の読書趣味をひたすらに嫌悪してみせるので、うざかった（外見をあげつらうのも憚(はばか)られるがその男の顎が何より美女は苦手だった。一度見たら絶対に忘れられないものすごい顎の持ち主だった）。外に出る度絡まれるのでいつしか美女は大学に行かなくなり、部屋で日がな一日物思いにふけるようになった。

「大学行かないの」モラトリアムの娘に父はそう聞いた。真剣に父は心配をしているみたいだった。「食べたいものとかないの」

「強い酒が飲みたい」とはいえなかったのであまり考えず美女は答えた。「おいしい筍が食べたい」

　娘の言葉を受けＭはスーパーに向かった。一刻も早く娘にご飯を出してやりたかった。普段なら徒歩で行くところにわざわざ車を持ち出したりして、かえって道が判らなくなり階段坂を一つ迂回したところであっという間に前後不覚になった。勘を頼りにハンドルを切りまくっていると突然視界全体がかつてないほど強烈に輝き出し、どの道をどう走っているのか全く判らないまま秋の夜の道をMは単身走り抜けた。幸い事故にも事件にもならず、そのことはある種の奇跡だと思われたが、いつしか全く見覚えのない暗い山中に迷い込んでしまっていて、Uターン出来る場所もないまま道はどんどん狭まっていった。カーナビを見ようにも引っ込んでいるカーナビがどのボタンを押せば飛び出てくるのだったかも忘れてしまい、やがて道が途切れ途方に暮れたMの目の前に巨大な竹藪がその姿を現したのだった。

「全然何とかなる」車を降りたMは現実逃避に竹林に踏み込んだ。思ったより竹藪は蜘蛛や藪蚊やぽい捨てのごみが多かった。うち捨てられたガリガリ君の空袋を見て人間界からそう離れていないことを推測し、ひとまず藪を突っ切ろうと前進した結果自分がどこから来たのか完全に見失うことになった。「そうも道に迷う一番の秘訣というのはどの辺りにあるんでしょう？」「不用意なミスを平気で繰り返せることですかね」恐怖に呑まれないよう脳内でインタビューを繰り返し、自分の動きを実況しながら暗い山中をMは歩いた。いつの間にか前方に古い竹を組んだ柵の連なりが現れていて、人の通る場所らしいと安心した時激しい雨が降り出した。柵に沿うようMが進むと豪雨と竹藪の先に料亭みたいな竹垣と門が見えてきて、迷わずMは竹柵をまたいで越えた。

雨と夜とで判らなかったが近付いてみると店でなく民家で、枝と蜘蛛の巣で進めなかったが離れたところに庵（いおり）か茶室もあった。建物は古く明かりは点（つ）いておらず、柵こそあったが廃屋であるように思われた。雨宿り出来るだけでありがたいと思いつつ竹編みの椅子に腰掛けてから自分が室内にいることに気付き、右手に石も持っていたので無意識のうちに屋内に押し入っていたみたいだった。職業柄他人の家に抵抗がなかったしやったことは仕方ないのですぐさまMは寛（くつろ）ぎ始めた。目が慣れてみると客間のようだった。生活感がない割に家の中は綺麗で、床には埃一つなく、アトリエか何かなのかなと考えながら温かいお茶を飲み、テーブルに置いてから目前の湯呑みと茶托（ちゃたく）の存在に気付いた。上がる湯気を思わず見つめて首筋を拭ってからふわふわのタオルに気付いた。寛ぎ過ぎて気付かなかったが家に誰かが居るみたいだった。いつの間にか部屋に薄く照明が引かれており、風呂場を覗くとお湯も張ってあったので思わずMは肩まで浸かってしまった。三十分後浴衣に着替えた頃にはすっかり副交感神経優位になってしまい、出された夕食をありがたく頂戴することしか出来なかった。「家人は姿を見せないらしい」ブランデーを呷（あお）りながら庭先の雨を見つめMはルールの把握に努めた。この後喰われるのかも知れなかったがそれでもいい感じはした。

　眠りから覚めると夜が明けて、雨も止んでいるみたいだった。布団を上げて着替えながらワイファイ飛んでないのかなと考えていると、雨後の庭先と竹藪との境目辺りから新しい筍が頭だけ出しているのが見えた。自分が筍を買いに出ていたことをMは思い出し、渡りに船だとそのまま庭へ出、いい感じにぽっと出ている筍を根本からへし折った。

「なんてことを」背後から声がした。「犯罪だよそれは。山野だって私有地だぞ。物を盗ったら窃盗になる。ここに来る時柵を見たはずだよ」

「すみません」振り向きざまMはでかめの石を投げた。声の方に人影はなく石は竹藪に吸い込まれた。

「殺そうとしたの今。信じられない。泥棒どころか殺人未遂だ」

「警察にはいわないでくれ！」Mは思わず叫んだ。「娘に筍頼まれてたんだ。そんなつもりじゃなかったんだ」

帰らない父の身を案じつつ失恋をぶり返し美女がダウンしていると部屋のガラスが突如破れて大きな新聞が室内に舞い込んできた。恐怖でうっかり美女は叫んだが、新聞というより新聞の切り抜きで作られた手紙だった。

『お父さんを預ってイます。③日以内ニ来て下サい』

「なんてこと！」美女は慌ててタクシーを呼んだ。

地図を頼りに行くと果たして実際に竹林と一軒の家と震えながら呟き込む父があり、美女の怒りは頂点に達した。

「この犯罪者！　人攫（ひとさら）いなんて悪魔の所行だわ！」

「美女聞いてくれ。お金が要るんだ」息も絶え絶え父が喋った。「二億円だ。それでこの人に許して貰える」

「二億円？」美女は青ざめた。「身代金ということ」

「いってないよそんなこと」竹林の方から声がした。姿は見えなかった。「君のお父さんが勝手にいいだしたんだ。帰れというのに勝手に帰らないんだ。お願いだから引き取ってくれよ。通報はしないから」

「信じるな美女」父は呻いた。「やつは絶対通報する気だ」

「信用出来ないわ誘拐犯のいうことなんて！」よく考えず美女は喋った。「あなたの思い通りになんてさせない！」

「二億竹藪に捨ててくつもりか」「払うといったら父は払うわ」「頼んでからにしてくれ」

「あなたの目的は何？」「帰ってくれ」「父が一人で帰れるわけないじゃない！」「なんなんだ君は」「私は美女よ。父は病気よ！　人質だったら私がなるから、お願いだから父は返して」

「話を勝手に進めているよ君は」

「必ず二億持ってくるから」咳き込みながら父はいった。「代わりにここに捕まっててくれ。通報しないか見張っててくれ」

「そういうわけで交代だから！」竹林の方に美女は呼びかけた。「姿を見せて！」

「もう見てるだろ」そういうわけで美女は竹林と暮らすことになった。

借金のかたに美女は竹林で暮らすことになった。二億という額はあまりにも法外だった。

立場を利用して無理難題をふっかけるような人間は最低だと美女は思った。最低な竹林に捕まってしまったみたいだった。身一つで竹林へ来た美女だったが不思議と生活に差し障りはなかった。何故か家には大抵の物が揃っていたし美女自身がこだわり派でないのもあった。「必需品は一通りあることになってる。全部自由に使っていい。ないものは諦めて」「持ち主の人怒らないの」「それは僕だし」声の主の姿は見えなかった。買い出しは要らないというのでコープでも来るのかと思ったが使ったものは自動的に補充されるみたいで、掃除も洗い物も置いておけば片付く有様、便利な家もあるものだと美女は思った。父を帰さずここで暮らした方がよかったんじゃないかとさえ考えた。「まあそうすると始まらないし」家の所有者は声の主らしかったが当人がここに住んでいるわけではないらしく、当初は十分嫌そうだったが次第に文句さえいわないようになっていった。目を凝らしても竹林は家の周囲に繁茂し、蚊や蜘蛛の巣が竹林を更に覆っていた。「全部自由に使っていい、ただしひとつ条件がある。北の外れに庵がある、けして入らないでくれ」

誰が触った様子もないのに風呂場は洗われ食事は用意され、自分が父の世話も家のこともストーカーの心配もしなくてよくなっているのに美女は気が付いた。労役でも課されるかと思えば殆ど客人として扱われているみたいで、姿も見せず口で文句をいうだけなので時間の主導権は美女にあるみたいだった。「私は何をすればいいの」「訊かれても判らないよ。僕が用事で君を呼んだか？」「呼んだじゃない」「誤解だよ。特に一人で困ってないもの僕。僕の主観では君たちこそ絡んできた側なんだが」「はあそうですか。ごめんなさいね」「したいことをしたらいいよ。君は学校、仕事はいいの。恋人にいってきたの」「あなたに大事なこと？」

「嫌なんだよ揉めごとは。後で誰かに恨まれるとか。居たいというなら居たらいいけど、行きたい場所とかないの」

「沖縄にもグアムにも行きたい。あなたは連れてってくれないの」

「僕は無理だよ」びっくりしたように声はいった。「僕は竹だよ」

「私はやけになっていたのか」することがないので汚れることのない家を掃除することで却って汚していき、竹林の上空に月を見つけたりしてそういうことを考えることもあった。手厚く世話されるうちに体の緊張も徐々に解けていって、そこが他人の家ではなくなるにつれふつふつと外出したくなっていった。

破綻を求めて美女は北の庵に突貫した。約束を破ることで生活を崩壊させようと目論んでいた。特別鍵など掛かってなくて庵の中はただの小部屋で、見せられないほど恥ずかしい物や金目のものも見当たらなかった。机の上に机上の竹林がありガラス容器の中で花を付けていたが、いい加減竹も見飽きていたし、竹花も何かぱっとしない感じだった。

「その花に触るな」主人の声がした。「入るなとあれほどいったじゃないか」

「ごめんなさい」謝りつつ期待して美女は主人の情動を待った。「さあどうするの」

「どうもしないよ」しょぼくれた小言を繰り返した後声は竹林の中へ遠ざかっていった。

その後も別れる大義欲しさに挑発行為を美女は繰り返したが竹林は気持ちを口にしたり傷ついてみせるだけで何一つ美女にしてこなかった。「この家は何」「見届物だよ」「どうして掃除が要らないの」「呪いみたいなものだよ」「あなた名前は」「名なんかないよ。一介の竹林さ。誰も見ないし名付けたりしない」「私にここに居られるの邪魔？」「別に邪魔ではない」低く竹林は言葉を返した。「居たければずっと居たらいい」「居たいわけないだろ」とは美女はいえなかった。自分から棲むといった以上覆せないように思われたのだった。

「こんなところが私のゴールか」竹と別れることの難しさを今になって美女は感じていた。逃げられるかどうか試したこともあるが竹林は膨大でどこまでも果てしなく続き、樹海や藪知らずのように出られぬ結構があるのかも知れなかった。彷徨う内に藪蚊に食われて腕や膝などぼろぼろになった。藪から外には出られなかったが帰ろうと思うと迷い家にはすぐに辿り着けた。

かゆみのひどさに眠れず唸って翌朝目覚めると家中に蚊取り線香が焚かれていて、腕を掻きつつ家から出ると辺りが強烈な太陽光に包まれていた。家を包囲する鬱蒼とした竹林が家を中心に丸く切り倒されていた。鋸は置いてあったが切り倒した竹はなかった。

「おはよう美女」遠くから声がした。竹林が減った分声のする位置も遠ざかっていた。「大丈夫。うなされてたよ」

「竹を切ったの」「見て判るだろ」「何でまた」「沢山あったし」家周辺だけ竹林がドーナツ化していた。「掻くとよくない」「痛くないの」「痛くないし、竹藪は全部根が一つだから、自分みたいなもんだよ」言い訳じみていた。「散髪みたいなもんだよ」

厄介だなあと美女は思った。身銭を切られた割にさほどこちらは嬉しくなかったし、妙に恩着せがましくもあった。貸し借り相殺しておきたいのと暇潰しもかねて美女は竹林を散策し、ごみを見つけると拾って袋に集めていった。タクシーで来た時も思ったが意外と市街地に近いのかもだった。ごみを片付けて帰るとその晩竹林はやたら猫撫で声になって、疎遠にしたいニュアンスは伝わらずむしろ打ち解けてくるようになった。その後数日あくまで普通にしていたのだが、結局美女の普通と竹林の馴れ馴れしさとが少し噛み合わない瞬間があって、美女にとってはよくあることだったが、竹林の方では傷付いたみたいだった。

「傷付けるようなことをした?」仕方なく美女は竹林に訊いた。「そんなつもりはなかったけれど傷付けたのならごめんなさい」

「謝らなくていいよ」一日関係が変わると竹林はキャラまで不安定になった。「僕が勝手にへこんでるんだろ」

君には僕より似合う人が居るだろと当然のことを竹林がいってきたので美女は憤慨した。指摘自体は当を得ていたが私が今ここに居るのを何だと思ってるんだと思った。されたことにもされないことにもお互い相手に不満を持っているのは確かだった。

つかず離れず暮らす時間は我慢比べをしているみたいだった。じき来るだろう別れの日のために証拠集めをするような、アリバイを作っておくような、言質を取られることを避けつつ下手を打つよう相手の心を締め上げて、駄目になった時に大義が残るよう、よりみじめにならずに済む準備をしているみたいだった。誰かと結局駄目になった時何も残らないことが美女は怖かった。傷つかぬように操作しようと相手のことばかり考えている感じがした。
ある晩美女が眠れずいると遠くでぶつぶつ話し声が聞こえた。竹林が何か話しているらしく、気付かれぬように美女は近くまで這っていった。

竹「このままでは駄目だ。日に日にあの子に嫌われている気がする」
竹「自分でも信じられない。僕はあの子に好かれたいらしい」
竹「好きになったことはあったが」
竹「だがどうしたら好かれるだろう。今の僕は竹林だぞ」
竹「少なくとも今のままでは駄目だろう」
竹「人間に戻ればいい」
竹「どうやって？　順番が逆だ。愛されなければ戻れはしない」
竹「竹のままではどこにも行けない。若い子だから出掛けたりしたいだろう」
竹「グアムとか沖縄とかいっていた」
竹「何が楽しいんだ旅行なんぞ」

竹「どこにも行けない。将来性も美貌もない。収入も魅力もない。僕の価値は何だ」
竹「自分を増やせる。自家中毒になれる。自分だけで生きていける。自分が大好きだ」
竹「このままじゃ駄目だ」
竹「このままじゃ駄目かな？　このままの僕を好きになってくれないかな」
竹「馬鹿いうな。どこがいいんだ」
竹「彼女が竹林好きならいいのに」
竹「竹林が好きな人間なんてちょっと近寄りたくないしまじなら気持ち悪いよ……」
竹「彼女が竹林好きだったとして僕よりもっといい竹林を知ってるだろ？」
竹「然り。人間もまた然り。戻ったところで勝ち目はないぞ。人に好かれる人間だったか僕」
竹「戻らなくていい理由にはならないよ」
竹「シンプルに考えようよ。あの子と自分とどっちが好きだ。残したいのはどっちだ」
竹「僕は僕が嫌いだ」「決まりじゃないか。自分を変えよう」「夢みたいなこというな。変われないからこのざまだろう」
竹「このままでは僕はだめだ！」
竹「しかし僕には僕を打ち破れない」
竹「場所を取る無為、それが僕だ」

竹「僕はあの子を受け入れられるか？　あの子のために何か出来るか？」
竹「今更僕は変われるんだろうか。あの子に好かれるような生き物に」
竹「僕は変われるのか。変わりたいのか」
竹「彼女が本当は冷たい人だったらどうしよう。変わった僕を鼻で笑って捨てるような人だったらどうしよう」
竹「それが望みなんだろ」
竹「彼女が実は優しい人だったらどうしよう。彼女のために出来ることがあるのに自分のことしか考えられないのか」
竹「結論は？」
竹「結論は出ない。確信がない。確信が欲しい。愛されている確信が欲しい」
竹「幼稚だね」「どうやって老成する」「自信がないんだろ」「変われるのか」「変われないのか」竹林の考え事はループしていつまでも続いた。匍匐後退した美女はギリースーツを脱いで布団に潜り何も考えず寝た。
「あなたはいつから竹林をしているの」翌日美女は竹林に訊いた。「生まれた時から竹だったの。日本語教育はどこで受けたの？」
「藪から棒にどうしたの」
「何となく。イネ科の割には人間くさいから」

「呪いには大抵黙秘事項がある」

「呪われてそんな妙竹林になったの？」

「僕は罰を受けているんだ」

「竹になれって？」美女は深追いした。「呪うチョイスよ」

「人を呪うようなやつのことはいい。問題は僕が変われないことだ」竹林はそういった。風の強い日竹林は揺れて、揺らいだ分だけ魅力的に見えた。「このままでは駄目だ、そう思ったことはないか。自分で自分を塗り替えられず、自分を嫌いになったことないか。僕は昔ずっとそう思ってた。駄目な自分を変えたいと思い、でもどうしても果たせなかった。結局変わったのは人に呪われたせいだ。変わった部分も呪われた部分だけだ。呪われないと変われないなら駄目なやつには加害者が必要だ。自分で自分を変えられない人間には外圧が必要なんだ。

　ただ今は変われない自分を気に入ってもいるんだ。もはや僕は人間ではないからね。人間は常ならざる生き物だ。でも竹はきっと人ほどそうではない。変わらなくていいし、動かなくていいし、他者と交わる必要はなく、ひたすら自分を増やしてればいい。隣人は枯らしていい、共存や共生をしなくていい強さがある、多様性の苦しみの中で泥臭く生きる必要がない、ひたすら世界を純化させて、自分の純林の中で生き、そして死ねばいい。人間は変わっていく生き物だ。それなのに変われないからああも苦しく辛い。他人が居ないと人間は生きてけない、だけど他人と上手くやってけないから辛い。今の僕にはジレンマがない。他人と交われないくせに混じりけの中でしか生きられなかった頃に比べ、ここはなんて落ち着くのだろう。心と体に矛盾がないのは、何て幸せなことなのだろう」

「そうか。あんたは人間が嫌いなんだね」

「人間が好きなやついるのかな」竹林が笑った。「あんな醜い野獣になんて、戻らずすむなら一番なのさ」

「しかしなあ甘い気もするぜ。安息の地がこの世にあるかよ。命をお前は勘違いしてるよ。お前のいう竹のよさだって無為自然には守られぬものだろう。野獣に勝てるのは結局野獣だけだよ。お前は早晩単に蹂躙されるんじゃないの。あなたが真に竹林だったら落ち着く心は何のためにある。その平穏だってジレンマの一つじゃないの。だいたい楽な呪いがあるのか。竹林の一生に人の心が耐えうる保証がどこにある。一時幸せなことなんて人生にすらあるよ。それを永遠と見間違うのも」

「そうかい」さわさわ竹林は揺れた。「つまり僕は変われないってことか」

「ねえ違うよ、受け入れてしまえば変わってしまうよ」美女は庭に出て石に腰を下ろした。「私の話をしてもいい？　私昔自分がどこかから貰われてきた人間だと思ってたの。自分の両親は本物の両親じゃなくて、どこか別の町に本当のお父さんお母さんが暮らしてるって信じてた。根拠はないけどそう思ってた。違う家で違う両親と暮らしている記憶まであった。

今思うと母と仲が悪かったのが大きかったのかも知れないわ。うちの母は父とは会話するんだけど私には全く話しかけてこないし、私が話しかけても絶対返事しないのよ。私のことが嫌いなんだと思うんだけど。それであれはいじわるな継母で本当の優しいお母さんがなんて考えたのかも知れない。しょっちゅう家出して本当の家を探したわ。だけど結局見つからなかった。あるわけないから当然だけど、それでも諦めきれなくて父母は月のように遠いところにいるんだと、自分は月で生まれて地球に転生したんだと、中学、中学生までよ、信じていたのよ。笑ってしまうでしょう。結局そうじゃないと知るのは父が年老いて昔話みたいに私を育てるの苦労したって、そんな話をしてくれた時よ。腑に落ちてからは前より父とも母とも打ち解けられた気がする。最近自分が父に似てきたなって思うこともあるの。娘は母でなく父に似るんだっていうしね。母のことは可哀想だと思えるようになったわ。ずっと家に居るし最近は父とも話さないし、私がむしろ話しかけてあげてるの」嫌いな母の顔（最近すっかり化粧が手抜きでぎょっとするほどのっぺらぼうになってきていた）を思い浮かべながら美女は話し続けた。「何がいいたいかっていうとどんなことも受け入れてしまえば変わってしまうんじゃないかってこと。一生家から出られないんだと思ったけど、こうして私も家から出てる、あんたのいうようにほんとうに難しいことなのか。今ならあんたも変われるんじゃないか」なるべく真摯に美女は話した。その真剣さだけ伝わればと思ったのだが、竹林は風の吹くまま揺れて、うまく響いていないように見えた。

「例えば僕が人間になって、誰かが喜ぶとは思えない」

「そんなの判らない」

「判るんだよ」竹林はいった。「人に戻った僕を見たなら君だってがっかりするだろう」

「王子様が出てくるなんて思ってないよ」

「お父さんが好きなんだね。会いたいかい」

「一目見たいとは思うよ」いってからまた無理難題をいってしまったと思い美女は後悔した。矛盾してると呆れられるんじゃないかと思った。

「北の庵に手鏡がある」竹林は静かにいった。「それを取ってきてくれないか」

いわれた通りに美女が探すと抽斗の中に手鏡があった。可愛いデザインで誰の趣味だろうと思ったが竹林がいうところにはそれで相手の姿を見られるらしかった。「プライバシーなどあったものじゃない」「親族だったらぎりセーフだろう。それで父さんを見てみるといい」

「てくまくまやこん」美女は唱えた。「父さんを映して」

突如鏡面が眩しく光り知らないお墓が鏡に映った。「何これ。違うじゃない」

「同定に失敗したんだ」竹林がいった。「いいえをタップして質問に答えて」

「学校に関係ある？　いいえ。水色の髪？　いいえ。実在するキャラクター？　はい。日本人？　はい」鏡が再び輝き出して今度こそMの姿が映った。「映ったわ！」

Mはちょうど家に居るらしく全裸で部屋中を走り回っていた。キッチンに戻る度右手に持った包丁を目鼻を描いたキャベツに何度も何度も刺突していた。

「大変発作だわ」美女は思わず叫んだ。「月夜に時々こうなるの」「病気なんじゃないか」

「ええ肺が悪いの」頷（うなず）いて美女は頭を押さえた。「どうしよう」「行ってあげるといい。彼は助けを求めてる」「でも」「いいんだよ。僕は大丈夫だから」「ごめん必ず戻ってくるから」タクシー会社に美女は電話を掛けた。

「短い間だが楽しかった」竹林はいった。「恋人代わりになれなくてごめん」

「誰も誰かの代わりじゃないわ」美女（二人目）はいって笑った。「きっと私は戻ってくるから」

家に戻ると何故か辺りは人集（ひとだか）りになっていた。ストレッチャーで父が救急車に運ばれるところだった。「美女だ！」誰かがストレッチャーを止めた。近付いてみると別れた彼氏の一人だった。「この人の家族です。今までどこに？」

「父さんどうしたの」美女はMに詰め寄った。「怪我したの？」

「暴れて階段から落ちたんだ」元彼氏その二だった。「持った包丁が足に刺さって」

「あなたたち何故ここに」「金の無心にこの人がうちに来たんだ。事情を聞いたら君が人質だという」見ると人集りは殆ど美女の交際相手だった。天皇までそこに混じっていた。「君のお父さんは病気だよ！」

「父は病気なんかじゃないわ！」何も考えず美女は喋った。「父は前からこうなのよ！」「なおやばいよ！」「竹藪に一億円があるとか、竹藪でご飯を食べてきたとか、君が喋る竹藪に捕まってるとか」「父は正気よ！　証明出来るわ」美女は手鏡を取り出して呼びかけてみせた。手鏡がにわかに輝き出し、虚を突かれ皆は思わず息を呑んだ。美女は鏡を皆の方へ向けた。

映っていたのは風に揺れる雄大な竹藪の姿だった。

「竹林だ」「癒やされる」「これがその？」「そうよ」「捕まってたの？」「捕まってないわ。快適な暮らしよ」「暮らしてるの？」「一人で？」「竹と」「竹と？」「好きなの？」「そうよ」美女は頷いた。「好きだよ」いって押し黙り耳まで赤くなる美女を見て皆雲行きの怪しさを感じた。弁解するように美女は竹が喋ることや人格のことや僅かな魅力について口にしていった。竹を好きという自分の正気を証そうとしてのことだったが、聞いていた近所の人たちには逆の効果を与えていった。

「君もおかしい。真面目にやばい」

「その藪ってどこ。まずい草でも生えてんじゃないか」

「竹林を刈りに行くぞ！」天皇が突然声を上げた。「竹林は危険だ！　皆の家族もこうなるぞ！　放っておくと成長を続け、皆の庭まで侵食するぞ！」

「お願い子供を竹林から守って！」秋田さんが叫んだ。「竹林を駆除して！　豊かな野山を返して！」

男たちは武装して行政と連絡を取り、地主の許可を貰い竹林の伐採に向かった。残った美女は病院まで付き添い、夜遅くに父は意識を取り戻した。

「父さんよかった」

「美女お金」握っていた手をMは開いた。千円札が二枚と五円と十円があった。「これしかないんだ。減らしてしまった」

「ねえお父さんごめんなさい。私も一度戻らなきゃいけない」ナースを呼んで美女は病室を飛び出した。「枚数ももはやオーバーしたわ。二度と帰ってこれないかも知れない。お父さんはお父さんの人生を生きて。母さんを大事に」

竹林に辿り着いた恋人たちは次々に竹を刈っていった。藪蚊が酷くて悲鳴が上がった。蜘蛛の巣をかぶったり蜂に刺された人も居た。ばらばらに作業したので倒れた竹の下敷きになって一人が脳を割られた。刈った竹の残った根には持ってきた人が除草剤を注入した。根は浅いので掘り起こして断つ人も居た。

「一メートルの高さで切るんだ！」天皇が皆に指示を飛ばした。「根が枯れて二度と生えなくなるぞ！」

ひいひいいいながら男たちは竹を刈っていった。時折休憩を挟み、また次の一本を刈った。どこまで行っても竹藪は尽きず、あるという家も見つからなかった。「出てこい化け物！」リーダー面(づら)の天皇が藪深くに消えた後も皆は作業を続けたが、ぐだぐだしていた。「竹が喋るわけないじゃないか」

地上で切断された竹はもたれ合いながら天高く絡まり、倒れる代わりに力をためて高みでかちゃかちゃやかましい音を立てた。やがてバランスが崩れると地面へ降り注ぎ、膨大な竹槍衾となって地上の人間に襲いかかった。数本が一気に倒れ恋人を押し潰した。バウンドした竹が刺さって悲鳴が上がった。辺りの人間は下敷きか串刺しになった。血の雨が降ってにょっきり筍が生えた。

「出てこい！」天皇が叫び眼前の竹を両断した。「姿を現せ！　おれと戦え！　抵抗してみせろ！　優しすぎて手も足も出ないか！」もう一本竹を薙ぎ払った。「お前がどんな男か知らない、どんなやつでも関係ないぞ！　たとえお前が獣でも、紳士でも、男なら戦うべき時があるはずだ！」すさまじい膂力で天皇は竹を一閃、二閃、切り倒していった。尚も奥へ分け入った。「彼女はお前が好きだというよ！　どれだけそれが凄いことだか！　お前も彼女が好きなんじゃないの！　どうして心を終わらせちゃうの！　資格がないからか！　彼女にふさわしくないか！　なら今ここでおれと戦え！　今日ここでそれを手に入れてみせろ！　自信がないのは仕方ないことだ！　だが手に入れるまであの子が居ると思うな！　由縁さえあれば人は矛盾と戦える！　彼女をおれから守ってみせろ！」

大声で叫びつつ天皇は竹藪を切り開いていった。既に辺りは闇に沈み、求める竹林は目の前に広がっていたが、呼びかけに答える相手はなかった。そのうち疲弊して息も絶え絶えになり、腰が伸びなくなり、竹の枯れ葉に足を滑らせて、なだらかな傾斜をどこまでもずるずる落ちていった。落ちた先ではぶに噛まれ、藪蚊に襲われ、天皇はその命を落とした。

美女も遅れてタクシーで竹林に戻った。男たちと竹とが辺りに倒れていた。血の臭いが立ちこめていた。少しだけ時代劇みたいだった。立っている竹に呼びかけてみたが竹林の主の返事はなくて、どこかで大元と繋がる根を断たれてしまっているのかもだった。辺りに残る竹が立ち枯れつつあり、この竹林の主が死んだか死につつあることを美女の方でも悟った。

濡れた竹林の中を美女は一人で歩いた。

「呪われて滅ぼされていいことなかったなお前」統計的には救われないから皆呪われたくないんだろうと思った。「私はお前と生きれなかったな」

暗闇を進む内、不意に視界がちかちかと輝き出し、そういうことは美女は初めてだった、光の出所を探して進んだ。やがて見つけたのは一本の古い竹で、竹の根本に光源はあり、目が慣れてくると人だと判った。自分と同じくらいの年頃の人間が丁度目を開け目覚めるところだった。

「美女」名前を呼ばれた気がした。「僕だよ」

聞き覚えのある声だった。言葉をなくして美女は相手を見た。ずっと姿を見たことはなかった。この子のための家だったんだと思った。「人間に戻ったんだね」

「見られたくなかった」苦しそうにその子は胸を押さえた。

竹林の正体を美女は知った。自分などよりよほど美人で、年もやや若い人間の女の子だった。「誰にも見つけられなかったんだね」

美女が一歩近付くと、その子は一歩竹林の向こうへ逃げた。美女は顔を顰(しか)めた。「何?」

「怖い」

「何が?」

「変わってしまうことが」

「上手くいかないかも知れない?」

「そう」

「そりゃそうかも知れない」美女はその場にしゃがみ込み、腕に顎を乗せた。「でも人なら一緒に居られる」

「お別れだよ。じきに迎えが来る。二十余年を既に過ごしてしまった。満月の夜に天から迎えが」

「二人で逃げよう」美女は手を差しだした。「誰もこない場所へ。人攫(ひとさら)いの来ないところへ。月の光らない場所へ。太陽の下を歩こう」

二人の姿が藪から消えて、枯れ果てた竹は倒れていった。竹も人もそのうち土に還った。何もなくなった荒れ地では月がよく見えた。ごみや土砂が運び出されるとほんの小さな空き地だけが残り、時折その辺を年老いた浮浪者が徘徊して噂になっていたが、空き地が駐車場に生まれ変わるとそんな話も聞かなくなった。
二人が幸せになったかは判らない。

あとがき

森見登美彦

竹林小説アンソロジー、お読みいただきましてありがとうございます。

竹林のざわめきが耳から離れなくなった人、遁世（とんせい）して竹林に引き籠（こ）もりたくなった人、竹林という単語がゲシュタルト崩壊を起こした人……いずれにせよ読者の皆さんは「得体の知れない本を読んでしまった」とあっけにとられたことであろう。

念のために書いておくと、アンソロジーのテーマとして「美女と竹林」を掲げたが、これはかつて私が書いた妄想エッセイ『美女と竹林』のタイトルをそのまま流用したものである。じつはその本にも「美女」はほとんど出てこない。「美女と竹林は等価交換の関係にある」という謎理論を言い訳にしたのであるが、当アンソロジーにおいても同じ屁理屈を流用し、「さほど美女が登場しなくても問題ありません」と執筆陣には事前にお伝えしてある。

以下、解説というほどではないが、各短篇について触れる。

「来たりて取れ」（阿川（あがわ）せんり）

阿川せんり氏は2015年『厭世マニュアル』で野性時代フロンティア文学賞を受賞してデビューされた。そのリズミカルでユーモラス、ちょっぴり毒の効いた語り口は、この短篇でも健在である。たしかにパンダは笹や竹の葉を食べるが、そういえば私はこれまでパンダを竹林に結びつけて考えたことがなかった。「北海道に竹林はない。」という冒頭の一行といい、「時代は竹よりパンダじゃね？」という当企画にこめた野望を真っ向から否定するデンジャラスな台詞といい、その反骨ぶりも素敵である（皮肉ではありません）。これはミカ子と月子の物語「第一章」なのかもしれない。

「竹やぶバーニング」（伊坂幸太郎）

小説家としてデビューして以来、私は伊坂幸太郎氏の活躍を遠く後ろから仰ぎ見、無謀にもその後ろ姿を追いかけようとして派手に転倒したりしてきた。さてこの短篇。仙台の七夕まつり、商店街の飾りに用いられた竹へ異物が混入したという。「何が混入したんですか」「かぐや姫です」というこのやりとり！　七夕まつり、竹取物語、竹の一斉開花等々のイメージが結びついて浮かび上がってくるのは、やはり伊坂さんの世界としか言いようのない世界なのである。それぞれのイメージは素朴だとしても、こんなふうに結びつけられる人は伊坂さんしかいない。「美女ビジョン」にも心惹かれる。最後には小さなかぐや姫がハムスター的アクションを見せてくれて、それもまた新鮮なのである。

「細長い竹林」（北野勇作）

私は日本ファンタジーノベル大賞という賞によってデビューしたが、北野勇作氏は同じ賞の先輩なのである。この小説には一貫した「不安」の手触りがある。自分自身にも、身のまわりの世界にも、あちこちに亀裂があって、その向こう側から何かが覗いている。その感触をある種の鋳型に塡めこんで「非日常的なもの」として扱えばホラーや怪談になるのだろうが、この小説においてその不安は「日常そのもの」なのであって、だから（表面上は）何も起こらない。その不安の手触りを味わいながら読み終えると、そもそも足を踏み入れたのかもさだかではない竹林の姿が、まるで曖昧な思い出のように浮かんでいる。それにしても「細長い」というのがたまらなくいいのである。

「美女れ竹林」（恩田陸）

恩田陸氏は日本ファンタジーノベル大賞の最終候補作『六番目の小夜子』がデビュー作であり、私は同賞出身の先輩と考えているのだが、恩田さんは「あくまで候補作で、賞は貰ってないから！」と念を押される。いささか私は気まずいのである。竹林といえば怪談に結びつきやすいと思っていたが、意外にも当アンソロジーで「怖い」怪談は今作のみだった。日常エッセイ風に始まりつつ、三遊亭圓朝の幽霊画の話に転じ、そこから子ども時代の思い出が浮かび上がってくる。どこまで本当なのか分からない、いかにも怪談らしい語り口で語られた竹林怪談で、クライマックスの発想が京極夏彦氏の短篇と通じているのもオモシロイ。いくら竹林が好きだといっても、竹林の奥へ踏み入るときは私も怖い。

「東京猫大学」（飴村行）

何気なく書店で買った『粘膜人間』に圧倒されて以来、飴村行氏の本を読んでいる。ユーモア、綿密な構成、サービス精神。なによりも、絶妙のバランスで「胡散臭さ」を造形するその文章に毎度心惹かれるのである。「東京猫大学」「猫族の復権」「ゾンゾンする」「真Q猫伝」「ネコ舌アミキクス」「ネコ天アルカラム」「猫天獄」……こうして単語を挙げていくだけでも、鋭い読者は飴村さんだと勘づくのではなかろうか。「ゾンゾンする」と無闇に言いたくなる。読んでいる途中、「これは竹林小説ではなくて暗黒版『ひげよ、さらば』では？」と思ったが、最後は竹林の中で終わっていくから結果オーライなのである。

「永日小品」（森見登美彦）

飴村行氏の「東京猫大学」においては竹林が猫天獄という異世界へ通じる門であった。以降の三作品もまた異世界への門としての竹林を描いているので、「その門がどのような形で現れるか」に注目してもらうと面白いかもしれない。我が祖父母の家の裏山には竹林があって、子どもの頃にはタケノコを掘ったりしたものである。正月にはその家に親族たちが集まって賑やかだった。というところまでは実体験がヒントになっているが、もちろんこの短篇で描いたことはすべて妄想である。年末年始の時間が止まったような不思議な感覚と、竹林に踏み入ったときの感覚を結びつけてみた。なお、「永日」は昼間が長くなってきた春の日のことで、「永日小品」という夏目漱石の作品がある。

「竹迷宮」（有栖川有栖）

何かもが億劫になって山深くの宿に立て籠もるとしよう。そんなときに私が携えていくであろう本が有栖川有栖氏の『双頭の悪魔』なのである。有栖川さんの文章がとても好きだから、この短篇の冒頭、旅行鞄を提げた語り手がローカル線の駅で降りるというところだけで引きこまれてしまう。もちろんそれは、私が鉄道旅行を好むためでもあろう。「見知らぬローカル線の駅で降り、竹林に囲まれた屋敷に隠棲した友人を訪ねる」というシチュエーションだけで、ご飯が三杯おかわりできる。竹林に囲まれて暮らす人間というのはすでに異世界に片足をつっこんでいるといえよう。それにしても、本当にこんな妄想竹林を見つけたらどうなることやら。足を踏み入れたら一巻の終わり、という気がしてならない。

「竹取り」（京極夏彦）

江戸時代の怪談で「掛け軸に描かれた女性に恋をする」という話を読んだことがある。『聊斎志異』でも絵の中へ入ってしまう話があった気がする。その異世界への門となる「絵」が竹林に隠されているとすれば――という小説で、有栖川有栖氏の「竹迷宮」が三次元的とすれば、これは二次元的であり、恩田陸氏の短篇の発想とも通じる。この世界を見る角度を少しずつズラしていくと、ある瞬間、ふいにピントが合うようにして異世界への門が浮かび上がる――そんなふうに考えると、小説家にとってはたいへん身近な話にもなるだろう。円窓の向こうに見える竹林の青さ、その光と影が、まさに絵のように鮮やかに感じられるところも好きである。

「竹林の奥」（佐藤哲也）

佐藤哲也氏も北野氏や恩田氏と同じく、日本ファンタジーノベル大賞の先輩である。「竹林の奥」というタイトル、ラストの「恐怖だ」という台詞からも分かるように、ジョゼフ・コンラッド『闇の奥』が下敷きになった短篇である。コンラッドのいう「闇」は、人間の非理性的領域であるとも解釈できよう。闇＝ロマン主義の土壌＝竹林と考えるなら、万代君が美咲さんの幻影を求めて向かった「竹林の奥」は文明の果てるところである。世界は竹林に覆われて、至るところに闇が蔓延している。人類のロマン主義的愚行からブラインドによって遮蔽されてきた語り手の部屋も、今や埃を積もらせたブラインドによって闇に飲みこまれつつある。文明の終わりは近い。「竹林の美女」という幻影に取り憑かれて文明を破滅へ導く万代君とは私（＝森見）のことで、このアンソロジーこそが滅亡への序曲かもしれないのである。

「美女と竹林」（矢部嵩）

矢部嵩氏のデビュー作『紗央里ちゃんの家』を読んだとき、その異様な世界に引きずりこまれて、たいへんショックを受けた。近年では『[少女庭国]』という作品にも度肝を抜かれた。というわけで、矢部さんに執筆をお願いしたのである。とにかく「読んでみてください」としか言いようのない短篇である。ギョッとするような冒頭から予想もつかない展開が淡々と続き、『竹取物語』と『美女と野獣』が闇の奥で絡み合いながら見たこともない世界へ変貌していく。まったく私は圧倒されてしまった。竹林小説という枠を越えた、暗黒竹林神話というべきである。

作品の収録順序を決めるにあたっては、だんだん近づいてくる竹林をイメージした。阿川せんり氏の「来たりて取れ」から始まり、次第に竹林的気配が高まっていく。遠くに見え隠れしていた竹林が我々を取り囲み、ついには世界を飲みこんでいく。その竹林的カタストロフィの最終局面を描いた作品が佐藤哲也氏の「竹林の奥」であるとするなら、カタストロフイ後の遠い未来を舞台にした暗黒竹林神話が矢部嵩氏の「美女と竹林」なのである――というようなストーリーを思い描いて並べてみた。とはいえ、この順序のとおりに読まねばならないというわけではもちろんない。

これらの短篇が雑誌「小説宝石」に一篇また一篇と掲載されていくにつれて、「これは奇怪なアンソロジーになるぞ」と思ったものである。執筆陣は、私が個人的に影響を受けた人、憧れる人、共感する人、応援する人……ようするに私が心惹かれる人たちである。しかも多くは私よりもベテランの方々であり、こんなふうに無茶ぶりめいた依頼をすることは本来あり得ない。しかしひとたびこんな企画を引き受けた以上、尻込みしているわけにはいかないので、常日頃の慎みを捨ててお願いした。あらためて、執筆を引き受けていただいた皆様に心より感謝いたします。ありがとうございました。こんな無茶なアンソロジーを許してくれた光文社様にも感謝の念しかない。

このアンソロジーが呼び水となって、竹林小説が世に増えることを期待している。なにしろ「ものがたりのいできはじめのおや」は竹林から生まれたのであるからして……。

初出「小説宝石」
来たりて取れ　2018年6月号
竹やぶバーニング　2018年10月号
細長い竹林　2018年3月号
美女れ竹林　2018年9月号
東京猫大学　2018年4月号
永日小品　2018年1月号
竹迷宮　2018年8月号
竹取り　2018年11月号
竹林の奥　2018年5月号
美女と竹林　2018年2月号

目次、章扉デザイン◆藤田知子

二〇一九年一月　光文社刊

光文社文庫

森見登美彦リクエスト！
美女と竹林のアンソロジー

著者 阿川せんり／飴村行／有栖川有栖
伊坂幸太郎／恩田陸／北野勇作／京極夏彦
佐藤哲也／森見登美彦／矢部嵩

2020年2月20日 初版1刷発行

発行者 鈴木広和
印刷 萩原印刷
製本 フォーネット社

発行所 株式会社 光文社
〒112-8011 東京都文京区音羽1-16-6
電話 (03)5395-8149 編集部
8116 書籍販売部
8125 業務部

ISBN978-4-334-77983-2 Printed in Japan

組版 萩原印刷

光文社文庫　好評既刊

遠野物語　森山大道
神の子（上・下）　薬丸岳
ぶたぶた日記　矢崎存美
ぶたぶたの食卓　矢崎存美
ぶたぶたのいる場所　矢崎存美
ぶたぶたと秘密のアップルパイ　矢崎存美
訪問者ぶたぶた　矢崎存美
再びのぶたぶた　矢崎存美
キッチンぶたぶた　矢崎存美
ぶたぶたさん　矢崎存美
ぶたぶたは見た　矢崎存美
ぶたぶたカフェ　矢崎存美
ぶたぶた図書館　矢崎存美
ぶたぶた洋菓子店　矢崎存美
ぶたぶたのお医者さん　矢崎存美
ぶたぶたの本屋さん　矢崎存美
ぶたぶたのおかわり！　矢崎存美

学校のぶたぶた　矢崎存美
ぶたぶたの甘いもの　矢崎存美
ドクターぶたぶた　矢崎存美
居酒屋ぶたぶた　矢崎存美
海の家のぶたぶた　矢崎存美
ぶたぶたラジオ　矢崎存美
森のシェフぶたぶた　矢崎存美
編集者ぶたぶた　矢崎存美
ぶたぶたのティータイム　矢崎存美
未来の手紙　椰月美智子
生ける屍の死（上・下）　山口雅也
キッド・ピストルズの冒瀆　山口雅也
キッド・ピストルズの妄想　山口雅也
キッド・ピストルズの慢心　山口雅也
キッド・ピストルズの最低の帰還　山口雅也
キッド・ピストルズの醜態　山口雅也
山岳迷宮　山前譲編